Gouttière

DU MÊME AUTEUR

Romans

Le béret à Groucho (Table ronde)
Reviens, Sulamite ! (Table ronde)
Violette, je t'aime (Julliard-Folio)
Au bonheur des chiens (Ramsay)
Pour l'amour de Finette (Ramsay)
Quand les petites filles s'appelaient Sarah (Ramsay)
Papa est parti maman aussi (Ramsay)
Tous les chats ne sont pas en peluche (Ramsay)

Théâtre

Guerre et paix au café Snèffle (Gallimard-L'Avant-Scène)
Au bal des chiens (Gallimard)
Lundi monsieur, vous serez riche (Paris-Théâtre)
Madame (Paris-Théâtre)
La nuit des dauphins (Gallimard)
Un roi qu'a des malheurs (L'Avant-Scène)
Le divan (L'Avant-Scène)
Grand-père (L'Avant-Scène)

Poésie et dessins

Dépêchons-nous pour les bonnes choses (Tchou)

Essai

Les Gros Mots (Julliard)

Remo Forlani

Gouttière

Editions Ramsay
9, rue du Cherche-Midi 75006 Paris

ISBN 2-85956-777-1

"Ce que la chatte ne sait pas ne vaut pas la peine d'être su"

Colette

I

Chatte dans le désespoir la nuit

D'accord, on ne peut pas vraiment savoir.

Mais se demander, on peut.

Se demander si, une fois créés l'univers et quelques animaux, Dieu n'aurait pas pu s'économiser le tintouin d'inventer les gens.

Parce que, les gens...

Bien sûr, il y en a de fréquentables, de pas trop malfaisants, bien sûr il y en a qui savent savourer le peu de vie auquel ils ont droit.

Mais peu. Si peu.

Et même ce peu-là, bien souvent...

Le plus juste des justes, le meilleur des bons, peut – pour un oui pour un non – se mettre à se gâter, à dérailler, à devenir pire que le plus chien des chiens.

La preuve même *lui* , même mon homme à moi, même mon homme Vincent avec qui chaque heure, chaque minute, chaque seconde, n'était qu'amour, délices, rigolades et ronronnades, il a fallu que, brusquement, il vire méchant, invivable.

Si méchant que me voilà toute seule à gémir dans la nuit.

Tellement invivable que me voilà devenue une chatte dans le désespoir.

Dans le désespoir une nuit sans lune, une nuit brouillasseuse, déballante, froide à vous geler jusqu'aux os les mieux cachés.

A geler jusqu'à l'âme de la plus attachante des chattes.

Y être autant, dans le désespoir, ça m'était jamais arrivé. Jamais jamais jamais.

On croit avoir tout souffert, avoir encaissé les plus durs coups durs, avoir bu toutes les hontes, avoir subi les plus désolantes avanies.

Mais... quand ça vous tombe dessus.

C'est il y a trois jours que ça s'est mis à me tomber dessus.

Vendredi. Le jour où, pour la dernière fois, mon homme Vincent a prononcé mon nom Lucie.

Des noms, j'en ai eu d'autres.

Une tripotée. Des noms qu'on ne me donnait pas pour que je les garde, des noms qu'on me lançait au vol, des noms que des crétins, des malintentionnés me décochaient pour se moquer de moi, m'humilier, des noms comme P'tite Crevure, Pattes de poule, Traîne-Ruisseau...

Nénette, même !

On a été jusqu'à m'appeler Nénette, moi qui suis le contraire même de la vulgarité !

On m'en a donné aussi des plaisants à porter. Jolie-Jolie. Dentelle... Mais ce n'étaient que des noms à la sauvette, qui ne duraient que l'espace d'une rencontre.

J'ai été assez longtemps Poils d'Ange. Poils d'Ange, c'était seyant et ça a été le premier vrai nom vraiment à moi.

Poils d'Ange. Ça m'allait énormément.

Mais le plus beau de tous, celui qui m'aura été et m'ira toujours le mieux, c'est celui qu'il m'a donné lui – lui, mon homme Vincent. C'est lui qui a dit : "Lucie. On va t'appeler Lucie."

Lucie. C'était trouvé, comme nom !

C'est vrai que j'ai un corps délicat, une allure, des pattes fines, déliées, des gants bien blancs, des yeux d'un vert huître exquis et une ravissante coiffure en frange à ne m'appeler que Lucie et pas autrement. Vrai aussi que je suis vive, spirituelle, caresseuse et assoiffée de tendresse comme une Lucie.

Il sonne si doux à mes oreilles (que j'ai très pointues, très joliment ourlées) ce nom-là. Même crié, parce que je suis partie vadrouiller trop loin et que mon homme Vincent s'inquiète, même braillé parce que j'ai fait une sottise de chatte et qu'il faut que je rapplique vite pour être sévèrement grondée et un peu battue, je l'adore mon nom Lucie.

Et quand mon homme Vincent me le chuchote à l'oreille...

Alors là... Quand il me le chuchote...

C'est curieux que rien que d'entendre une certaine voix prononcer votre nom, seulement votre nom, ça puisse vous mettre dans de tels états qu'on a aussitôt besoin de s'allonger sur son dos n'importe où où on se trouve et de ribouler des yeux et de laisser ses pattes devenir en velours et de ne plus rien faire que ronronner ronronner ronronner ronronner.

Quand on s'est trouvé un homme comme mon homme Vincent, qui vous a trouvé un nom comme mon nom Lucie, le bonheur, le total absolu bonheur, ça serait qu'il n'arrête jamais de vous le dire, qu'il soit toujours là à vous murmurer Lucie Lucie Lucie Lucie.

Et voilà que, depuis trois jours...

La dernière fois qu'il l'a dit, mon nom Lucie, c'est quand il est rentré à la maison avec, roucoulante et se collant à lui, une fille ayant l'âge d'être sa fille.

Depuis que nous faisons vie commune, depuis que nous sommes en amour, mon homme Vincent et moi, j'en ai vu défiler, des filles ayant l'âge d'être sa fille. Quantité. Mais il a toujours eu assez d'amour pour moi, et de jugeote, pour finir par leur dire “adieu bon vent”, à ses conquêtes.

Toujours.

Jusqu'à il y a trois jours. Jusqu'à cette Virginie...

Une pisseuse dans les vingt ans. Et d'un genre.

Le genre à avoir non pas une robe ou une jupe, mais un pantalon d'homme trop large de partout et une parka kaki. Et pas un gramme d'élégance.

Le genre à tout de suite faire comme chez soi, à se vautrer, à s'avachir sur le canapé en tissu mauve fragile du bureau salon de mon homme Vincent et à bien poser ses chaussures-baskets toutes sales sur le mauve fragile.

Le genre à s'intéresser à tout sauf à une très intéressante chatte Lucie.

Mon homme Vincent a pourtant fait les présentations dans les règles, comme toujours.

Il s'est incliné devant le tiroir à chandails de la commode dans la douceur duquel j'étais occupée à rêvasser.

– Lucie, ma chérie, je te présente Virginie. Une petite personne qui promet.

Qui promettait quoi ?

De ne pas repartir avant le lendemain matin, comme les autres "petites personnes" qu'il lui arrivait de ramener trop souvent ?

Elle était dans mes yeux cette question. Pour ne pas la voir, il m'a tourné le dos, le salaud.

– Ça, Virginie, ce minuscule paquet de poils, c'est Lucie. Ma Lucie luciole. Lucie mon seul et unique amour.

La petite personne Virginie qui promettait s'est vaguement soulevée et déhanchée pour regarder la commode. Et elle n'a fait attention qu'au fouillis de bibelots qui était dessus. Elle a trouvé que le vase-chinois-lampe était d'enfer. Et les bougeoirs en cuivre très classe. Elle a aussi vivement apprécié une grenouille en céramique tout ébréchée, laide à faire peur.

La petite personne qui promettait s'intéressait aux vilains objets de l'ancien temps.

Pas aux adorables chattes vivantes.

La petite personne était une petite conne. Ça crevait les yeux.

Mais mon homme Vincent, lui, c'était comme si il n'en avait plus, d'yeux. Vous l'auriez vu tournicoter autour du canapé mauve fragile. Vous l'auriez vu faire le sucré, le séduisant. Se tenir droit comme la lettre I pour ne pas laisser perdre un millimètre de son mètre quatre-vingt-dix. Plissant exprès son front pour qu'on voit bien ses rides, pas de vieillesse mais de sagesse. Regardant plutôt de côté que de face et que du côté de son profil de Romain antique. Souriant plus des yeux que de la bouche, pour qu'on remarque plus le vert de son regard que l'usure de ses dents.

Et parlant en agitant le plus possible ses mains pour faire remarquer combien elles étaient distinguées, et comme il avait de belles bagues.

Parlant pour débiter les fadaises d'usage, les fadaises piégeuses de petites connes à ventres en satin sous leurs jupes mini en coton ou leurs jeans en tissu grattant de jean.

Débitant, ses fadaises d'usage, pas poussé par un vrai grand appétit tenaillant.

Les débitant parce que c'est la coutume, la mode quand on est devenu un monsieur dont toutes les filles ont l'âge d'être votre fille. Le démon de je ne sais plus bien quelle heure ça s'appelle. Midi ? Minuit ? Une sorte de microbe qui donne aux hommes qui ont commencé à se décatir le besoin de faire leurs matous.

Trois jours que ça dure.

Trois jours et leurs nuits à ne pas sentir une seule fois ses grandes mains sur moi. Trois jours sans qu'il me gratouille le devant du crâne, là où j'ai ma frange. Sans qu'il me froisse amoureusement mes oreilles. Sans qu'il m'agace l'échine, que j'ai si délicieusement sensible aux chatouilles, et m'empoigne les poils de mon ventre comme pour me les arracher tous d'un seul coup d'un seul. Trois jours sans qu'il me serre à m'étouffer contre sa vieille vieille veste en grosse laine marine peluchée.

Une veste pour rester des journées entières sans sortir. Peut-être aussi vieille que lui. Sentant à vous saouler son parfum de vanille qu'il achète à des Indiens du marché aux Puces de Saint-Ouen et l'odeur de menthe de ses cigarettes anglaises.

Par terre, elle est, la vieille vieille veste. Tombée derrière le guéridon au pied branlant. Pas tombée. Jetée.

Abandonnée comme moi.

Il n'en veut plus de sa veste peluchée.

Et plus non plus de sa Lucie.

Avec lui dans son lit, maintenant, il y a une Virginie.

Et me voilà seule. Tout à fait horriblement seule.

Et obligée de quitter cette maison qui était la nôtre à lui et à moi. Surtout à moi, qui savait encore mieux que lui me repaître de son fouillis, de son calme, de ses innombrables coins et recoins, de...

Il faut vraiment que je parte? Que j'aille traîner ma peine dans le froid de dehors plutôt que de la cuver dans le chaud de mon cocon?

Bien sûr, je pourrais rester dans toutes les autres pièces que sa chambre et me contenter de dormir dans la veste marine peluchée.

Mais, pour dormir, il faut du sommeil. Même seulement un peu. Et je n'en ai plus du tout depuis l'arrivée de cette Virginie.

De cette plaie qui, elle, a une maison ailleurs.

Penser qu'à cause d'une Virginie, je ne vais plus être Lucie!

C'est la loi. Quand tu t'en vas de chez des maîtres, d'une maison, ton nom de chatte, tu le laisses. Tu redeviens un bestiau que n'importe qui appellera n'importe comment. Comme ça lui chantera.

Je vais redevenir une chatte de rue. Rien d'autre.

Une chatte bonne pour le froid, la pluie, les longues trottes solitaires, le manque de tendresse, le cafard des chats pas aimés, pas choyés, bonne pour toutes les duretés qui vous attendent, vous guettent partout. Et les dangers.

J'étais Lucie et c'était mon homme Vincent.

Et il avait une belle grande carcasse. Et la tête qui se déplumait élégamment pour plaire aux filles ayant l'âge d'être ses filles. Et encore plus à moi.

Et il n'arrêtait pas de poser sur moi ses grandes mains d'homme si fortes et si douces pour moi. Et il me comprenait comme personne ne m'avait comprise.

Et c'est fini. Me voilà une chatte qui s'en va. Tremblante de froid, de rage et de peine au cœur.

Une chatte qui s'en va pour toujours.

Avec – minuscule, mais quand même – l'espoir qu'une voix va peut-être appeler Lucie.

De tous les gens qui ont été mes maîtres, ou de simples relations, c'est lui qui savait le mieux vivre, qui avait le mieux compris que le Créateur a créé ses créatures pour qu'elles ne fassent que se prélasser sur des coussins, des tapis épais, des vieux tissus moelleux ou dans des couettes, comme Lui – le bon Dieu – se prélasse et se prélassera éternellement sur les nuages cotonneux de son Ciel.

Il savait vivre très bien, pour un humain, mon homme Vincent.

Et si savoir vivre très bien, pour un humain, c'était aussi, des fois, de tout sacrifier à une Virginie qui vient se glisser et glousser de plaisir dans votre lit ?

Tout... même sa chatte Lucie !

Peut-être que, pour un homme Vincent, ce n'est pas un péché de faire ça.

Mais qu'est-ce que ça peut vous endolorir, vous déchirer, d'être sacrifiée.

J'en ai des tortillements dans le ventre – comme quand on a une colique pour avoir mangé trop de manger. Ou du manger pas net. J'en ai la gorge nouée et les pattes tendues à croire que je ne vais plus pouvoir faire un pas.

Il faut que je parte. Que je m'arrache à mes murs, à mon toit. Mais mon corps de mignonne petite chatte ne veut pas. Peut-être que je vais devenir une sorte de petit arbre dans la cour herbeuse de la maison de mon homme Vincent. Que des feuilles vont me pousser et des idiots d'oiseaux se percher sur moi.

Pourquoi il ne m'appelle pas ? Pourquoi ?

Il dort de toutes ses forces, enlacé à cette Virginie ?

Si encore je pouvais pleurer. Les gens font ça dans des cas pareils. Mais pas les chats. Ça n'a pas été prévu. Et c'est salement pas juste. Un jaillissement de larmes, ça doit dégager les glandes de peine, et des larmes qui coulent c'est comme un baume apaisant. Sûrement.

Et si, ravalant toute fierté, je me cramponnais ?

L'infidélité humaine, je connais. Je l'ai déjà subie. On m'a déjà trompée bien bien. J'ai payé pour savoir qu'un chagrin d'amour vous tue. Mais pas tout à fait. Qu'on se remet – mal, mais on s'en remet – de n'importe quelle trahison.

Non !

Mon homme Vincent et moi, c'était trop profond, trop beau, trop tout.

Aucun amour ne peut résister à trois nuits et trois jours pareils.

Ça a été dur mais j'ai réussi à marcher aussi lentement que possible vers la porte de la rue, de l'autre côté de laquelle je serai dans l'herbe de la cour et la nuit brouillasseuse. Et aucune voix n'a crié Lucie.

Et me voici dehors. Et la pluie commence. Drue.

Et je vais, dans plus longtemps même en traînant autant que je le peux mes pattes, me retrouver dans la rue, dans le monde. Le monde qui va jusqu'aux antipodes avec des milliers de carrefours où l'on peut se faire écraser comme un rien, des rues qui n'en finissent pas et, passé les portes de Paris, des campagnes, des contrées hostiles avec des gens encore plus imbécilement et cruellement humains que ceux de Paris.

L'eau de pluie me fait comme des larmes sur mes joues. Mais ce ne sont pas des larmes. Ce n'est que de l'eau de pluie.

Ce n'est pas officiel mais il est à peu près certain que nous, les chats, nous avons droit à sept vies.

J'en suis à laquelle, moi ?

J'en ai combien encore qui m'attendent ? Et comment elles seront ? Aussi catastrophiques que celle-ci ?

Ce n'est pas que je sois particulièrement geignarde mais... Des vicissitudes, on peut dire que j'en aurai eu plus que mon compte.

Dès le commencement, ça a commencé.

Dès le commencement...

II

Gouttière

Gouttière

Au commencement, tu n'y vois rien parce que tes paupières sont encore collées.

Au commencement, tu ne fais que ressentir.

Mais peu. Très peu. Si peu que, sur le moment, être née ou ne pas être née, ça ne fait pas de différence. Tu sors de l'humide pour te retrouver mouillée, trempée par la volée de coups de langue que te donne ta mère. Maternellement, vigoureusement, râpeusement.

Devenir une chatte née c'est râpeux. Mais vu que ta mémoire en est elle aussi à ses tout débuts...

En fait, c'est quand tes oreilles s'y mettent que ça commence à sérieusement commencer.

C'est confus puis ça se précise, tu entends le plus plaisant des bruits. Un bruit de ronrons. De ronrons à toi. De ronrons de chatoune pas plus volumineuse qu'une pomme, qui laisse éclater son contentement d'avoir réussi – malgré plein de coups de tête et de cul de ses frères et sœurs – à s'accrocher à une tétine et à se gorger de lait maternel qui est d'une qualité très supérieure à tous les laits que tu pourras boire une fois sevrée.

Après tu entends les ronrons de tes compagnons de portée et leurs suçotements et les mrouaaahs de ta maman chatte.

Puis viennent d'autres bruits. Ceux que font les gens de l'endroit où tu es née.

Puis viennent les mots. Les mots qui n'ont rien à voir avec les miaulements, grognements, grignements de ta mère. Les mots des gens qui sont si peu faits pour nous autres animaux qu'aucun d'entre nous (sauf les perroquets qui sont niais comme des échos et épouvantablement nasillards) ne pourra jamais les répéter.

N'empêche que je les ai entendus très vite très clairement, les mots des gens. Et que...

Le premier qui m'a frappée, ça a été le mot gouttière.

– Gouttière ? Comment ça, gouttière ?

– Comment, comment ça ? Gouttière parce que ces mochetés de bébés-chats sont tous plus gouttière les uns que les autres.

– Mais enfin, Simone, c'est pas possible.

– Je dis pas que c'est possible. Je dis ce que je vois. Et je vois des abominations de chats à peine poilés dont le peu de poils est tellement miteux et de tellement de couleurs que... Si ces chats-là sont pas des gouttière, alors moi, je suis le pape !

– Réfléchis, Simone. C'est pas possible que la chatte Ophélie de madame d'Ouiche ait accouché de chats de gouttière.

– La preuve que si.

– Ça alors, pour une tuile...

– Pas une tuile, André. Un désastre. Un vrai désastre !

Un vrai désastre

Avec le temps qui a passé, et ayant traîné mes pattes partout où je les ai traînées, aujourd'hui je le vois le désastre. Dans toute son étendue.

Et, si je n'étais pas déjà autant qu'on peut y être dans la rage, j'y plongerais rien qu'en repensant à une certaine madame d'Ouiche et à son incommensurable saloperie!

Madame d'Ouiche... Quelque chose comme un Hitler femelle, si vous voyez ce que que je veux dire.

C'était la maîtresse de ma mère, la chatte Ophélie, cette madame d'Ouiche. Et aussi la maîtresse d'une bonne – Simone – mariée à un chauffeur André.

Mais madame d'Ouiche, c'était, d'abord et avant tout, une dame née. Pas née comme j'étais née moi. Pas née non plus comme la plupart des bébés humains. Née dans un château à la campagne. Un château de famille avec un donjon, des fenêtres à "meneaux", un jardin "à la française" et une meute de chiens spécialement dressés pour aller faire, chaque année à date fixe, des misères atroces à des cerfs, des sangliers et des lapins.

Née avec "une cuillère en argent dans la bouche" et, dans ses veines, du sang pas rouge comme celui de tout le monde, mais bleu.

Les d'Ouiche remontaient aux Croisades et ils méprisaient tous les humains dont les ancêtres n'étaient pas devenus nobles pour avoir tué beaucoup de gens dans des guerres ou tenu des anses de pots de chambres de rois pendant leurs cacas. Pour les d'Ouiche, un homme ou une femme qui n'était pas baron ou comtesse était un zéro.

Quant aux chiens et aux chats...

Les chiens de meute des Ouiche venaient d'Angleterre, d'un comté d'Angleterre où les chiens étaient de meute de père en fils depuis l'invention de la chasse à courre.

Et leurs chats étaient à pidigris. Obligatoirement.

Celui de ma mère Ophélie, de pidigri, était indiscutable. Grandiose. Et assortit de neuf médailles d'or glanées dans les plus prestigieuses expositions félines.

C'est que c'était la merveille des merveilles catégorie *golden shaded*, ma mère Ophélie. La crème des chattes de race.

Alors quand – revenant de ses terres s'occuper de sa meute – madame d'Ouiche découvrit que sa fierté, son orgueil avait mis bas des... des...

– Des gouttière, Madame. Des chats de gouttière.

– Parce que vous, Simone, vous appelez ces répugnantes petites choses des chats?

– Le tout roux, là, qui se mordille la queue, il est pas si vilain que ça, et question couleur de poil, il tient de sa maman.

– De sa quoi?

– Ben.... Dans la mesure où c'est Ophélie qui l'a...

– Non, Simone. Non. Mon Ophélie ne peut pas... Non. C'est génétiquement impossible. Une pure *golden shaded* ne peut pas avoir mis bas ces horreurs. Non. Vous me diriez que ces avortons sont le fruit des amours du corniaud de la concierge et d'une guenon ou d'une taupe, je vous répondrais pourquoi pas? Mais que mon Ophélie soit la mère de ça... Non! Et ils la tètent, ces monstres! Mais ils vont me l'abîmer, me l'infecter, me la... André!

– Madame?

– Vous allez m'attraper ces... ces petits monstres, me les fourrer dans un sac à ordures et...

– Des chatons qu'on ne veut pas, ça se noie, madame. Et pour les noyer, les chatons... Ce qu'il faut, c'est une boîte en fer assez grande. Le mieux, c'est une boîte à biscuits. Ma tante de la Sarthe, elle arrêtait pas d'en noyer à cause de sa chatte qu'était très coureuse. Elle les mettait dans une boîte de petits Lu avec de la ouate qu'elle aspergeait de poison à mouches ou à cafards. Sa maison c'était un vrai vivier à...

– Vous êtes gentil, André, vous m'épargnez ces détails sordides et vous...

– Oui, madame d'Ouiche. Sur l'instant, madame d'Ouiche.

– Et vous, Simone, vous faites couler un grand bon bain pour notre pauvre chère Ophélie. Pas brûlant mais très chaud. Et nous allons lui passer les gougouttes à l'alcool et... Mieux que ça je vais téléphoner au docteur Point, qu'il vienne d'urgence. C'est qu'ils peuvent lui avoir transmis je ne sais quelles maladies, ces petits bâtards. Et il faudra aussi faire une enquête.

– Une quoi ?

– Enquête. Une enquête. Pour retrouver l'ignoble matou errant qui aura profité de ce que notre chère belle grande fille allait faire une innocente petite promenade pour la violer. Parce qu'il y a eu viol. Fatalement. Mais nous le retrouverons, le satyre, le détraqué sexuel. De mes mains, je l'étranglerai. De mes mains.

Si ça se trouve, ce n'était pas un matou errant violeur, mon père. Si ça se trouve, c'était ma mère Ophélie qui lui avait fait des avances, couru après parce qu'il était beau chat et moins puant de prétention que les authentiques *golden shaded* qu'on lui fourrait dans son panier une fois par an pour la reproduction lucrative de chats de la haute.

Si ça se trouve, j'étais une enfant de l'amour.

Ce qui est sûr, c'est que la madame d'Ouiche, elle n'a jamais dû le retrouver, mon géniteur.

Sûr aussi que mes frères et sœurs et moi, nous nous sommes retrouvés enfournés dans un sac en plastique.

Sac en plastique

Nous tuer, mes trois frères, mes deux sœurs et moi, le mari André de la bonne Simone, ça le rebutait.

– Faire le chauffeur, le coursier, déboucher des tuyauteries d'évier ou de cabinet, me taper les corvées les plus dégueu, c'est déjà pas vraiment l'extase. Mais tuer des chats...

– Tu préfèrerais tuer quoi ? Les voisins ? Me tuer moi ?

– Je préfèrerais tuer rien. Je suis pas bourreau, merde.

– Non, mais t'es poli. Tu veux quoi, André ? Tu veux qu'on les garde pour nous ? Qu'on les élève tous les six dans notre chambre où, à deux, on est déjà au moins un de trop ?

– Je dis pas ça, Simone. Mais... du poison comme elle en avait ma tante, on en a ? Non. On en a pas.

– Le chloroforme, l'éther, c'est aussi bien, non ?

– T'en as, du chloroforme, de l'éther ?

– Les pharmaciens en ont. Alors tu vas chez le premier pharmacien venu, tu...

– Ça doit être sur ordonnance. Maintenant, même pour les cure-dents, il en faut une, avec toutes leurs complications de Sécurité sociale et de... Et puis, ces chats, ils sont tartes, ils sont tartes... De là à pas les trouver choux...

– André ! Tu prends ce sac poubelle, tu me les empaquettes dedans et tu trouves une pharmacie, tu vas à la Seine...

La Seine, de l'appartement de madame d'Ouiche, rue de la Pompe, c'était pas la porte à côté. Et les pharmacies ouvertes à l'heure qu'il était...

Et puis merde et remerde ! qu'il s'est dit à lui-même et à haute voix, le mari André. Ses euthanasies, elle a qu'à les faire elle-même, la mère d'Ouiche. Elle nous fait déjà assez suer avec sa chichiteuse d'Ophélie qu'il faut passer des heures à lui peigner ses poils, à lui faire ses frictions anti pellicules de chat, à pas oublier de lui donner ses vitamines. Si, en prime, faut faire des heures sup pour des chats que personne ne veut.

Tant qu'à user du temps, il préférait l'user en allant boire de l'anisette avec des connaissances à lui qui avaient toujours des choses passionnantes à dire en buvant de l'anisette, dans un café qu'il connaissait.

Alors, le sac avec nous dedans, il l'a abandonné. Dans une rue sans pharmacie. Loin de la Seine. Au pied d'un arbre.

Et nous, dans le sac en plastique, nous respirions de moins en moins. Nous suffoquions. Les uns contre les autres. Nous débattant. Grouillant. Tentant de nous raccrocher. A quoi ? Les uns aux autres ? A la vie ? Un moment, j'ai tété. Oui. Tété. Peut-être une oreille. Peut-être une patte. Peut-être ma queue à moi.

Quand on est dans une pareille panique...

Vivre, au point où j'en étais alors, c'était téter. J'ai tété. Tété. Comme une folle. Et j'ai haleté. Et je me suis débattue. Et j'ai été griffée, lacérée, mordue jusqu'au sang. Et assourdie par des miaulements m'entrant de partout dans les trous des oreilles. C'était plus une portée qu'on était. C'était une soupe de chatons. Une panade. Epaisse, poisseuse, bouillante. Une panade puant le plastique et le besoin de bestiaux. Une écœurante panade mortelle.

Grouillotant dans cette panade, je ne me rendais pas compte. Mais... quand ça me revient dans des rêves de sommeil ou des rêves éveillés... C'est bien simple j'en ai à chaque fois les poils de la queue qui se dressent, les pattes qui se crispent, le cœur qui fait comme s'il allait se bloquer, se déglinguer.

Ma naissance, je ne suis sûre de rien, je me la raconte au jugé. Mais ma mort, ma première mort frôlée de si près dans ce sac... C'est qu'on y a mariné bien bien trop. Tellement bien trop, qu'à l'ouverture du sac, j'étais la seule et unique rescapée. Mes frères, mes sœurs n'avaient pas tenus, eux, ils avait craché leur dernier petit souffle. Dans le sac de l'André. Tous.

Ça se passait pourtant sur une avenue assez passante. Mais, les passants, c'est fait pour passer sans accorder la moindre attention à un sac poubelle en souffrance. Même si ça gigote si fort dedans que le sac à l'air de danser la sarabande.

Pourquoi la totalité de mes frères et sœurs y ont laissé leur peau et pas moi ?

Il faut croire que, déjà, ma délicatesse, mon émouvante fragilité, masquaient une coriacité surprenante. Ou alors que la Providence...

La Providence, c'est une des rares, très rares inventions des humains qui vaille son pesant. La Providence, c'est comme une personne qui ne serait pas une personne mais qui n'arrêterait pas de rendre de fameux services aux personnes qui croient en elle.

Immergée dans la panade infecte du sac en plastique, j'étais bien incapable de croire à quoi que ce soit. N'empêche que...

Cette fois-là, la Providence, si c'était elle, elle avait des cheveux très nombreux, très noirs, très emmêlés et un manteau de pluie chic mais froissé, taché. Elle avait une très jolie bouche avec trop de rouge à lèvres mis tout de travers, et les yeux de quelqu'un qui ne sait pas où il en est.

C'était une dame ou une demoiselle.

Oui, mon premier humain à moi – je ne dis pas maître, parce qu'un maître ça se choisit –, mon premier humain à moi se trouva être une femme errante.

Femme errante

Pourquoi elle errait, cette femme?

Alors là... Alors là...

Peut-être qu'elle n'était pas d'assez bonne race et qu'une madame d'Ouiche l'avait chassée d'une maison, peut-être qu'elle avait fait une énorme sottise et que sa famille, ou un mari ou un amoureux avec qui elle vivait, l'avait mise à la porte d'une maison, peut-être qu'elle avait perdu la clef de la maison où elle vivait sans famille, sans mari ou amoureux, peut-être que c'était l'adresse de sa maison qu'elle avait perdue, peut-être qu'elle avait assassiné quelqu'un, fait un vol important et pris la fuite pour ne pas aller en prison, ou alors qu'elle y était, en prison, et qu'elle s'était évadée. Peut-être que...

Si ça se trouve, c'était une dame ou demoiselle qui était seulement partie. Partie pour partir.

Ça arrive à des chats de faire ça. A des chiens. Certainement aussi à des hippopotames, des zébus, des girafes et autres créatures exotiques sur lesquelles je manque, hélas, d'informations consistantes.

Un jour, sans raison, on peut s'en aller.

Et on devient errant.

Ce qui est sûr, c'est qu'elle n'était pas très armée pour l'errance, la fugue, la cavale, cette dame ou demoiselle. Ni armée ni chaussée. Un de ses talons de chaussures à talons était cassé. Ce qui la faisait boitiller.

Si elle était partie d'elle-même, ça avait sûrement dû être sur un coup de tête.

Un coup de tête de dame ou demoiselle à la tête un peu dérangée.

Il se peut aussi que ce soit d'être partie d'un endroit où elle était bien qui lui ait dérangé la tête. Parce qu'elle n'était pas nette nette de ce côté-là.

Mais elle se montra avec moi d'une obligeance, d'une gentillesse...

D'abord, elle, quand elle a vu un sac en plastique faire des bonds dans une rue loin de la Seine et sans pharmacie, elle n'a pas filé comme une indifférente. Le sac, elle l'a regardé. Et elle l'a ouvert.

Et nous l'avons stupéfiée.

– Mais, ma parole, vous êtes des chats ! Et pas vieux. Qu'est-ce que vous faites là-dedans ? Quelle idée vous avez eue de vous enfermer dans ce sac ? C'est tout à fait ridicule comme idée. Tout à fait. Regardez, vous voilà tous étouffés. Tous morts. C'est malin. Ah ! non. Pas tous. On dirait que... Toi, tu vis encore. Pas très. Mais... Tu as le cœur qui bat et tant qu'on a le cœur qui bat... Alors... mon coco... Pourquoi tu me griffes, petit bêta ? Pourquoi tu me griffes ? Je suis en train de te... Et tu... Tu vas arrêter de me griffer, oui ?

C'était un griffage minuscule. Pas de méchanceté. De raccrochage.

– Tu te prends pour qui ? Pour le lion de Belfort ?

Je me prenais pour aucun lion. Je ne me prenais pour rien. Je voulais juste qu'on me sorte de cette gluante pâtée de frères et sœurs défunts.

La providentielle dame ou demoiselle errante m'en a sortie.

Comme à ce moment-là de mon histoire, je n'avais toujours pas les yeux ouverts, je ne l'ai pas vue, ma sauveuse. Mais je l'ai sentie m'attraper. Par la queue.

– Cette queue ! Cette queue ! Mais c'est pas vrai ! On jurerait un haricot vert. Et pas un gros. Un extra-fin. Un princesse. Et d'une couleur vilaine, mais vilaine. Ça, pour une vilaine queue, c'en est une. Et pour ce qui est de ta voix... Si tu te figures que c'est un miaou, ce que tu viens de me sortir... Tu veux me dire quoi, avec tes piaillements de corbeau enrhumé ? Que tu es enchanté de faire ma connaissance ? Ou que tu n'aimes pas qu'on te prenne par la queue ?

A mon idée d'aujourd'hui, ça devait être un miaou-merci que j'ai poussé.

– Si encore tu te contentais d'être pas plus gros et plus laid qu'un rat... Mais tu es répugnant, mon garçon. A ne pas prendre avec des pincettes. Et maintenant que je t'ai pris..

Là, elle a dû s'agenouiller sur le bord du trottoir et me laver avec de l'eau de ruisseau.

Elle a fait ça sûrement si précautionneusement que ça m'a presqu'autant plu que les léchages râpeux de ma mère Ophélie.

C'était une femme errante douce.

Mais je lui procurais de l'embarras.

– Maintenant que je t'ai extirpée de ton cercueil pour famille nombreuse, qu'est-ce que je vais faire de toi ? Soi tout seul à s'occuper, ça fait déjà beaucoup de monde. Alors prendre un animal de compagnie... Je n'ai pas besoin de compagnie. De personne, je n'ai besoin. Et de rien. Tu vois bien que je n'ai rien. Pas une valise, pas un fourre-tout, pas un sac à main. Rien. Que je n'ai que moi. C'est moi que j'emporte. Que moi. Et... Mais dis donc... Ça y est. On ne griffe plus. On fait son câlin, son enjôleur. On me baise la main. Ça signifie quoi ? Que tu cherches à m'attendrir. C'est ça que tu es en train de faire ? C'est ça ? Ne me dis pas le contraire. Tu es en train de me faire le numéro du petit roublard qui...

Ça ne devait pas pouvoir se voir encore que j'étais une chatte. Alors elle me parlait au masculin.

–... croit qu'on va l'adopter. Désolée, mon garçon, il ne saurait en être question. C'est que je suis sur le départ, moi. Le grand départ. Alors... m'encombrer d'une bête. De toute façon, dans l'avion, ils ne te voudraient pas. Ni dans le bateau. Même vacciné. Alors, mon cher enfant, j'en suis navrée, mais...

Mais elle m'a quand même fourrée dans une des poches de son manteau de pluie. Une poche à ma taille. Si accueillante que je me suis empressée de m'endormir.

D'un excellent sommeil de petite chatte pas morte.

Apprentie

Et je me suis retrouvée apprentie.

Que tu sois animal ou humain, l'apprentissage de la vie, dans les commencements, c'est du pareil au même. A ceci près que nous les chats (et encore plus les chattes) nous comprenons et arrivons à faire tout plus vite et même mieux que n'importe quelle autre créature.

Mais, dans la mesure où nous sommes programmés pour durer moins d'années, c'est quand même presque tout à fait du pareil au même.

Sans aller chercher plus loin il y a les quatre pattes et les deux pattes. Comme au départ, les deux pattes, ils ne le savent pas qu'ils sont des deux pattes, pour aller d'un endroit à un autre, ils font comme nous. Ils essaient de se mouvoir, les pauvres ! En n'arrêtant pas de chuter, de se flanquer le nez sur leurs planchers, leurs moquettes. Au départ, même un futur prix Nobel ou danseur de claquettes, ça se traîne. Moins gracieusement que nous. Ça fait tout moins gracieusement, habilement que nous. A cause d'un sens de l'équilibre moins aiguisé, à cause de derrières trop volumineux, de pataudérie, à cause de manque de vibrisses.

Les vibrisses, c'est ce que les gens prennent pour des moustaches de chat. Ce n'est pas des moustaches. C'est... Mettons que c'est notre radar.

Bref, que ce soit pour aller d'un endroit à un autre endroit, ne pas croupir dans sa propre saleté, s'emplir son estomac, les humains en herbe, comparés à nous, c'est empêtré, c'est lent. Humain, quoi !

En compagnie de ma femme errante, j'ai appris à toute allure des choses aussi essentielles que savoir distinguer le bon manger du pas bon. Bon ou pas bon au goût, à la croissance et à la santé. C'est captivant l'apprentissage du manger. Et ça fait d'une chatte une gourmande, une difficile.

Moins captivant mais aussi important apprendre où faire et où ne pas faire ses besoins. Sur ce point-là, nous sommes imbattables. C'est que nos pipis et le reste sont appelés à jouer un très grand rôle dans notre existence. Un pipi de monsieur ou de dame ou d'enfant n'est qu'un pipi. Un pipi de chat c'est... Ça dit des choses, nos pipis à nous. Ça peut effrayer un ennemi, le faire fuir, tenir un importun à distance, attirer qui on veut attirer. Nos premiers pipis, c'est comme les lettres que les gniards apprennent à tracer dans les maternelles. Nous avons un alphabet du pipi. Alors, évidemment...

Capital aussi la connaissance des dangers. Et il y en a ! Les mortels et les autres, ceux qui te rendent pas dans ton assiette, chafouin, en sale état, un peu ou complètement malade, ceux qui te rendent estropié, amputé d'une patte, de la queue, d'une oreille, d'un œil, des deux...

Ah ! Un matin...

Crevette

Un matin je me suis rendu compte que c'était fait, que j'avais les yeux ouverts. Et voyant.

Ce qu'ils ont vu ?

Les ténèbres de la poche du manteau de pluie de ma femme errante à l'intérieur de laquelle je passais presque toutes mes heures à dormir comme un loir. Puis, quand j'ai sorti le haut de ma tête de cette poche aussi confortable qu'un panier à chats du commerce, j'ai vu le monde des vivants.

Ce matin-là, le monde des vivants, c'était un banc de jardin avec ma femme errante assise dessus et, un peu flous (parce que j'en étais à mes balbutiements en matière de regardage), des carrés d'herbe pas très vastes, des oiseaux qui faisaient les guignols dans l'herbe, une fillette qui tapait avec un de ses pieds sur la jambe d'une dame qui tapait avec une de ses mains sur la figure de la fillette, un homme qui fumait une pipe sur le même banc que nous, des arbres et du ciel plutôt bleu ciel.

Honnêtement, ça valait la peine d'avoir des yeux en état de marche. Ça valait la peine de voir ma femme errante avec ses cheveux échevelés, avec son regard d'égarée, ses vêtements élégants devenus sales et froissés. Avec ses gestes qu'elle faisait trop vite ou qu'elle commençait et ne finissait pas. Avec ses lèvres qu'elle mordillait comme pour se faire saigner sa bouche maquillée n'importe comment parce qu'elle fuyait les miroirs.

Quand elle m'a vue en train de découvrir le monde, elle a tiré une de mes oreilles pour m'aider à la sortir tout entière de sa poche, ma tête.

– Ça y est, tu as fini de bouder, toi ! Monsieur daigne enfin s'intéresser à ce qui se passe ailleurs que dans ma poche. Tu as raison, mon garçon. Parce que – si tu sais te méfier de qui il faut se méfier – le monde est une région qui mérite d'être visitée. Et encore, là, tu n'as droit qu'à un modeste échantillon. Les arbres de ce square, ce sont des arbres, d'accord. Mais, tu peux me faire confiance, comparés aux arbres des îles lointaines, c'est de la gnognote. Dix fois, cinquante fois plus hauts, ils sont, les arbres des îles lointaines, et avec des feuilles larges comme des draps de lit et avec de ces fruits... De ces fruits. Une cerise d'arbre d'île lointaine, ça a facilement la taille d'un potiron de chez nous et c'est plus sucré, plus juteux, plus tout. Et les herbes des îles lointaines ! Des herbes comme des arbres d'ici. Et les oiseaux ! De ces oiseaux... Avec chacun mille fois plus de plumes que les oiseaux d'ici. Et chacune d'une couleur différente. Dans les îles lointaines, il y a des couleurs qui n'existent pas ailleurs. Que tu ne peux pas voir dans nos continents à nous, même en fermant les yeux. Et je ne te dis rien du climat, du soleil qui brille même la nuit, des rivières qui coulent dans les deux sens, je ne te dis rien des mois de quarante jours, et des jours de trente heures sans une minute de nuit. Mais tu t'en moques des îles, toi. Ce qui t'intéresse, c'est ta surprise. Parce que tu as une surprise. J'espère qu'elle va te plaire. Je n'avais encore jamais fait de courses pour un chat, moi.

Ma surprise, c'était une boîte de lait en boîte.

– Ça te va ? J'ai bien choisi ? Non ? Tu aurais voulu autre chose ? De la viande ? Tu es trop âgé pour du lait ? Tu manges quoi ?

Je n'avais jamais vu aucune boîte de manger. Je n'avais jamais vu aucune boîte tout court. Je ne savais même pas que du lait ça s'appelait du lait. Quant à de la viande... Hébétée, j'étais.

– Tu veux que j'aille la changer, cette boîte ? Si c'est ça, dis-le.

Se faire comprendre des gens, c'est, quand on est une chatte exceptionnellement avisée, très difficile. Mais se faire comprendre des gens quand on en est à encore ne rien comprendre du tout...

J'étais un tout jeune animal sans la queue d'une idée. Une bestiole qui découvrait qu'elle était capable de regarder. Je regardais une boîte en fer. Ma femme errante me regardait, l'homme qui fumait une pipe nous a regardées. Des oiseaux nous ont regardées. C'était parti pour ne jamais finir.

Quelque chose – quoi? de l'instinct? – m'a poussé les fesses pour me faire avancer sur le banc de square en direction de la boîte de lait et ce quelque chose m'a aussi fait frotter ma tête, mon front contre cette boîte. Grâce à quoi, tous les problèmes se sont évanouis comme par enchantement.

– Eh bien voilà! Suffisait de le dire que tu aimais le lait. Alors tu me laisses le temps de... Parce que j'ai pensé aussi à l'ouvre-boîte. Un beau. Nickelé. Qui peut aussi servir à décapsuler les bouteilles.

Il s'est mis à y avoir de la bonne odeur dans l'air. Ça, c'était du bon, du positif. Après...

Lécher du lait sur un doigt, c'est plus compliqué que de téter. Mais si tu as été sevrée brutalement et que tu es décidée à ne pas te laisser mourir, le coup du léchage, ça te vient tout seul. Et il était très très correct, ce lait. Trop sucré, pas assez goûteux, si on le comparait à celui de ma mère Ophélie. Mais c'était du lait. Et j'avais faim.

– Si tu veux me l'user, mon pouce, ne te gêne pas. Tu m'as l'air bien parti pour faire carrière dans le métier de goulu. Il est vrai qu'avec le peu de poids que tu dois peser... Tu sais de quoi t'as l'air si on se donne la peine de te regarder attentivement? D'une crevette. Sérieusement. Tu serais sur un plateau de fruits de mer au lieu d'être sur ce banc... Tout à fait une crevette. Et pas grosse. Pas bouquet. Grise.

C'était bien, pas bien, d'avoir l'air d'une crevette?

Pour ma femme errante, ça devait être bien, puisqu'elle m'a embrassée sur le crâne. Chaleureusement.

Les baisers chaleureux sur le crâne, c'est comme le lait en boîte. Ça revigore.

Et l'existence... le monde...

Il ne valait peut-être pas les îles lointaines, mais, moi, une fois gorgée de lait, je l'ai trouvé parfait, ce monde en forme de square. Et parfaits aussi tous les autres squares parisiens que nous avons faits, ma femme errante et moi.

C'est qu'on en a fait. Et des rues. Et, encore plus, des terrains vagues où ma femme errante cherchait quelque chose de pas trop salissant – pierre, vieille caisse, chaise branlante abandonnée – pour s'asseoir dessus le temps de griller une cigarette. Puis une autre. Puis une autre. Puis une autre. C'était son occupation principale, de faire de la fumée en me parlant ou en se parlant à elle-même des îles lointaines où elle allait partir dès qu'elle aurait trouvé le bateau ou l'avion qu'elle avait énormément de mal à trouver.

Elle avait un très grave problème d'avion et de bateau.

Si on passait devant une agence de voyages, elle y entrait et en ressortait avec le maximum de prospectus. Et elle s'asseyait sur le premier banc venu et elle les compulsait, les annotait avec son crayon à yeux.

Et elle entrait dans la fureur, la colère. Ça ne collait pas ! Ça ne voulait jamais coller ! A croire que le bon avion, le bon bateau pour les îles lointaines, n'existaient pas. Ou que sa décision de partir, ce n'était qu'un mensonge qu'elle se faisait. Ou qu'il y avait tant d'îles lointaines alléchantes qu'elle n'arrivait pas à se décider pour une seule.

En plus des squares, des terrains vagues et des agences de voyages, ce qu'on fréquentait assidûment, c'étaient les cinémas. Pas pour les films qui y passaient. Pour être dans le noir, du début de la première séance à la fin de la dernière, et pour y dormir. Elle dans un fauteuil, dans le fond de la salle, là où il y avait le moins de gens. Moi dans sa poche d'imperméable ou sur ses genoux.

C'est que, le jour, elle était très fatiguée, parce que, la nuit, elle n'arrêtait pas de marcher, de faire des kilomètres de rues. De rues qu'elle choisissait peu passantes. Désertes. Les gens, elle ne faisait que les éviter, les fuir.

Parfois nous entrions dans des cafés. Mais, sitôt avalés un express bien serré, un peu de croissant, et tiré quelques bouffées de cigarette, ma femme errante jetait des pièces sur la table et se sauvait. Elle se sauvait parce que des gens la regardaient. Ou se mettaient à lui parler.

Les conversations, elle ne supportait pas. Ça la rendait tout affolée, toute tremblante que quelqu'un s'approche d'elle et se mette à lui dire même des amabilités ou des drôleries.

Les seules conversations qui lui allaient, c'étaient celles avec moi. Certainement parce que je ne lui répondais pas.

Ce qu'elle a pu me raconter.

Et pas que sur les îles lointaines où elle allait partir sitôt trouvé le bon bateau ou le bon avion. Elle me racontait aussi des choses sur des gens qui lui avaient fait des foules de misères. Des pères, des oncles, une tante surtout, une tante qui revenait tout le temps sur le tapis, une tante qui lui "volait ses rêves quand elle avait l'âge de ne pas avoir encore fait sa communion", elle me racontait aussi des gens qui la faisaient suivre par des flics pas de la police pour l'enfermer dans des endroits terribles où l'on enfermait les personnes comme elle pour leur enlever leur cerveau et qu'elles deviennent les ombres d'elles-mêmes. Des fantômes. Des zombies.

Et elle me disait qu'elle me disait tout ça parce que, avec un brave garçon comme moi, elle était sûre que "ça ne transpirerait pas".

Elle m'a raconté énormément d'histoires, énormément embrouillées. Et énormément promenée dans sa poche de manteau de pluie. Trop énormément.

Son grand malheur, à cette dame ou demoiselle, c'est qu'elle avait la bougeotte, qu'elle ne pouvait pas rester en place même quand elle avait trouvé une place épatante pour y fumer plein de cigarettes ou manger les gâteaux, les crêpes, les gaufres, les tablettes de chocolat qui étaient sa nourriture avec des cafés express très serrés avalés à toute vitesse. C'était effrayant, sa bougeotte. Je n'ai jamais rencontré d'humain ayant d'aussi mauvaises chaussures qu'elle et s'en servant autant. Moi, j'aurais peut-être pu être crevette. Mais, elle, c'est juive errante, qu'elle aurait pu être.

Elle avait la maladie de ne pas pouvoir s'arrêter.

C'est une maladie d'humain.

Pas de chat.

Le chat, quand il a trouvé l'endroit qui lui convient, il y reste, il s'y incruste.

Son territoire, ça s'appelle.

Moi, mon territoire, mon vrai, il m'aura fallu des années pour le trouver. C'était chez mon homme Vincent.

Et j'en suis partie. Chassée par l'incommensurable saloperie de cet homme qui était l'amour de ma vie.

Qui l'est encore et le sera toujours.

Mais il ne veut plus le savoir, le salaud !

Il s'en moque éperdument que je sois devenue maintenant une chatte aussi errante que cette femme errante qui m'a gavée de lait en boîte et de chaleureux baisers sur le crâne et m'a appris le b-a, ba de la vie avec quelqu'un mais pas le plus important...

Que j'étais une chatte et non un chat.

Métro

Donc je fus d'abord un chat. Jeune. Eveillé. Et – parce que rien n'est plus contagieux que la crainte – pas du tout enclin à frayer avec qui n'était pas ma femme errante. Sa trouille des gens, je l'ai tout de suite partagée. Si un homme errant de terrain vague, un garçon ou un client de café, une ouvreuse de salle de cinéma avait l'audace de me dire un mot – pfüüüüt ! – je disparaissais à l'intérieur de ma poche d'imperméable et m'y recroquevillais.

A croire que je croyais que, moi aussi, j'avais des hommes qui me traquaient pour m'enfermer dans des endroits terribles pour m'enlever mon cerveau.

Ma poche d'imper, c'était mon nid, mon cocon. Bien enfouie dedans, il ne pouvait rien m'arriver.

Mais les poches d'imperméable ça n'a pas de croissance. Les chattes, si !

A force, je n'ai plus pu y tenir, dans ma poche. Ce n'était plus possible que j'y dorme, que je m'y réfugie, je dépassais trop.

– C'est le lait, mon garçon. C'est le bon lait sucré. Ce qu'il faudrait, c'est que je t'achète un sac à chat et que... Seulement, moi, les bagages... Tu serais un chien, encore... Nous trotterions ensemble. Mais toi...

Je n'étais absolument pas un chien. Même les moins volumineux, les moins disgraciés par la nature que nous avions croisés au cours de nos incessantes randonnées n'avaient aucun point commun avec moi. Alors ?

Alors de chatte de poche je suis devenue chatte de bras.

Sur l'instant, ça a été très dur pour moi. C'est que je m'y étais attachée, à ma poche.

Ça a été très dur seulement sur l'instant. Car se retrouver dans les bras de ma femme errante, c'était fort agréable et une fois que j'aie eu goûté au sommeil à l'intérieur du haut du manteau de pluie...

A l'intérieur du haut du manteau de pluie et à la place idéale, là où ma femme errante avait une poitrine. Une poitrine modeste comparée à d'autres que j'ai connues après. Mais une poitrine de dame.

Même si l'on a la possibilité de s'offrir les plus dodus coussins, des couettes rembourrées de ce qui se fait de plus moelleux, des oreillers en vraie plume de canards nordiques spécialisés dans l'oreiller, on ne peut pas ne pas préférer une poitrine de dame. Elles n'ont pas que ça, les dames. Mais leur poitrine, aussi riquiqui soit-elle, y enfouir son nez, s'y blottir, c'est du bonheur.

Et, quand c'est arrivé, je savourais ce bonheur-là.

C'est à la station de métro Edgar-Quinet que c'est arrivé.

Une station, mocharde et aussi peu gaie que toutes les stations de métro, où nous nous étions réfugiées parce que, ce jour-là, les cinémas et les cafés étaient trop pleins de gens.

Nous étions sur un banc, bien paisibles, ma femme errante regardant des photos d'îles lointaines dans un catalogue, moi savourant mon bonheur d'être le chat d'une femme à poitrine, quand deux hommes sont venus vers nous. Ils n'ont rien fait que s'approcher.

Et ma femme errante leur a dit – pas dit, crié – de ne pas nous regarder "avec leurs yeux de pourritures de flics". Et comme ils continuaient à nous regarder...

Je n'ai pas eu le temps de bien tout voir. Tout est arrivé trop soudainement les cris de plus en plus forts, des mots si gros qu'on ne devrait jamais les dire, des gens qui s'en sont mêlés, des vraies pourritures de flics qui s'en sont mêlés aussi, du tumulte, de la brusquerie...

Et j'ai chu. De la hauteur de la douillette poitrine de ma femme errante qui s'était levée et faisait des gestes avec ses bras, des gestes trop grands, trop rapides, pas normaux.

J'aurais pu me fendre le crâne, me casser une patte ou plusieurs. Je suis bien tombée. Et je me suis retrouvée dans plein de pieds, dans de l'agitation.

Et j'ai entendu ma femme errante, ses cris plus criards que les cris de tous les autres, ses cris pleureurs.

– Mon chat ! Je veux mon chat-crevette ! Je le veux ! Rendez-le moi ! Il me le faut absolument, bande de salauds de flics que vous êtes ! Il me le faut pour partir avec lui dans les îles lointaines ! Il me le faut ! Mon chat ! Mon chat-crevette ! Je n'ai rien, je n'ai personne. Je n'ai que lui. Que mon chat-crevette ! Rendez-le moi !

Je l'ai entendue.

Puis je ne l'ai plus entendue.

J'étais sur un quai. Dans des pieds de voyageurs que ça laissait froids d'avoir vu embarquer "une dingue, sûrement une dingue", et que ça faisait rire de voir un chat tout secoué d'avoir chu, et tout désemparé de se retrouver soudain sans sa femme errante.

Des mains ont tenté de me saisir. Les mains, on ne sait jamais à qui elles sont et où elles peuvent vous emporter. J'ai filé.

Qui m'aurait vue filer et me faufiler dans le dédale de pieds, de jambes, grimper, dévaler des escaliers m'aurait prise pour une fugueuse aguerrie. J'étais capable de fuir. Bonne nouvelle ! Mais personne ne s'en rendit compte. Personne, parce que ma dame errante était partie de ma vie et que, dans le métro, ses couloirs, ses escaliers, personne ne regarde personne. Le métro c'est fait pour que les gens trottent, se cognent les uns dans les autres et trottent et trottent et s'entassent comme des crétins qu'ils sont.

Dieu a créé le monde. Pas le métro. Ça fait partie des choses dérisoires, qu'il a laissé les hommes mitonner et fabriquer, eux-mêmes, le métro. Il y a bien rajouté quelques musiciens, quelques joueurs de guitare, de bongo, quelques marchands de noix de coco à deux pour le prix d'une. Mais qui écoute la musique, qui achète les noix de coco ? Pas le temps !

Si. Quand même. Une dame à cheveux blancs m'a regardée et traitée de beau minet. J'aurais peut-être dû la suivre, lui faire une grâce ou deux. Mais quand on est secouée, désemparée...

J'ai filoché tant que j'ai pu. Dans une lumière sombre. Et il a fini par se mettre à ne plus y avoir de bousculade. Puis plus de gens du tout. Et les couloirs se sont mis à devenir immenses. A ne plus finir à aucun bout. Et la lumière sombre s'est éteinte. Je voyais comme je vois tout le temps. Mais lugubre.

Et ça s'est mis à sentir, d'abord un peu, puis de plus en plus fort, le danger. Le danger immense, épais, arrivant de partout. Auquel on ne pourra pas couper.

Tous mes poils se sont dressés et mon cœur s'est mis à se cogner contre les os de ma poitrine. Fort à les faire éclater. Et je me suis entendue faire nrouin nrouin nrouin avec le fond de ma gorge.

Nrouin nrouin nrouin

Je jure que c'est ça que je me suis entendue faire.

C'est que c'était terrorisant comme dans le sac en plastique mortel du mari André de la bonne de madame d'Ouiche. Mais qu'en plus, je me rendais compte.

Manger, pisser très proprement très discrètement dans des endroits voulus, ça m'était venu tout seul. Pas la trouille. Je devais de la connaître à mon aimable dame errante. Elle me l'avait inculquée à la perfection, la trouille.

J'avais peur et je le savais.

C'est pire – tout devient pire – quand on se rend compte.

Et l'effrayante odeur de danger s'est transformée en répugnante odeur de rat. En odeur de rat de tellement de rats qu'ils se marchaient les uns sur les autres. C'était à voir. Et j'ai vu. Des centaines de centaines de rats obèses, gris foncé, s'aiguisant leurs dents en marchant. Des centaines de centaines de centaines de dents plus mignardes que même mes petites ratiches à moi.

Des rats avec leurs museaux pointus, leurs petites mains à doigts et à ongles. Des rats avec des queues rosâtres qui glissent en serpentant. Des rats à vomir de dégoût.

Un chat adulte, de belle taille, chat depuis toujours et ayant du cœur au ventre, un chat sachant qu'il peut le vaincre, il voit un rat, il a quand même et d'abord un mouvement de recul. Moi, dans mon métro, je n'ai eu aucun mouvement.

De voir tant de rats en une seule fois, ça m'a paralysée.

J'avais filé, trotté, j'étais à point, mûre pour être mangée.

Toute crue. Comme une cerise des îles lointaines.

Sans les hommes du service de l'entretien et leurs balais à estourbir du rat, j'aurais fini dévorée ou écrabouillée par la horde, c'est sûr.

Ils ne les ont pas estourbis tous. Un bataillon, une armée entière d'hommes, du service de l'entretien n'aurait pas pu les estourbir tous. Mais ils ont fait du bon travail. Sans lambiner. En pas dix minutes, ils ont eu de quoi remplir leurs trois brouettes de cadavres de rats.

Les autres doivent marcher encore. Direction Saint-Denis en passant par Sèvres-Babylone, Miromesnil, Garibaldi. Ou peut-être qu'ils ont bifurqué, pris une autre ligne que la numéro treize à Duroc ou à Saint-Lazare. Ou le RER et qu'ils sont dans les Yvelines, dans des campagnes.

Avec les rats on ne peut pas savoir. En plus de sentir le rat, d'être repoussants à regarder, ogres infectieux et pestilentiels, c'est vicieux au possible, les rats.

Les hommes du service de l'entretien, c'est tout le contraire. C'est franc, ouvert, pas ménager de peine ni de temps, propre même dans le sale. Et rieur.

Une fois le danger balayé, il y en a un qui m'a dit en me montrant une des brouettes pleines

– Si tu veux les manger tous, te gêne pas. Nous, on a nos sandwiches.

Ils étaient fort rieurs. Et Noirs.

C'étaient des Noirs providentiels venus des îles lointaines pour m'empêcher de mourir dans le métro ?

Ce que je sais, c'est que je leur ai collé aux pieds toute la nuit. Je tombais de sommeil mais je me suis forcée à trottiner derrière leurs pataugas. On en a fait du couloir, de l'escalier, on en a longé du rail. C'était à croire qu'ils voulaient m'user complètement les pattes ou me semer comme un Poucet. Mais j'avais perdu ma femme errante. Si je les perdais eux aussi...

Gaîté

C'est par l'escalier de la station Gaîté que je suis revenue à la surface de la terre.

J'entends encore celui des hommes du service de l'entretien qui avait un passe-montagne banane à pompon me dire "adieu, le tigre, et bonne journée".

Il aurait pu m'emmener dans sa maison de Noir qu'on appelle paillote dans les îles et HLM à Paris. Il ne l'a pas fait. Peut-être qu'il avait une maison pas assez grande. Ou déjà un chat. Ou un chien. Ou des animaux comestibles, des poissons, des oiseaux. Bref, il n'a pas voulu de moi.

Gaîté ! Un mot que je ne connaissais pas à l'époque. Mieux valait, car j'avais complètement perdu la mienne dans ces terrifiants sous-sols. Ma gaieté, c'était comme si on l'avait embarquée en même temps que ma femme errante.

Cette drôle de dame ou demoiselle qui voulait tant que je ressemble à une crevette.

Qu'est-ce qu'elle a pu devenir ? Son bon avion ou bateau, elle a fini par le trouver ?

Peut-être qu'elle est loin, dans une île mirifique, dans du soleil à profusion, et qu'elle rit en regardant des singes pas plus gros que des noisettes faire des acrobaties dans des arbres plus hauts que la tour Eiffel.

Les seules fois où je l'ai vue rire, quand on était ensemble, c'est quand j'en faisais, des acrobaties. Des acrobaties loupées de chatte débutante.

Et ce n'étaient jamais de grands rires éclateurs. C'étaient des rires qu'on entendait à peine. Et que des rires de la bouche. Elle ne riait jamais des yeux. Jamais.

Moi je ne riais ni de la bouche ni des yeux.

Aucun chat normal ne le fait.

Mais je m'amusais. Dans les squares, sur les terrains vagues, dans des coins bizarres déserts où elle s'arrêtait pour faire de la fumée de cigarette et penser à son départ, je me suis amusée.

Amusée à faire des découvertes d'abord. C'est d'un drôle, de découvrir qu'on a des pattes, des pattes avec des gants blancs à leurs bouts, des griffes qui sortent du bout des gants blancs, des griffes qui peuvent se dresser pour faire des déchirures, des cruautés, des griffes pour se débarrasser de ses puces, des griffes rentrantes quand vous vient l'envie de faire patte de velours. C'est d'un drôle, de découvrir que, si on lève à la fois trois de ses quatre pattes, on s'écroule sur son ventre. Et de se découvrir une queue ! Une queue qui bouge. Qui bouge comme elle veut. A son idée. Qui vous tourne autour. Se cache. N'est jamais là où on la cherche. Se gonfle, devient plus grosse que vous-même en cas de trouille. Amusant aussi de jouer avec, de faire comme si sa propre queue, était un serpent redoutable. Ou une corde à sauter. Et de la faire tourner. Et d'essayer de sauter par-dessus. Et de se flanquer la gueule par terre. Ça vexe de se tomber sur le nez, dans le sable poussière des jardins parisiens. Ça vexe, mais ça amuse en même temps. Ce qui l'est, formidablement amusant, c'est d'attraper. Sa queue évidemment. Sa queue qui se croit inattrapable, cette prétentieuse ! Mais aussi d'attraper des mouches, d'attraper d'autres bestioles que des mouches qui vous volent autour, qui baguenaudent ailleurs que par terre, d'attraper des poussières, des miettes de n'importe quoi, des miettes les plus petites possible. Et d'attraper rien. De faire semblant d'attraper. C'est roulant de faire semblant d'attraper.

Tenez ! Encore une chose d'une drôlerie extrême faire semblant d'être morte. Il faut s'allonger le plus qu'on peut, fermer tout à fait ses yeux et se donner la peine de devenir molle de partout et de respirer si faiblement que même un vétérinaire ne pourrait plus voir que ça palpite sous votre menton.

Et faire de grandes jubileuses parties de balle avec un marron tombé, une feuille d'arbre tombée, une boulette de papier, un bouchon. Pousser des cailloux. Recouvrir avec de la terre une crotte qui n'existe pas parce qu'on ne l'a pas faite. Faire tout ce qu'on peut faire de drôle, de tordant avec des lacets de chaussures, de la ficelle...

Et foutre la trouille à un oiseau de square!... Foncer sur un pigeon!... Se lancer dans le carnage! Ah! le carnage!

L'amusement, me divertir, j'ai toujours adoré ça. Et les farces... Faire des farces comme vous fourrer dans la poche gauche d'un manteau de pluie quand la terre entière sait que votre poche à vous, c'est la droite.

Les farces, pour en faire, faut quelqu'un à qui les faire.

En sortant du métro Gaîté, une fois le Noir parti, je me suis retrouvée sans personne à qui en faire. Sans personne du tout.

C'était mieux d'être sur la terre que dessous, mieux d'être seule qu'avec des centaines de centaines de rats s'aiguisant leurs dents, ou des voyageurs dans de la bousculade. C'était mieux. Mais c'était d'un triste.

D'autant que je n'étais encore qu'une chatoune dans les deux, trois mois. Et déjà depuis longtemps sevrée et déjà rescapée d'une bonne mort dans un sac en plastique, rescapée d'une horde de rats. Et se rendant compte.

Allez vous étonner après ça que je sois restée d'apparence chétive et si fragile nerveusement parlant et sujette à des lubies, à des phobies.

Une chatte névrosée jusqu'au trognon!

C'était mon homme Vincent qui disait ça.

Mais mon homme Vincent, ça a été bien après la Gaîté. Bien après mes semaines de sauvagerie, bien après tant et tant d'endroits, de bons et de mauvais jours, de bonnes et de mauvaises gens.

Dormir étant ce que je savais le mieux faire, une fois abandonnée par le Noir à passe-montagne banane à pompon, j'ai dormi.

D'autant plus et mieux que j'étais fourbue. Sur du carrelage glacial. Dans une encoignure d'entrée de maison. Dormi du sommeil d'une chatoune dans l'abandon et dans une faim géante.

C'est elle qui m'a réveillée la faim géante. J'avais un de ces creux à l'estomac. Aussi grand que mon estomac tout entier.

Il m'a taraudée, ce creux, jusqu'à mon entrée dans la sauvagerie.

En réalité, c'est un monsieur qui m'y a fait entrer. Un homme brave homme, qui savait que les autos et encore plus les autobus sont très ennemis des petites chattes, et qui m'a empêchée d'aller me faire écraser en me cueillant comme un fruit tombé de son arbre, au moment où j'allais traverser une rue. Par la peau du dos, il m'a cueillie. Sans ménagement. Et il ne m'a pas laissé le loisir de lui montrer que j'étais un animal redoutable qui n'admettait pas qu'on l'empêche de traverser même au rouge. Mes miaulements, il s'en fichait éperdument, cet obligeant monsieur. Obligeant mais pas causant. Sans un mot, il a marché en direction d'une porte qui donnait sur de la verdure, sur un jardin si vous voulez. Et il m'a posée par terre. Et donné une tape sur le cul pour m'inciter à la franchir, la porte.

Ce n'était pas un jardin. C'était un cimetière.

Frichti

C'est beau un cimetière. C'est comme un square, en mieux. C'est verdoyant et peu fréquenté. Ça a des arbres – des saules – qui pleurent. Et des visiteurs qui pleurent aussi. Et ça n'a pas – merveille ! – des tapées d'enfants braillards agités et pourchasseurs de chats.

Un cimetière, c'est l'endroit idéal pour y vivre.

Celui-là c'était celui de Montparnasse. Et il m'a tout de suite convenu à cause de son calme et d'une odeur... Une engageante odeur de frichti.

Le frichti, c'est du manger nourrissant à base de choses tenant bien au corps comme du légume pesant genre pomme de terre ou haricots blancs, de la nouille, du riz cassé, des restes de pain rassis et (c'est ça qui lui donne sa saveur) du bas morceau de viande, de l'abat de volaille, de l'os. Le frichti – ou pâtée, ou tambouille – est l'aliment de base du chat et du chien nécessiteux à estomac taraudant. Et c'est ça que j'ai humé, sitôt propulsée dans le cimetière Montparnasse par le monsieur obligeant une revigorante odeur de frichti.

Ça sentait aussi le mort dormant de son sommeil éternel, la veuve, l'orphelin, la terre remuée pour aménager des fosses. Il y avait aussi des effluves de chrysanthèmes, de gerbes, de couronnes pourrissant lentement, des senteurs d'herbe, des puanteurs de chats et d'animaux qui allaient me causer du souci. Mais, moi, je n'ai senti que l'odoriférante odeur de frichti. Et, guidée par mes précieuses narines...

Elle venait d'une cuvette, cette merveille d'odeur. Une cuvette vieille, cabossée, fendillée, presque entièrement désémaillée.

Et vide. Récurée à fond.

Du frichti, il n'en restait pas un atome. Mais des relents... De ces relents...

Je les ai respirés autant que j'ai pu.

Ça ne m'a pas comblé mon creux tenaillant. Mais ça m'a un peu remonté le moral un endroit où ça sentait ce que ça sentait ne pouvait pas être un mauvais endroit.

La suite des événements, qui eut lieu le jour même, à la nuit tombante, allait me prouver combien j'avais raison.

Quand arrivèrent les deux personnes les plus charitables du quatorzième arrondissement de Paris. Deux saintes! Madame Blin et mademoiselle Nicole.

Madame Blin était si âgée qu'elle n'avait plus d'âge. Mademoiselle Nicole avait l'âge d'être la fille de madame Blin. Elles n'étaient ni mère ni fille. Elles étaient mères-à-chats.

Mère-à-chats ce n'est pas un métier. C'est une vocation. Utile et admirable.

Tous les jours, sans jamais en sauter un, fût-il férié, chômé, elles arrivaient au cimetière en même temps que la nuit, ces saintes femmes. Dimanche et jours fériés inclus. L'une – mademoiselle Nicole – poussant son caddie. L'autre – madame Blin – un grand sac cabas à chaque main. Et, dans le caddie, comme dans les cabas, il y avait des gamelles, d'immenses gamelles de frichti.

La cuvette en émail, vieille, cabossée, fendillée, c'était elles qui l'avaient posée près de la tombe d'une fillette emportée par le croup en mil neuf cent treize. Et, chaque jour à la nuit tombante, elles venaient l'emplir. Et pas que cette cuvette-là, elles emplissaient. Il y avait d'autres récipients, d'autres gamelles de fortune. A côté de la tombe de Charles Baudelaire disparu en mil huit cent soixante sept. De celle du chirurgien Velpeau enterré la même année. Il y avait un très grand plat en fer derrière le dernier refuge de la maréchale Pétain. Il y en avait suffisamment pour que tous les chats squatters du cimetière Montparnasse se restaurent et se régalent.

Deux saintes, je vous dis ! Qui se privaient sans doute d'autres plaisirs pour qu'une horde de goulus de mon espèce se calent les joues.

Mais c'était leur bonheur et leur honneur de faire ça, d'aller parlementer chez les commerçants pour obtenir d'eux du légume à bas prix, de la viande pas assez tendre ni assez présentable pour du frichti d'humains, du riz et de la nouille plus vendables, qui n'hésitaient pas à faire les poubelles de restaurants pour y récupérer des croûtons, des fonds d'assiettes. Et qui, nanties de précieux rogatons, nous cuisinaient des marmitées de nourriture extrêmement nourrissante avec amour. Et qui, acceptaient avec le sourire que la population du quartier se paie leur tête, les traite de "piquées".

C'était d'autant plus saint de leur part qu'elle n'avaient que très rarement droit à un merci miaulé ou dit avec les yeux, avec une patte se posant sur leurs chaussures, avec un front venant se frotter sur le bas de leurs jambes. Il leur arrivait même de récolter coups de griffes et morsures – leur clientèle étant composée de chats qui, en plus d'être ingrats comme on l'est un peu tous, vivaient dans la sauvagerie.

Dans la sauvagerie ?

Et comment !

Et – faites-moi confiance – c'est quelque chose, la sauvagerie des chats livrés à eux-mêmes des chats sans un humain pour leur assurer le gîte (confortable, bien tempéré, bien tenu) le frichti (copieux, gouleyant) et les marques d'intérêt, d'amour, et les distractions qui leur sont indispensables.

Quand le Tout-Puissant a créé l'homme – après le chat-c'était pour qu'il s'en occupe, qu'il le dorlote. Alors les chats qui n'ont pas trouvé *leur* humain, ou qui sont tombés sur des humains incapables de bien s'occuper d'eux et les ont fuis, deviennent des déçus et s'enragent.

Un chat sans maison et sans caresses est un chat sauvage.

C'est comme ça, c'est comme ça.

Et un chat sauvage (même de ville), c'est aussi effrayant qu'un tigre, qu'une hyène.

Mais pour les effrayer, madame Blin et mademoiselle Nicole, bernique !

Rien ne pouvait les effrayer, les décourager. Elles avaient une mission à accomplir. Elles l'accomplissaient. Voilà tout.

Et toujours de bon cœur. Surtout mademoiselle Nicole.

Cette joie, quand elle m'a découverte couchée de tout mon long et ronflant de toute mon âme dans la cuvette odoriférante.

– Regardez un peu, madame Blin, ce qui nous tombe du ciel ! Un nouveau pensionnaire ! Dans la cuvette, il a fait son nid ! Carrément dans la cuvette. Ça doit être pour être sûr d'être le premier servi.

Madame Blin y est allée aussi de son commentaire, tout en me sortant de la cuvette et en l'emplissant de frichti. (Ce qui eut pour effet de faire arriver de partout des chats de tout poil.)

– Là où il pourrait l'être, le premier, c'est s'il y avait un concours du gouttière le plus gouttiéreux... Dieux sait qu'on en a vus des malingres, des rachiteux, des mal poilés, des qui tiennent debout que parce que c'est la mode... Mais ce quiqui-là ! Ça me surprendra toujours combien ça peut être à la fois pas beau et joli comme tout, un quiqui.

– Ça... On peut dire qu'il est spécial. Mais il a l'air d'un bon petit.

– Bien sûr qu'il a l'air d'un bon petit. Et d'un fameux ballot aussi. Regardez-le moi ne pas être capable de se hisser. Et de... Le niguedouille ! Le voilà qui pique du nez dans le frichti, maintenant ! Et qui... Mais il n'est même pas fichu de laper, cet ahuri. Et les autres goulafres qui... Mais ils vont le faire plonger, le faire se noyer dans ma soupe ! Mais voulez-vous bien... Mais voulez-vous bien !... Ces cannibales ! Ils tueraient père et mère... Ils... Mais voulez-vous bien ! Tigré ! Tu veux laisser le petit nouveau goûter à ma soupe aux pattes de poules ! Et toi, Qu'une-Oreille ! Tu veux le laisser manger, oui ?... Mais voulez-vous bien... Mais voulez-vous bien...

Des coups de louche à servir le frichti se mirent à pleuvoir sur Tigré, sur Qu'une-Oreille. Et sur d'autres, plein d'autres saligauds de sauvages qui me poussaient, me repoussaient, me... En fait, ils étaient prêts à me dévorer pour m'empêcher de dévorer. Et quand je dis de dévorer...

Tout ce que j'aurais pu, si ces fauves m'en avaient laissé la possibilité, ç'aurait été de siroter quelques larmichettes de jus de frichti. Peut-être aspirer un grain de riz, un fragment de rondelle de carotte et m'étouffer avec.

C'est que manger, je ne l'avais jamais fait. Téter c'est boire. Laper du lait en boîte aussi.

Et mademoiselle Nicole – qui était experte en chatterie comme personne – eut tôt fait de comprendre.

– Vous voulez que je vous dise, madame Blin, ce petit-là, pas fichu de se tenir à table, c'est le Ciel qui nous l'envoie.

– Vous et votre Ciel...

– Si ça vous fait plaisir que ça soit pas le Ciel, on dira que ce n'est pas le Ciel. N'empêche que...

– Que quoi ?

– Que ce petit têtard va tirer la Câline de ses embarras.

– Vous croyez ?

– Ce petit niguedouille-là, c'est encore un chat de lait. Ça se voit comme le nez au milieu du visage, que c'est encore un chat de lait. Et si c'est encore un chat de lait...

Je tombais à pic. A point nommé pour tirer de ses embarras une chatte d'au moins vingt ans que ces deux saintes femmes appelaient Câline et qui vivait des moments très difficiles, toute seule, dans un coin qu'à elle, sur la pierre tombale d'un peintre cubiste polonais décédé dans les années soixante.

L'avant-veille, la Câline en question avait mis bas. Et, parce qu'elles connaissaient les redoutables dégâts de la prolifération, du pullulement des petits, les deux saintes femmes les avaient supprimés. Pas à l'hitlérienne, pas dans un sac en plastique et sans égards. Elles les avaient euthanasiés proprement, maternellement, avec de bonnes paroles et du produit anesthésiant de vétérinaire.

La maman Câline se retrouvait tourneboulée – mais il valait mieux choquer une chatte qui devait en être à sa cinquantième portée (au moins !) que de laisser le cimetière s'emplir de trop de chats et attirer les déchatiseurs de la Ville de Paris. Parce que quand les déchatiseurs officiels passent à l'action...

L'ennui c'est que la Câline ne se retrouvait pas que choquée, elle se retrouvait aussi avec du lait à ne pas savoir qu'en faire et les tétines et l'intérieur de sa poitrine avec de tels gonflements qu'elle risquait d'en crever.

Alors...

– Vois un peu ce qu'on t'apporte, Câline. Vois un peu un nourrisson !

Parfaitement c'est comme ça que je me suis retrouvée à téter comme une dingue quoique déjà sevrée et pratiquante du lait en boîte.

Et il était d'un goût, le lait de la Câline. D'un goût. Et il y en avait de quoi emplir dix creux comme celui qui m'emplissait l'estomac ! Non contente de me donner son lait, la Câline m'a donné de l'amour maternel. Dont elle avait aussi tout un stock qu'il fallait qu'elle écoule.

Elle ne s'est pas demandé si j'avais ou pas un air de famille, si j'avais ses yeux, son nez, la queue de mon papa. Elle ne s'est rien demandé du tout. Elle m'a adoptée sur-le-champ. Avec des ronrons enthousiastes. Il lui fallait un têtard. J'en étais un. Merci petit Jésus ! Pour ce qui est de me materner, elle l'a fait. Avec fougue. Je savais me débarbouiller toute seule, elle m'a quand même léchée et reléchée. Jusqu'à dans mes recoins les plus recoins. Et avec insistance. Elle m'a mordillée, mordue. Assez durement. Comme les mères le font pour que les fruits de leurs entrailles comprennent que la vie, c'est commencé, et qu'il n'est plus question de faire le légume.

C'était épatant de redevenir bébé. Ça me vengeait de la perte de ma mère Ophélie, de la perte de ma femme errante, de l'horreur du sac en plastique, du métro, sa cohue et ses rats.

Avec Câline, j'ai cru faire mon entrée dans la béatitude.

Ça s'est, manque de chance, gâté quand les morsures maternelles sont devenues des morsures cruelles, quand l'énorme boule de douceur ronronneuse s'est transformée en boule à humeurs, grogneuse, batteuse. C'est qu'elle s'est mise à me donner des coups de pattes à en assommer un chien, ma nounou. C'est qu'elle ne voulait pas que je dorme, que je m'assoupisse même une miette de seconde.

Pourquoi ?

Parce qu'elle exigeait que je la vide de son lait, de tout son lait. Et qu'elle en avait pour six, ou sept, ou huit nourrissons.

Et que moi, je n'étais qu'une.

Et que téter téter téter... Passer d'une tétine à l'autre sans trêve ni repos... Tout a des limites. Même une faim de famine. Même la goinfrerie. Mon estomac n'était pas en caoutchouc.

Elle voulait quoi, cette chatte laitière ?

Elle voulait que je lui tarisse sa source.

Dure besogne.

De la béatitude, je suis dare-dare passée au supplice.

Que je luis lâche une tétine pour aller faire un discret pipi à deux pas d'elle, que je me dégourdisse un brin les pattes, elle ne le supportait pas. Elle m'en empêchait, me retenait en me plantant ses crocs dans une de mes oreilles. Elle me... La chienne ! Ça a duré des jours. J'ai dû téter en dormant, faire mes pipis sous moi. Je me suis engourdie. Ankylosée.

Sans le grrrrugnah, j'y serais encore, sur son gros ventre laiteux à téter, téter, téter.

Mais il y a eu le grrrrugnah.

Un grrrrugnah qui lui est parti de l'extrême fin fond des entrailles. Un grrrrugnah à réveiller tous les chers disparus du cimetière.

Que d'y penser, j'en tremble encore.

Il voulait me dire quoi, ce grognement racleux ?

Que c'était fini, qu'il fallait que je dégage. Que son lait, je l'avais bu jusqu'à la dernière goutte et qu'elle ne supportait pas qu'une chatte sortie d'un autre ventre que le sien ait le culot de faire comme si elle était de sa famille. C'était un grrrrugnah pour me chasser. Je ne lui étais plus d'aucune utilité. Alors du vent ! Du vent ! Du vent ! Du vent !

J'étais ensuquée, abrutie, redevenue molle de partout, pesante comme une boîte de vingt litres de lait en boîte. Mais il fallait que je dégage. Séance tenante. Sinon...

Je ne suis pas restée à la regarder. Un coup d'œil m'a suffi. Pour entrevoir une lueur dans ses yeux. Une lueur qui disait clairement qu'une chatte grande peut très bien tuer une chatte petite. Très bien.

chien, ma moman. C'est qu'elle ne voulait pas que je donne [illegible] même une miette de [illegible]

[illegible]

Parce qu'elle [illegible] de son [illegible]. Et qu'elle en avait [illegible] nous connaissons [illegible]

[illegible] Passy [illegible] à l'autre [illegible] Même une faim de [illegible] n'était pas en [illegible]

Elle voulait quoi, cette chatte [illegible] ?

Elle voulait que je [illegible] sa source.

[illegible]

De la [illegible] je suis [illegible]

Oui, je lui [illegible] une [illegible] pour [illegible] les pattes [illegible] Elle m'a [illegible] de mes oreilles. Elle m'[illegible] de [illegible] en dormant [illegible] je me suis [illegible] son gros ventre [illegible]

[illegible]

Un [illegible] qui lui est [illegible] de l'extérieur, au fond des [illegible]

[illegible]

Que s'y passe-t-il encore ?

Il voulait me dire quoi [illegible]

[illegible] Que s'en [illegible] je [illegible] qu'elle ne [illegible] pas [illegible] sa famille [illegible] je ne lui [illegible] pas d'aucun [illegible]

[illegible]

[illegible] un coup [illegible] dans ses yeux [illegible] d'une chatte [illegible] Très bien.

Sauvagerie

Câline était entrée en sauvagerie.

La sauvagerie des chats, faut connaître. C'est spécial. Ça n'a pas grand-chose à voir avec celle des chiens, des rats, des oiseaux, des hamsters, des... Je pourrais énumérer tous les animaux de la terre et des airs et des eaux. Chacun d'entr'eux a sa sauvagerie à lui qui peut être terrible mais n'arrive pas à la cheville de notre sauvagerie à nous qui est si souvent tellement sauvage et tellement déroutante qu'elle arrive à nous épouvanter et nous dérouter nous-mêmes.

De tous les animaux, nous sommes l'animal le plus propre, le plus raffiné, le moins bestial en fait. Eh bien il peut nous arriver de devenir, en un éclair – pfuittt ! – plus sales que le plus sale des cochons et salauds, mais salauds !

Même moi qui suis – qui pourrait le nier? Qui ? – un modèle de raffinement, il m'est arrivé de...

Là, nous en sommes à ce funeste matin où mon exagérément laiteuse mère d'occasion me fit sauvagement comprendre que le temps était venu pour moi de me mettre au frichti des saintes femmes du cimetière Montparnasse.

Et le temps de me faire à l'idée que l'attendrissant trognon que j'étais était un animal tout sauf domestique.

J'étais une bête.

Sauvage comme le Tigré, comme Qu'une-Oreille, comme certaine chatte blanche (et donc sourde) qui ne pensait qu'à se battre, comme la chatte jaune hargneuse qui grinçait des dents même en dormant, comme le Sans-un-seul-poil qui avait failli devenir soupe chez des Vietnamiens du treizième qui voulaient célébrer dignement leur fête du Têt.

Ils m'ont tous férocement miaulé quand ils m'ont vue m'approcher de la cuvette que madame Blin finissait d'emplir de frichti à la tête de poisson. Tous miaulé pour que je sache que c'était du frichti pour eux. Pas pour une bouche de plus.

Madame Blin a dû m'ouvrir un chemin à coups de savate.

– Je vous préviens, bande de gredins si vous ne laissez pas ce petit quiqui en avoir sa part, de mon ragoût, je le remets dans ma marmite et je m'en vais ailleurs la donner à des chiens ! Parce que c'est bien élevé, les chiens.

A des chiens !

Le Tigré, Qu'une-Oreille, la Blanche sourde, la Grincheuse-même-en-dormant, tous, ils ont arrêté aussi sec de me miauler, de me barrer la route, de me donner des coups de cul et de patte.

A des chiens !

J'étais une intruse, ils ne me voulaient pas dans leur cimetière, mais... Leur frichti quotidien, à des chiens ! Tout mais pas ça.

On s'est écarté, on m'a laissée m'approcher de la sainte cuvette des saintes femmes. On ne m'a pas miaulé "bon appétit". Mais c'était tout juste.

J'ai donc pu tâter du frichti. Il était au chinchard filandreux, à la nouille collante et à la queue de poireau. Ni trop chaud ni trop froid. Pas un chien ne méritait ça. Pas un. Ça changeait du lait. Avec succulence. Mais il y avait trop à croquer, à mâcher. Et je n'étais, et pour cause, pas encore habile de mes dents. J'ai avalé à toute allure tellement de "tout-rond" que ça n'a pas passé.

Sitôt ingurgité, sitôt rendu, le frichti. La honte. J'étais une misérable pisseuse pas fichue de manger du vrai manger, une niaise, une petite malpropre qui... Et j'avais plein d'yeux de chats braqués sur moi et ceux de madame Blin, de mademoiselle Nicole.

Une vomisseuse de frichti !

Ma honte, je suis allée la cacher dans l'humidité d'un trou de tombe qui devait accueillir le lendemain une centenaire arrachée trop tôt à l'affection des siens.

Pour cuver de la honte, un trou de tombe, ça convient tout à fait. Peut-être qu'ils font ça, pendant leur éternité, les humains, peut-être qu'ils remâchent éternellement leurs vexations, leurs humiliations d'avant d'avoir été arrachés à l'affection des leurs.

Moi, des miens, je n'en avais pas. J'étais une vomisseuse sans famille, sans relations.

Mais pas décidée à me laisser recouvrir par des pelletées de terre de fossoyeur.

Du frichti, j'en voulais ma part. Et de la vie aussi, j'en voulais ma part.

Bien avant l'arrivée du corps de la centenaire arrachée trop tôt, j'étais déjà à gambader dans le petit jour.

Tout honte bue et d'attaque.

Les subtilités du croquage, du mâchage, du recrachage d'arêtes, de petits bouts d'os et de tout ce qu'on peut trouver d'inavalable dans du frichti, me sont venues. Rapidement. Et l'art du déchiquetage, du cisaillage avec ses quenottes faites pour.

Quant à celui de forcer les autres chats à se mettre dans le crâne que – ça y est ! –, on est de la même cantine, du même club qu'eux... Ça, on n'a pas à l'apprendre. C'est de l'inné.

Les autres sont sauvages. Faut se mettre à l'être autant qu'eux.

Et c'est d'un facile.

Sa sauvagerie de chat, on l'a en soi. Suffit de la laisser poindre, grandir, enfler.

C'est avec un chat efflanqué et à houppette que je l'ai étrennée, ma sauvagerie. Pas très longtemps après mon frichti inaugural.

J'étais préoccupée par un bouquet de fleurs en métal rouillé posé devant la photo pâlichonne d'une dame défunte pétant la santé. Il se balançait, ce bouquet. A cause d'un petit vent de cimetière. Vent ou pas vent, des fleurs (même en autre chose qu'en fleur), qui se balancent, ça ne peut que préoccuper une chatte, l'intriguer, lui faire se poser des questions de chatte intelligente sur les bouquets, les fleurs, le vent. Il fallait que j'observe bien bien, que je me fasse une opinion à moi. J'ai donc regardé le bouquet balanceur de loin, puis de moins loin, puis...

Il s'est mis en travers de mon chemin, le matou à houppette. En travers. Bien planté sur ses pattes presque rien qu'en os de chat efflanqué. Et il m'a toisée. Il n'était ni plus grand ni plus vieux que moi de beaucoup, mais il m'a toisée.

Je me suis arrêtée. Net. Sûre que, si je faisais un pas de plus, j'étais bonne pour une dégelée.

Ce crevaillon me toisant avec insolence, ça méritait encore plus de considération qu'un bouquet rouillé dans du vent. Me hissant autant que je pouvais sur mes pattes à moi, je suis restée un grand instant à le regarder me toiser.

C'était écrit en toutes lettres dans ses yeux jaune pisse, interdiction absolue d'aller toucher aux fleurs qui se balancent. Toute chatte qui ira toucher aux fleurs qui se balancent est mûre pour une dérouillée. Bon. Je n'avais qu'à abandonner, qu'à faire demi-tour et me trouver une autre source de préoccupation. Ça ne manquait pas dans le cimetière. Je n'avais qu'à trouver un autre bouquet. Je n'avais qu'à aller m'intéresser à des gerbes en vraies fleurs, à des croix, à des anges sculptés, à des gardiens traînant la jambe dans les allées, à des veuves venues humer les restes pourrissants de leur mari. Je n'avais qu'à...

Pas question.

Ça a été brutal, épastrouillant et inattendu comme une ondée de giboulée de mars. Je me suis retrouvée en train de lui souffler au nez, à cet efflanqué péteux à houppette. Mais à lui souffler...

Chüücshttttt ! Chüücshttttt ! Chüücshttttt !

Ça m'est sorti tout seul de la bouche. Si violemment que j'ai eu l'impression que mes dents, ma langue étaient parties en même temps que ces chüücshttttt. J'avais de la ressource ! Chapeau.

Trois pas en arrière, il a fait, le péteux. Trois gigantesques pas, vu que ses jambes m'ont eu l'air d'avoir doublé en longueur. Et sa queue... Plus volumineuse que lui, elle est devenue. Et le jaune pisse de ses yeux est passé à l'orange. Mais il n'a pas que reculé. œil pour œil, cri pour cri. Lui, ça a été un sluuuufffcchttttt à geler le sang d'un serpent.

Vous croyez qu'il m'a fait peur, ce sluuuufffcchttttt ?

Absolument pas. Il m'a fait bondir et lui lacérer si bien son corps d'efflanqué péteux, sa gueule, sa queue, que je me suis retrouvée avec les griffes pleins de sang. De sang cru à odeur très forte.

Et je me les suis léchées une par une. Longtemps.

J'en ai oublié le bouquet balanceur, le vent de cimetière. J'en ai oublié qu'en cas de satisfaction, on ronronne. Plus rien ne comptait pour moi. Plus rien que ma sauvagerie toute neuve.

Joie ! J'étais un animal cruel.

J'étais un petit grand fauve redoutable.

C'est très apéritif, le sang. Ce n'était plus de voir des fleurs bouger en faisant dling-dling-dling-dling, que je me suis mise à avoir envie. C'était de dévorer.

Du frichti ?

Certainement pas. De la chair fraîche, il me fallait. Et sur l'instant. Et pas celle de cet efflanqué vaincu se léchant ses plaies en pleurnichant.

De la chair fraîche fraîche.

L'heure de l'ouverture de la chasse venait de sonner pour moi. On allait voir ce qu'on allait voir. Un gardien de cimetière, une veuve, un promeneur... la première proie qui se présenterait, y passerait. C'était gagné d'avance.

Ce fut un oiseau.

Un moineau qui farfouillait du bec dans de la brindille. Un rien du tout de moineau de ville. Un moineau pierrot. Je ne lui ai pas laissé le temps d'entendre les mhouaacs mhouaacs mhouaacs mhouaacs qui déboulaient de mon arrière-gorge. Il n'a eu le temps de rien. Même moi je n'ai eu le temps de rien. Aussitôt aperçu, aussitôt saisi, estourbi, éventré, le moineau pierrot.

Qu'est-ce que je pouvais être sauvage !

Je lui ai mangé de sa viande du ventre. Juste un peu. Je n'avais pas faim. J'avais besoin de dévorer. Nuance. Et il avait goût de plume. Ce moineau pierrot.

C'est très comestible, de l'oiseau. Mais il y a les plumes. Ça a un goût huileux, crotteux, et ça se prend dans vos dents, vous chatouille. Ça peut aller jusqu'à vous boucher la gargouillette.

L'amusant avec l'oiseau, c'est que, même déjà très mort et très mangé, ça remue encore. Ça n'a pour ainsi dire plus de corps, plus de tête, et ça bat encore des ailes, ça sursaute encore côté pattes.

La souris aussi, et le mulot et la taupe peuvent continuer à se trémousser et faire de plaintifs bruits de bouche, une fois déjà tués.

Mais, moi, les rongeurs... Les attraper, les exterminer, tant que vous voudrez ! Mais en manger !... Ça m'est arrivé dans mes époques de vagabondage, de perdition esseulée. Une chatte qui a vécu a donné dans le gibier miteux, dans la proie sordide, c'est forcé. Mais il y a des limites. Prenez le rat. Pas le rat d'égout, si pétri de miasmes, de purulences, qu'il en arrive à s'empoisonner lui-même. Non. Le rat d'épicerie, de restaurant, le sain, le dodu nourri qu'aux bonnes choses... En manger un, je n'ai jamais pu. Jamais. Même avaler un poil de queue de rat.

Jamais.

Sauvage mais pas charognarde.

La nuit qui a suivi mon moineau pierrot, je me suis offert une souris de tombe. Pas adulte. Une souricette qui ne demandait, cette chérie, qu'à se laisser croquer, et que j'ai traquée, coursée, prise, lâchée, reprise, relâchée trois heures durant. Trois heures au bout desquelles elle s'est écroulée morte. Autant tuée par la crainte et l'épuisement que par moi.

Mais... ces trois heures... Elles auraient pu durer le double. C'est que, la sauvagerie, une fois qu'elle vous est venue... Le péteux efflanqué à houppette, c'est moi qui l'ai défié, la seconde fois.

Il était à s'étirer dans un rayon de soleil et je suis arrivée. Il a fait celui qui ne me voyait pas. Il a fait celui qui n'y était pour aucune chatte, aucun chat. Il a continué à s'étirer. Puis il a fait celui qui se grattait dans le haut de son dos avec une de ses pattes de derrière. Puis il se l'est léchée, sa patte de derrière. C'était comme si je n'avais pas existé. Comme s'il n'entendait pas le petit crounaillement menaçant que je ne pouvais pas m'empêcher de faire.

J'approchais, j'approchais, je n'existais toujours pas. J'étais tout entière dans son rayon de soleil, qu'il ne m'avait toujours pas vue, ce masque ! Il se lissait les poils de la queue avec sa langue. Calmement, avec application. Un par un, on aurait pu croire. C'était à en devenir enragée.

Je le suis devenue. Ça a dû se voir dans mes pupilles.

Il me suffisait de tendre une patte pour le toucher. Ce n'est pas une patte que j'ai tendue. C'est les quatre ensemble. Et moi avec. Je me suis envolée. Comme un oiseau rapace. Pour lui retomber dessus si fort qu'à l'arrivée je devais peser au moins dix fois mon poids. Je l'ai aplati comme une galette. Et griffé de toutes mes griffes. Et mordu à la bouche, aux narines, aux yeux.

Ces miaous de douleur qu'il a poussés. Ce sang qui lui a coulé de partout. Pas coulé giclé, ruisselé.

Ça lui a appris.

Les autres, les plus âgés, les nettement plus gros que moi, le Tigré, Qu'une-Oreille, j'avais fichtrement envie de m'y frotter. Mais la sauvagerie n'exclut pas la prudence. Je leur faisais des chüüücsttttts, des graagnaaahs. De loin, de là d'où ils ne pouvaient les entendre que très peu et d'où je pouvais me sauver très vite très loin au cas où.

Pour ce qui est des souris pas adultes, des oiseaux à la mesure de mes dents, ce fut l'hécatombe. A la pelle ! A la pelle, les moineaux pierrot, les merles et tous ces oiseaux de Paris que les Parisiens ne connaissent ni de nom ni de vue.

Ils ne s'en doutent pas, mais il y a de l'oiseau de campagne dans leurs arbres. De la bécasse, de la mésange, du colvert, de la corneille, de l'oiseau migrateur échoué là on ne sait comment.

Ils connaissent les grands gros fauves encagés, les kangourous sans entrain et les singes de trente-six sortes qu'ils vont gaver de cacahuètes au Jardin des Plantes, les gens de Paris. Ils connaissent le panda qui les fait rire en mâchouillant des kilomètres de bouts de bambou au zoo de Vincennes.

Mais pas les grillons qui ont colonisé la station de métro Châtelet. Pas les cafards qui grouillent dans des cabines téléphoniques.

Les Parisiens ont la tête farcie de choses qu'ils croient utiles. Mais ils ignorent que leur ville, c'est l'arche de Noé. Ou presque.

Tout ce qu'ils peuvent ignorer, les gens de Paris !

Tous ces bestiaux de cimetière que j'ai exterminés !

C'était le paradis, mon cimetière. Le paradis avec plein d'arbres plus vieux que ses plus vieux cadavres.

Avec le pire de tous les oiseaux du monde le polyglotte. Un oiseau au bec pointu comme une aiguille, ne s'arrêtant de se gaver d'insectes que pour pousser des cris pas à lui. Un véritable oiseau de cirque faisant la fauvette ou le merle aussi bien qu'une fauvette ou qu'un merle.

Pour le cueillir, celui-là...

C'est à lui que je dois de savoir si bien grimper aux arbres. Ces escalades qu'il m'a forcée à faire. Cent fois, j'ai failli me rompre les membres par sa faute. Et pour n'en attraper qu'un seul en des semaines et des semaines. Qu'un seul qui m'a donné un coup de bec si près de l'œil que j'aurais pu en rester borgne.

Des plaies, des bosses, de l'ensanglantement, de l'atroce souffrance, je n'en ai pas été privée. Ça va avec la sauvagerie.

Les trouilles aussi tu en donnes autant que tu peux à tout ce qui bouge autour de toi. Et tout ce qui bouge autour de toi, t'en donne.

Sauvage, tueuse implacable de tout ce que je pouvais tuer, capable de rafler comme les autres ma part quotidienne de frichti de saintes femmes, je commençais à très bien devenir moi.

Moi. Une chatte encore chat. De gouttière. Et de cimetière. Dans un monde à sa mesure avec une flore qui faisait son possible pour fleurir et fruiter en dépit d'une pollution pas possible et une faune qui en valait bien d'autres.

Sans oublier ce qui s'appelle une population. Composée de gens de cimetière.

Avec leurs us, leurs coutumes, leurs manies.

Des gens de cimetière, ou c'est gardien, fossoyeurs, pompe funèbre et c'est tout le temps là et c'est rarement en amitié avec les chats.

Ou ça vient pour un enterrement, habillé en foncé avec des fleurs, des eaux bénites, et ça pleure, ça gémit, ça se vautre dans les lamentations, les regrets. Ou ça vient n'importe quel jour avec dix francs de fleurs et ça murmure des prières debout ou ça s'affole et ça parle à des pierres tombales, ça leur chuchote des “Ah! ma Pauline (ou ma Suzy, ma Geneviève, mon Richard, mon Pierre, mon Serge, mon Antoine), si tu savais comme tu me manques. Si tu savais. Si tu savais. Si tu savais comme, depuis que tu es parti, les nuits sont noires et la télé sinistre.” Ou ça vous parle à vous, à vous le chat qui passe, le chat qui fait des mines, des grâces, des singeries de chat pour tenter de les tirer de leur peine, les visiteurs inconsolables. Ça vous parle la larme à l'œil et l'œil ailleurs. Ça vous parle de dames qui allaient comme tous les matins acheter sans se biler leur pain, leur journal, et qu'un autobus a coupées en deux, de vacanciers qui ne sont jamais arrivés au Touquet pour cause de train tragique, de vacanciers arrivés au Touquet et emportés par une vague comme il ne devrait pas y en avoir au Touquet, de types qui n'avaient jamais bu ça d'alcool, ni fumé, ni fait d'abus aucun, et qui ont quand même été fauchés à pas même cinquante ans, pas même quarante par...

C'est d'un sinistre, les inconsolés!

Il y a aussi les tout vieux (dames et messieurs) qui viennent contempler des tombes de morts pas à eux pour s'acclimater parce qu'ils sentent que leur glas s'apprête à sonner. Ils ne disent rien, ceux-là. Ça leur coupe le sifflet, l'idée que, de plus en plus bientôt...

Pour nous parler, nous dire des choses joyeuses et nous intéressant nous, il n'y avait que sainte madame Blin et sainte mademoiselle Nicole. Elles étaient aussi peu avares de paroles que de frichti, nos cantinières. Mais, pour elles, je n'étais qu'un chat comme les autres.

Pour moi aussi, je n'étais encore qu'un chat comme les autres.

Trouilles

Au bout de pas beaucoup de temps, je m'étais trouvé mon endroit de cimetière Montparnasse à moi. Dans la partie rue Emile-Richard, boulevard Edgar-Quinet. A l'intérieur d'une petite maison d'une seule pièce. Une maison chapelle très usée, en pierres moussues crevassées avec, dedans, un portrait en émail du bon Dieu des Russes qui est fabuleusement barbu et lance un regard louchon à des anges efféminés qui lui offrent des choses précieuses dans des boîtes en or. C'était une maison sans aucun meuble ni personne de vivant dedans que deux souris malingres et assez débiles pour se laisser tuer sans un mouvement, sans un couinement.

Certainement à cause de son humidité et de sa tenace odeur de croupi, aucune bête, à part les souris débiles, n'en avait voulu de cette maison. Et pas un des autres chats n'a cherché à m'empêcher de m'y installer.

Ça manquait totalement de confort, de coussins. Mais, à l'époque, les coussins, je ne connaissais pas. Et, poser mes fesses sur une touffe d'herbe, me caler la tête sur un caillou, je croyais que c'était ça, le confort.

C'est dans ma maison chapelle usée que j'ai fait mes premiers bons sommeils de cimetière, là que j'ai ramené les dépouilles de mes premières proies.

C'est là que j'ai connu la peur.

Il suffit d'être vivant pour savoir avoir peur. D'emblée, sans apprentissage. Tout ce qui vit, y compris les plus africains fauves d'Afrique et les humains les plus à craindre –

chasseurs, force de l'ordre, délinquants, gangsters, militaires armés. Même une madame d'Ouiche, un flic de métro, un général de Gaulle son épée au poing, a eu ou aura des peurs. C'est obligé.

Avoir la trouille des plus âgés, plus volumineux, plus forts, plus rapides, plus sauvages que moi, qui pouvaient me flanquer des peignées avec ou sans raison, c'était aussi obligé, normal.

Mais mes autres trouilles...

Par exemple, les trouilles de bruits. De bruits. Pas de miaulements sournois ou pas sournois, menaçants ou pas menaçants, pas d'aboiements de chiens rôdant de l'autre côté des hauts murs du cimetière et pouvant, ces dégueulasses, les sauter, ces murs, et venir vous trouer votre peau de cou avec leurs dents à croquer les chats, pas de cris d'oiseaux nocturnes et rapaces qui fréquentaient nos arbres. Pas la trouille des coups de gueule ou de chaussures des deux ou trois gardiens qui ne supportaient pas que leur cimetière devienne un "clapier à chats galeux".

Non. Des bruits bruits. Pas des bruits d'animaux, de gens ou d'orage.

Des bruits pas naturels. Des bruits de grilles de caveau de famille qui se mettaient à s'ouvrir, à se fermer sans que quelqu'un, ou un courant d'air, les ouvre ou les ferme. Des grincements sans raison. Des craquements.

C'était que la nuit que ça arrivait. Que la nuit.

Les autres chats dormaient. Les animaux pas chats dormaient. Les morts étaient morts. Et arrivaient des bruits.

Des bruits à croire que les croix en pierre, que les dalles en marbre ou en ciment, que les Notre Seigneur Jésus, les Saintes Vierges, les angelots en sculpture respiraient, reniflaient, ronflaient, toussaient, éternuaient, soufflaient, rotaient, avaient des bruits d'intestins comme vous et moi.

C'était d'un paniquant.

Ma maison avec son bon Dieu russe, sans confort, sans l'ombre d'un coussin, était on ne peut mieux. Mais quand elle se mettait elle aussi à faire des bruits... Parce qu'ils ne me venaient pas que du dehors, ils me venaient aussi du dedans. De tout près, de si près qu'ils m'entraient droit dans une de mes oreilles ou dans les deux à la fois. Des bruits pas tumultueux, parfois microscopiques.

Quand ça se produisait, le froid de mes bouts de pattes, de mon mignon petit nez rose, c'était rien, comparé à celui de mon sang. Comme du surgelé, il devenait. Et ces tremblements qui se mettaient à me secouer. En plus de ces bruits de malheur, j'entendais le claquement de mes dents.

Se réfugier dans des rêves, dans ces cas-là, il ne fallait pas y songer.

Et, les insomnies, si tu es une chatte...

Nous sommes un animal avec, en tête de nos innombrables qualités, celle d'être énormément dormeur. Il nous faut nos quinze, seize heures de sommeil par vingt-quatre heures. Il nous les faut absolument, sous peine d'humeur exécrable et de dépérissement et de renfrognement du caractère. Un chat sans son dû de sommeil devient irascible, puis furieux, puis fou à lier. Alors si des bruits inexplicables (et les trouilles qui vont immanquablement avec) vous empêchent de dormir...

Elles m'ont tout à fait détraquée, mes nuits de trouilles de cimetière.

Elles m'ont détraqué la santé. Du corps et des méninges. Depuis mes frayeurs nocturnes de cimetière, j'ai des sommeils presque toujours agités et même des périodes sans aucun sommeil, et les nerfs qui peuvent se tendre, se nouer, craquer quand il ne faudrait pas, et je suis d'une sensibilité démesurée et j'ai des vertiges nombreux et une flopée de tracas psychiques d'autant plus tracassants que les créatures à quatre pattes ne sont pas censées en avoir.

Une chatte névrosée. Voilà ce qu'elles m'ont fait devenir, mes trouilles. Et il n'y a pas de quoi en rire.

Il n'y a à rire de rien de ce qui arrive de désagréable à autrui. Surtout si c'est un autrui animal. Et sensible.

Il n'y a pas à rire non plus de ce qui m'est arrivé avec le chat à houppette.

Là encore j'ai été dépassée par des événements. Et d'envergure.

Une nuit à lune brillante à vous en aveugler, pendant laquelle je n'arrivais pas à fermer l'œil à cause d'un grattement qui ne venait de nulle part, vraiment de nulle part, il apparaît dans le petit sentier qui conduit à ma maison, le chat à houppette et efflanqué. Il apparaît dans le petit sentier très herbu parce que personne, ni aucun autre animal que les deux souris que j'ai tuées et moi, n'a dû l'emprunter depuis des éternités. Qu'est-ce qu'il vient faire là ?

Il vient se venger de mon cruel saut sur lui, de mon agression ? Il veut se revancher ? En découdre ? Il veut qu'on s'entredéchire sous la lune ? Enervée comme je le suis, si il veut de la bataille, il va en avoir.

Il en veut ?

Pas sûr. Il me regarde. Mais pas comme on regarde qui on a envie de massacrer. Ce n'est pas du toisage. Je ne vois pas du défi dans ses yeux jaune pisse. Je vois quoi ? Ça ne serait pas de la curiosité ? Que de la curiosité ?

Ça m'a l'air d'être ça il a un regard comme on a quand on s'intéresse.

Intéresser. Voilà qui est intéressant. Et gratifiant. Et indispensable. Car si tu n'intéresses pas, tu meurs, si tu n'intéresses pas, tu es bonne pour les sacs en plastique, les noyades, les passants qui passent sans te voir. Qui n'intéresse pas son prochain, tous les prochains, ne devient rien. Et pas que si tu es une créature. Une fleur qui intéresse si peu qu'elle n'a jamais droit à un arrosage, elle en crève, non ? Une chatte, un chat qui n'intéressent pas des saintes femmes, n'ont pas de frichti. Une épouse qui n'intéresse pas son époux...

Intéresser, c'est presqu'aussi important que de respirer. Et puis... C'est une question de nature.

Cette nuit-là, cette nuit – cette nuit, vous allez voir, étonnante et délicieuse – je ne me connais pas comme je me connais maintenant. Mais intéresser, j'adore déjà faire ça. Parce que je suis fiérote de naissance. Je suis encore trop jeunette, pas assez consciente, pour être imbue de ma personne, de mon charme, de tout ce qui fait de moi une chatte exceptionnelle. Je ne suis pas encore la fieffée prétentieuse que je vais devenir. Mais intéresser, ça m'intéresse déjà. Ça m'intéresse très fort.

Même si c'est un chat piteux qui fait cas de moi, qui me...

Pas de doute possible il me mange des yeux, il m'admire. Il me voit telle que je suis belle belle belle, gracieuse, il voit ma frange, il voit comme je suis adorable, attirante. Comme je suis... Alors, vas-y, le squelette à houppette ! Vas-y ! Vas-y ! Ne te retiens surtout pas. Admire. Admire tant que tu peux. Tiens. Je vais même m'étirer, me faire aussi longue que je peux pour que tu en aies plus à admirer.

Il a raison de faire ça. Ça le rend moins quelconque, moins osseux, bêtaud, de m'admirer. Ses iris en deviennent moins pisseux, moins jaunasses. Ils verdissent.

Et le voilà qui cligne.

Parfaitement il cligne. Ce n'est pas méchant, de cligner. Au contraire. Cligner, c'est amical. Ça peut même être affectueux. Il cligne une fois. Deux fois. Il cligne et recligne. Langoureusement ? Oui, langoureusement. Qu'est-ce qui lui prend, à ce chat ? Qu'est-ce qui lui prend de ne plus arrêter de me faire des clignements et, en plus, de se mettre à pousser un griiiiiiigniiiih comme je ne savais pas qu'on pouvait en pousser ? Un griiiiiiigniiiih pas hostile, pas offensant. Loin de là. Un griiiiiiigniiiih comme les bruits musicaux que certains oiseaux se font certaines nuits entr'eux. Un griiiiiiigniiiih retournant qui s'infiltre dans mes trous d'oreille et me glisse dans les intérieurs et me... Ça me va tellement à l'extrême bout des pattes que ça me fait des sensations saisissantes jusque dans mes griffes.

J'en ai oublié le perturbant grattement qui ne venait de nulle part. J'en ai oublié tout.

Délicieux événements

Après le griiiiiiigniiiih, c'est un maaaahuhuh qu'il me fait. Un maaaahuhuh de cette trempe par une nuit à lune brillante, si vous êtes une demoiselle chatte...

Autant l'avouer je me suis retrouvée à cligner moi aussi. A faire des clignements à ce sac d'os que j'avais, il y avait peu, si sauvagement attaqué et blessé, lacéré. Je l'ai laissé s'approcher de mon endroit à moi, laissé s'approcher de moi, lentement lentement avec des pas si légers qu'on aurait juré qu'il craignait de faire mal aux herbes du sentier herbu. C'était d'un beau, comme il marchait ! Et ses yeux n'étaient plus couleur pisse du tout. Ils étaient couleur de beaux yeux de chat splendide. Et ce n'est pas efflanqué qu'il était. Qu'est-ce que je l'avais mal vu avant. C'est élancé. Avec pas un gramme de graisse. Avec que du muscle pas noueux. Pour un chat qui n'avait pas la chance d'être une chatte, il était vraiment très réussi. Il avait des oreilles d'un pointu ! Des rayures de dos d'un de ces gris. Gris gris perle. Et de ces moustaches ! De ces moustaches !

A un pas de l'entrée de ma maison, il s'est arrêté. Pour que je comprenne bien qu'il ne voulait surtout pas me faire offense. Il s'est arrêté et m'a regardée encore plus. Et plus seulement en me clignant. En me faisant des écarquillements d'yeux. Ce n'était pas pattes de velours, qu'il me faisait – c'était yeux de velours.

Mon maaaahuhuh à moi a été un mououououohh.

Une improvisation. A coup sûr spéciale, mais assez engageante pour inciter mon visiteur à le franchir, mon seuil. A le franchir sans précipitation, sans pesanteur. Il a glissé – pas marché glissé – jusqu'à moi. Ne respirant plus, il m'a semblé. Et, moins lourde qu'une plume d'oisillon, une de ses pattes s'est posée sur mon échine. J'en ai frissonné.

Il l'a laissée sur moi, cette patte. Sans rien tenter d'autre.

Il se pourrait qu'il ait eu du ronronnement alors. Pas *des*. Un seul et même ronronnement pour deux. Il n'y en a peut-être pas eu. Peut-être que c'étaient seulement nos deux respirations qui se sont mises à être pareilles. Ce dont je suis certaine, c'est que cette nuit commencée dans de la trouille m'a transportée dans des régions qui n'existent que pour les chattes et les chats émerveillés. Et que quand ils sont au comble de leur émerveillement.

Au matin, quand les gardiens, les fossoyeurs ont commencé à faire des bruits de gardiens et de fossoyeurs avec leurs chaussures cloutées et leurs pelles, mon efflanqué splendide a retiré sa patte de sur moi, délicatement, et il est parti sans se presser. Me laissant dans une exaltation calme qui m'a fait trouver radieux un soleil pourtant très pâlichon.

Le bonheur ça existe aussi sûrement que le malheur.

Et ça a l'avantage d'être des milliards de fois plus agréable que le malheur est désagréable.

Mais c'est plus rare.

Malheureux, il n'y a pas à se forcer pour l'être. Pour l'être si souvent que c'est presque tout le temps.

Tandis que bienheureux...

En principe, les cimetières, c'est encore plus peuplé de bienheureux que de chats. Mais de bienheureux qui le sont, ailleurs que dans le cimetière où ils sont, ailleurs que sur la terre dans laquelle on creuse des tombes.

Moi, je suis devenue une bienheureuse de cimetière à même de savourer son bonheur sur place.

Son bonheur d'être une chatte ayant trouvé un chat lui faisant des clignements énamourés, lui posant sans trêve ni repos une patte légère sur elle, passant des heures et des heures flanc contre flanc avec elle dans des allées, s'arrêtant de marcher pour se frotter contre elle, lui mordillant (sans serrer les dents) les oreilles ou le moelleux du cou, se mettant à lui lécher les joues comme un fou, lui faisant des milliards de maaaaahuhuhs, de griiiiiiihiiiiihs, et de cris plus passionnés que ça encore, la contemplant avec ravissement, lui poussant des cailloux dans les pattes de devant pour qu'elle s'amuse avec, lui laissant toutes les mouches, tous les insectes, toutes les poussières pour leur courir après, lui rapportant des souricettes, de rarissimes mulots de cimetière parisien à peine tués, la faisant tomber sur l'herbe à coups de tête pas brutaux et se roulant sur elle en en tirant la langue de plaisir.

On en oubliait d'aller aux distributions de frichti de saintes femmes. On en oubliait de dormir. Ou alors nous dormions serrés serrés l'un contre l'autre dans ma maison à moi qui était devenue notre maison à nous avec son bon Dieu russe qui nous faisait de larges sourires bénisseurs.

Le bonheur c'est de la succulence à l'état pur.

Ça fait de la chaleur partout.

Dans le ventre, dans le cœur. Et aussi aux joues, au nez, à la croupe, au cul. Et à un autre endroit.

Le bonheur, ça vous fait exister si fort que les autres se mettent à ne plus exister. Il n'y avait plus de Tigré, plus de Qu'une-Oreille, plus de Blanche sourde, de Gémisseuse-même-en-dormant.

Si. Il y en avait toujours. Mais ils n'étaient pas là, plus là pour nous.

Mon houppette élancé et moi nous n'étions plus que nous. Et plus qu'un. Et plus vraiment sur terre. Nous étions comme un Adam-Eve à huit pattes deux queues dans un cimetière paradis,

Sans serpent tentateur?

Avec.

C'est qu'il lui arrivait, à mon chat, de s'enfouir son nez entre mes pattes de derrière et de rester comme ça si longtemps que ma chaleur de partout partout en devenait des brûlures. Surtout de bas-ventre.

– Ben, ces ceux-là. Ben ces deux-là. D'ici qu'ils fassent la bête à deux dos, y a pas loin. Vois donc un peu, Martial, comme ils sont en amour.

Nous étions en amour.

C'est un des gardiens qui l'a découvert. Un gardien boiteux, pas loin de l'âge où il arrêterait de circuler autour des tombes pour en occuper une. Un gardien qui me lançait à l'occasion des petits morceaux de son frichti de gardien qu'il transportait dans une sorte de boîte à lait carrée. Il nous a vus faire comme je viens de dire et il a ri coquinement.

L'autre, le Martial, un fossoyeur qui mangeait des cerises qu'il sortait d'un sac en papier, nous a regardés. Il n'a pas ri, lui. Il a été profond.

– Qu'ils en profitent, qu'ils en profitent, les lascars. Qu'ils s'y roulent sur cette bon sang de terre. Qu'ils s'y roulent tant qu'ils sont dessus. Parce que, quand ils seront dessous...

Et le fossoyeur a craché un noyau de cerise bigarreau. Comme les philosophes qui savent que tout est poussière crachent leurs noyaux de cerise. Mélancoliquement.

Pour en avoir profité, nous en avons profité. Nous nous y sommes roulés, sur la bon sang de terre. Et sur l'herbe. Et sur des tombes. Et dans des fosses fraîchement creusées. Nous nous sommes roulés pendant tout un été. Les jours où le temps était de saison et les jours à nuages, à pluies même torrentielles. Avec sauvagerie, souvent. C'est qu'il lui arrivait, à mon chat en amour avec moi, de s'arrêter soudain d'être tout câlin, tout miel, et de me faire des regards de fou et de me mordre de toutes ses forces la peau du cou et de... Il me faisait mal. Alors je me débattais, je lui miaulais d'arrêter de me planter ses dents. Mais c'était peine perdue. Il était aussi fou que ses yeux quand ça lui prenait. Ce n'était pas de la méchanceté. C'était de l'incompréhensible. Il ne voulait plus qu'on se roule, il voulait que je me laisse aplatir, que je ne bouge plus, que je devienne comme une chatte morte et il s'arc-boutait, poussait des râles d'animal de jungle.

Et j'étais pétrifiée de bonheur et de peur. Mais pas peur comme dans mes trouilles de nuit toute seule avec mon bon Dieu russe. Là, c'était de la peur qui me plaisait.

Qui me plaisait en me terrorisant.

A mon idée de maintenant, ce qui s'est passé pendant ces événements délicieux avec mon chat à houppette, c'est que nous avons été en amour extrêmement, mais que nous n'avions pas encore l'âge d'y être.

Ça peut arriver aussi à des gens.

Et c'est à la fois formidable et détraquant. Ça vous donne des sensations épatantes et ça vous plonge dans des mystères auxquels on ne comprend tellement rien qu'on en reste marqué à tout jamais.

Tomber en amour, ça vous aiguise tous les sens. A commencer par la vue. Un chat est d'abord aveugle. Puis il voit comme un myope. Puis, l'amour lui vient. Et alors...

Sa houppette, à mon chat de cimetière, ce n'était pas du tout une houppette. C'était une pincée de poils de son front plus longs et touffus que tous ses autres poils, qui se dressait et qui était d'une couleur presque bleue alors qu'il était tout entier dans les gris et dans les noirs. Des gris différents il en avait au moins cinquante.

Elle devait lui venir d'un père, grand-père, arrière grand-père, violeur siamois, ou persan ou chartreux, cette pincée de poils presque bleus.

Chacune de nos couleurs de gouttière doit nous venir d'un ancêtre différent. Et pur de tout mélange.

Moi, étant donné toutes les miennes, j'ai dû avoir plus d'ancêtres purs et mirifiques que n'importe quelle autre chatte. Je dois remonter à avant le déluge. A l'arche.

Nous aurions eu des petits, mon chat et moi, question pelage, ils auraient été d'une splendeur!

Mais nous n'en avons pas eu.

Pas le moindre.

La guerre du lapin

Nous aurions fini par en avoir, des descendants. Mais nous n'en avons pas eu pour la bonne raison que je n'étais pas mûre pour être prise et enfanter quand la guerre a éclaté.

Une guerre. Destructrice et conne comme une guerre d'humains.

Qui a commencé par un lapin.

Un lapin au cimetière Montparnasse à Paris quatorzième ?

Il n'avait pas pu y venir tout seul. Donc on l'avait apporté. Mais qui ? Pourquoi ? Comment ?

D'abord il venait d'où, ce lapin ? D'une campagne à choux ? D'une banlieue à jardins ? D'une cour parisienne où une concierge, un retraité, avait aménagé un clapier ? D'un appartement ? Ça arrive que des citadins élèvent des poules impondeuses sur leur balcon, aient une oie ou une dinde qui constellent leur moquette de chiures et rendent des immeubles, des pâtés de maisons, des quartiers, trépidants de fureurs de locataires. Ça arrive que des éviers, des baignoires, des bidets servent de mares à canards. Ça arrive et c'est calamiteux pour la volaille d'appartement, la volaille "en étage" qui est vouée à la déprime, à des maladies de confination, à des fuites qui la conduisent toujours à des morts prématurées.

Tout conduit la volaille à des morts prématurées. Et tant pis pour elle. C'est si empoté, si laid, de l'habitant de basse-cour.

Le lapin, lui, vient du clapier. Le lapin, lui...

Ça serait comme une copie du chat. Mais loupée, salopée. Au point d'avoir une queue moignon et des oreilles d'ânes, et des tics de rats. C'est que ça a l'air de se manger les dents sans arrêt, un lapin. Les dents ou une carotte imaginaire. Et ça ne fait que sautiller, aller à droite, à gauche, en avant, en arrière, tortiller du derrière. Et ça a des yeux rouges qui regardent tout le temps plusieurs choses en même temps.

Ça a l'air perdu, un lapin.

Celui qui nous est arrivé, perdu, il l'était. Autant qu'on peut l'être.

Et sitôt dans nos murs, il montait en grade, ce plouc. De lapin de chou quelconque, il était promu gibier.

Et ce fut l'hallali. La guerre.

Un lapin !

Le très carnassier Qu'une-Oreille ne l'eut pas plutôt flairé qu'il se jura de l'exterminer.

Mais d'abord, il fallait s'en saisir. Dur. Mettre une patte sur le râble d'un lapin, même une patte de chat, même de chat vieux chasseur, c'est coton.

Mais Qu'une-Oreille était un résolu, un qui savait ce qu'il voulait et le voulait coûte que coûte. Le lapin trottait, il lui trotta au train. Le lapin courait, il lui courut derrière. Le lapin faisait des bonds en l'air, Qu'une-Oreille fit des bonds. Et plus aériens. A des hauteurs à rendre jaloux un de ces lynx de montagne espagnols qui – paraît-il – attrapent des pies au vol et les ont croquées avant de retoucher le sol.

Ce fut, d'abord, très très spectaculaire.

Gardiens, fossoyeurs, visiteurs venus faire la causette à leurs défunts eurent peine à en croire leurs yeux c'était quoi, ces deux engins à pattes qui galopaient partout, chamboulaient tout, qui faisaient du trampoline sur les tombes, renversaient les pots de fleurs, les croix, c'était quoi ces deux bolides, ces zoziaux qui volaient sans ailes ?

Des chauves-souris d'une espèce jusqu'alors inconnue dans le quartier ? Des batraciens de cauchemar ? Des haricots sauteurs mexicains énormes et tombés du ciel ? Des phénomènes para psychologiques ?

Des feux follets, peut-être bien.

Les gens de cimetière, les feux follets, ils sont ou pour ou contre.

– Des feux follets ! Là, Martial, tu débloques.

– C'est quoi alors ? Des ovnis ? Qui font du rase-motte ?

– Les feux follets c'est lumineux. Lumineux et gazeux. Et ça ne se peut pas.

– Ça ne se peut peut-être pas. Mais, dans les cimetières bretons, on en voit.

– Pas qu'en Bretagne. Pas qu'en Bretagne. Etant petit, moi, en Seine-et-Oise, à Dourdan...

– Et ils criaient, vos feux follets, il faisaient tomber des choses ? Ils foutaient la pagaille ?

On commenca à s'inquiéter chez les gardiens.

Et à sauter sur l'occasion pour laisser poindre les rancœurs, les haines rentrées, le goût qu'a, depuis les cavernes, l'humain pour la violence.

– J'avais prévu et prévenu, moi. Je le sentais venir. Et depuis lurette. Je le savais que ça ne pouvait tourner que comme ça. Que ça arriverait que ces foutues bêtes nous foutent dans les ennuis. Cent fois, je l'ai dit, qu'un cimetière n'est pas un zoho et que les chats...

– Mais, chef, celui des deux qui a des oreilles si conséquentes, c'est pas un chat. C'est un lapin.

– Ça, Robert, c'est son problème à lui. Mon problème à moi, c'est d'empêcher ce cimetière de se transformer en Disneyland. Alors, ce chat chat et ce chat soi-disant lapin, vous vous débrouillez comme vous voulez mais...

Un chef imbibé d'apéritif et de furie, c'est fait pour qu'on lui obéisse.

Qu'une-Oreille traquait le lapin. Les gardiens entreprirent de traquer et le lapin et Qu'une-Oreille.

Ils n'avaient que deux pattes chacun, les gardiens. Et des pattes traînantes.

Et puis ça les changeait trop de leur boulot peinard, ce “safari à la con”. Mais le chef avait dit. Ça prit le temps que ça prit et un des gardiens, le noiraud qui avait du sang de braconnier corse dans les veines, finit par réussir le prodige d'empoigner Qu'une-Oreille par la queue, au pied de la statue grandeur nature d'un auteur de vaudevilles emporté par la grippe espagnole de mil neuf cent dix huit.

Le cri de rage de Qu'une-Oreille, je l'ai encore dans les deux miennes. Quant aux cris de douleur du gardien... On dut les entendre au-delà de la porte d'Orléans, jusqu'à Vanves, jusqu'à Bourg-la-Reine. C'est que ça a de la voix, un humain à qui un chat arrache la moitié d'une lèvre, un grand morceau de nez et un œil tout entier.

Moins d'une heure après cet horrible incident, Qu'une-Oreille était abattu. Je préfère ne pas savoir comment. Ce que je sais c'est que ce fut par le meilleur camarade de l'héroïque gardien victime du devoir.

Et s'ensuivirent aussitôt des milliers de milliers de battements d'ailes d'un seul coup d'un seul, tous les oiseaux du cimetière prirent le large. Tous.

Mais restaient les chats, les rats, les souris, les insectes, les vers mangeurs de cadavres.

Mais flottait l'odeur du sang du gardien et du sang de Qu'une-Oreille.

Et le lapin, ce maudit inconscient fouteur de pagaille de lapin, était encore là. Vivace et bougeant pire qu'une puce.

Et traqué par un maximum de gardiens à fusils, à manches de pioches, de pelles, gourdins, filets de pêche.

A idées de vengeance. Donc devenus sauvages. Mais comme les humains. Sans noblesse.

La traque dura, dura.

Tous les chats, tous les rats, toutes les souris et souricettes – toutes les créatures du cimetière, gardiens inclus – voulaient tuer, tuer, tuer.

Toutes les créatures à l'exception de mon beau chat à houppette et de moi – qui ne faisions plus qu'une seule boule de poils à l'intérieur de mon isba refuge. Une boule de poils craintive, que le sourire du bon Dieu des Russes ne parvenait pas à désapeurer. C'est que c'était la conflagration, l'holocauste.

La saloperie.

Tigré fut mis hors d'état de nuire, zigouillé net par un gardien avec qui il était ami de longue date. La chatte blanche y laissa plus de la moitié de sa queue. Huit ou dix autres chats furent massacrés. Ou s'entre-massacrèrent. Des rats s'entre-dévorèrent. Des insectes herbivores depuis l'invention des insectes devinrent, durant la guerre du lapin, résolument carnivores. Une taupe qui (ça lui arrivait très peu) sortit de son trou fut...

Autant oublier les détails. Autant oublier l'odeur de boucherie. Pas l'odeur de boucherie alléchante. Une odeur de boucherie à vous dégoûter de la viande qui est une si bonne chose.

Et persistante, cette ordure d'odeur.

C'est que ça s'éternise toujours les guerres.

Une guerre ni à mon chat ni à moi. Qui, hélas et pourtant...

Il faisait nuit. Nous ne dormions pas d'un vrai solide sommeil. Nous n'étions qu'assoupis, l'un dans l'autre et dans quand même de l'inquiétude.

Et... le lapin... Le lapin!...

Cette exécrable engeance de con fou affolé de lapin... Lui. Lui-même. Il a déboulé dans notre refuge. Oreilles les premières. En trombe. J'ai senti mon chat se détacher de moi, j'ai senti...

Tout s'est passé si vite, si vite.

J'ai vu mon amour détaler, les poils de sa queue multipliés par la terreur.

Et puis... et puis...

Après-guerre

Même une chatte *très* intelligente ne comprend que ce qu'elle comprend.

Il semblerait que, dans le petit jour, fourbu d'avoir fui des périls surgissant de tous côtés, suffoquant d'angoisse, il a sauté dans une fosse fraîchement creusée au moment même où l'on y faisait glisser un cercueil.

Il semblerait qu'il a été écrasé.

Si l'on en croit cette version des faits, il y a et il y aura éternellement deux cadavres dans une des fosses du cimetière Montparnasse. Celui d'un illustre écrivain à sida. Et celui de mon premier amour.

Cette buse butée et maléfique de lapin s'en tira, lui.

On l'en tira.

On : madame Blin et mademoiselle Nicole qui prirent cette guerre du lapin comme il convient de prendre toute guerre – à commencer par celles dont tant d'humains s'enorgueillissent. Elle les stupéfia, les dégoûta et leur fit accomplir une brassée de belles et bonnes actions.

Ne se contentant pas d'être en première ligne dès les premières heures du massacre avec de l'alcool à quatre-vingt-dix, du coton, du sparadrap et des sucres imbibés d'alcool de menthe pour venir à bout des plaies, bosses et évanouissements aussi bien des chats, des rongeurs divers que des insectes et des gardiens, elles trouvèrent moyen de mobiliser promptement les pacifistes purs et durs du quartier.

Lesquels pacifistes – en majorité des dames très âgées et de jeunes oisifs ne se coupant jamais la barbe et les cheveux parce que amis de la nature – défilèrent autour du cimetière en scandant : “Nous sommes tous des bébés phoques.”

Ces sympathiques manifestants se comptèrent un millier. La police, qui n'en compta qu'une petite centaine, les dispersa en moins de deux heures et n'eut à malmener qu'un quarteron de bouddhistes (à houppettes!) qui s'étaient allongés sur des tombes pour s'y laisser périr d'inanition.

Il y eut aussi des tracts (rédigés et photocopiés, à ses frais, par mademoiselle Nicole) qui exigeaient que l'Assemblée nationale et le Sénat s'attaquent sur-le-champ à la rédaction d'une “Déclaration des droits du chat de cimetière”.

Tracts qui furent très peu lus et firent pester des balayeurs de rue presque tous importés d'Afrique.

Mademoiselle Nicole et madame Blin firent encore plus et mieux. Dans leurs caddie et cabas à frichti, devenus pour l'occasion ambulances, elles transportèrent, autant qu'elles purent, de rescapés blessés et stressés chez un vétérinaire bon cœur et bon marché de leur connaissance, et chez de bonnes âmes.

Le lapin – le lapin qui était sur le point de perdre totalement son peu d'esprit de lapin –, madame Blin parvint à l'attirer. Avec de la patience, de la laitue et des paroles connues d'elle seule. L'ayant attiré, et arraché à la vindicte des gardiens, elle le prit à demeure dans son logement où il doit encore grignoter des carottes et ses dents avec hébétude.

Quant à moi...

– Mais voyez-moi donc ce pauvre amour de quiqui terré dans ces chrysanthèmes. Il a quoi, celui-là?

– Il a qu'il a besoin de secours. Mais ça ne serait pas le petit galopard que nous avions donné en nourrice à la Câline?

– On dirait que si. Il est blessé, vous croyez?

– Je ne lui vois pas de sang. Peut-être que c'est des contusions, qu'il a... Nous allons... Te sauve pas, ballot, on vient pour te sauver.

Me sauver, je ne pouvais pas. J'étais coincée dans ma maison russe.

Deux mains de sainte femme se tendaient pour me saisir.

Elles ont eu droit à un de ces soufflages haineux, les deux mains de sainte femme scriuiuitchhhh!!!

– Encore un que leurs fusillades a complètement tourneboulé.

– Pauvre bonhomme. Il a ses nerfs. C'est normal. Mais il va se calmer, le quiqui. Il va se laisser bien palper partout pour qu'on voie ses bobos. Il va se laisser attraper. Il va bien sagement se laisser...

Scraaaatch! Un coup de griffes. Une des deux mains de sainte femme manqua d'y laisser un doigt.

– C'est ça, dépiaute-moi les mains! Note que si ça peut te soulager...

J'aurais dû griffer encore, griffer plus fort. A quoi bon?

Mon chat était parti. Je ne l'avais plus pour se coller à moi, respirer du même souffle que moi. Je n'avais plus de bonne humeur. Plus d'humeur du tout. Alors, que les saintes femmes me prennent ou ne me prennent pas...

Au point de délabrement moral où j'en étais...

C'est comme ça que je me suis retrouvée dans le caddy à frichti devenu caddy ambulance. Avec deux autres chats.

Tellement aussi défaits que moi qu'ils ne s'agitaient même pas. Tels des moutons qu'on mène à l'abattoir, nous étions.

Ce n'était pas à l'abattoir. Loin de là. C'était chez Anna.

Anna

Une femme. Pas errante. Pas sainte non plus. Ou alors sainte à sa manière. A sa très bonne manière.

Elle n'était ni dame ni demoiselle, Anna. Elle n'avait pas d'âge précis. Simplement, sous sa perruque broussailleuse couleur abricot, sa mince pincée de cheveux à elle était blanc sale.

Elle était aussi sale que ses cheveux, d'ailleurs. Elle était sale de partout, Anna. Pas sale comme quelqu'un qui ne se lave jamais. Sale comme quelqu'un qui se salit tout le temps. D'une saleté pas gênante. D'une saleté bon enfant. Sale comme son immense atelier d'artiste. D'artiste peintre animalière. D'artiste "pas reconnue à sa juste valeur par la clique de magouilleurs des galeries d'art"'. Mais si bonne femme, si complètement gentiment piquée.

C'était quelqu'un, Anna ! C'était quelque chose, sa tribu famille.

Quand nous avons débarqué, elle était en train de faire un portrait au pastel de Vincent Van Gogh.

Un de ces mal embouchés, ce Vincent Van Gogh !

– Salut les pouffiasses !

Voilà ce qu'il a crié à madame Blin et à mademoiselle Nicole, Vincent Van Gogh. Et il leur a fait des bruits de rots. De rots d'homme vulgaire.

Heureusement qu'Anna était mieux élevée que son perroquet au nom bizarre.

Elle leur a fait un sourire, elle, aux saintes femmes.

– Qu'est-ce qu'elles m'apportent encore, les mamans-chats ? Des friandises pour Paul Gauguin ou des becs à nourrir ?

Paul Gauguin était un serpent qui n'ouvrait les yeux que pour faire peur et la bouche que pour gober des souris. Une par semaine. De préférence blanche.

– Certainement qu'on va vous amener de quoi gaver votre cannibale. C'est bien dans nos habitudes.

– Alors, il y a quoi, dans ce caddie ?

– Des quiquis, Anna. Des amours de quiquis. Vous êtes au courant, je suppose, des ignominies qui ont eu lieu au cimetière.

– On ne parle que de ça depuis trois jours chez les commerçants. Et ils sont combien, vos quiquis ?

– Trois. Mais pas encombrants, faciles à vivre. Des quiquis tout à fait...

– Vous savez combien j'ai déjà de pensionnaires ici ?

– Ce ne sont pas trois malheureux mignons petits chats de plus...

– Mignons... Mignons... C'est toujours mignon un chat. Jusqu'au moment où ça se met à ne plus l'être. Voyez-moi l'autre gros patapouf de Modigliani. On ne lui donnerait pas le bon Dieu sans confession, à Modigliani ? Il a quand même mangé ma Camille Claudel.

– C'est pas possible ? Votre perruche !

– Oui, madame Blin. Camille Claudel. Camille Claudel qui ne demandait qu'à se balancer sur sa balançoire.

– Pauvre fille.

– C'est pas pauvre fille, qu'il faut dire. C'est salaud de Modigliani ! Salaud de chat qui a le mal chevillé au corps. Les chats, vous savez, les chats...

– Alors, ces quiquis victimes, on les expédie à la fourrière ?

– A la fourrière ! A la fourrière ! Je n'ai pas dit ça, mademoiselle Nicole. Je n'ai pas dit ça. Même mon propriétaire qui voudrait tant m'expulser, je ne le laisserais pas expédier à la fourrière. Mais trois chats... Trois chats... Où je les mettrais, d'abord ? Et mes chiens, qu'est-ce qu'ils vont en penser, de ces chats en plus ? Déjà que Rembrandt n'arrête pas de se bouffer la truffe avec Michel-Ange. Et que Fra Angelico me fait une poussée d'eczéma. Et Auguste Rodin? Hein? Pour ce qu'il les aime, lui, les chats...

Auguste Rodin nous tirait la langue.

Pendu à son lustre. Pendu par la queue, qu'il avait longue comme une grande ficelle. C'était un singe, Auguste Rodin. Un singe à figure de petit garçon faisant le singe. Grimacier et vilain comme un gamin.

– Vous avez raison, Anna. Vous avez largement votre compte de gueules et de becs. Nous n'insisterons pas. Ces quiquis...

– Ils sont comment? On peut les voir?

– Mignons comme tout, on vous dit.

Anna a plongé sa tête dans le caddie.

Sa tête d'artiste peintre animalière.

– Alors?

– Alors... Celui-ci, le noir, il a de la ligne, de la classe. Oui. C'est du chat bon à peindre, ça. A condition de le faire plutôt bleu que noir. Parce que le noir, en peinture... Mais... les autres... Qu'est-ce que vous voulez que je tire de ces petits laiderons? Déjà que c'est de plus en plus difficile de trouver des clients pour des beaux tableaux représentant des beaux chats... Si, en plus, vous leur proposez d'accrocher au mur de leur living le portrait du matou qu'ils peuvent voir dans la rue à des milliers d'exemplaires... Ça a l'air d'une blague mais, même barbouillé par le plus nul des nuls, un abyssin, un chartreux, ça vaut dix fois plus qu'un gouttière peint par un Rembrandt ou un Goya. Alors... vos petites mochetés à rayures tristounettes...

– Prenez au moins le noir. Puisqu'il a de la ligne.

– C'est bien pour vous en débarrasser.

Le noir était casé.

– Et celui-là? Vous ne trouvez pas qu'il a...?

– Qu'il a quoi? C'est un gouttière, point final. Et un gouttière qui fait la gueule, en prime. Parce qu'il fait la gueule, non?

Je ne faisais pas la gueule. Je ne me remettais pas de la perte de mon chat à houppette.

Et ce n'est pas de finir par être adoptée à contre-cœur par une Anna au cœur d'or, ni de m'entendre baptiser Gustave

Courbet qui pouvait me tirer de ma peine. Rien ne pouvait m'en tirer.

Et rien ne m'en tira durant bien des jours. J'avais été de toutes mes forces en amour. J'étais de toutes mes forces en peine. Dans une peine à ne pas même m'intéresser à du frichti. C'est dire.

J'étais loin d'avoir connu tout. Mais j'en étais revenue, de tout.

Et c'était ça, le malheur. Il aurait été préférable que je n'en sois pas revenue, que je sois restée là où j'avais fait tant et tant de délicieuses séances de bouche-à-bouche, de poil-à-poil avec mon amour.

Elle voyait juste, Anna je faisais la gueule. Pas à elle, pas aux saintes femmes. A la vie. Et ce n'était pas une bouderie. C'était...

Où il était mon chat?

Pourquoi un chat plus beau que tous les autres, un chat ayant la bonne odeur, un chat vous propulsant dans des états émerveillants rien qu'en vous frôlant, peut se mettre tout d'un coup à ne plus être avec vous, à ne plus être nulle part?

Mon idée de la mort – à ce moment-là de ma vie – c'est que c'était une invention des humains. Des humains d'Ouiche, des humains à sac en plastique, des humains gardiens de cimetière en fureur.

Plus tard – trop vite mais plus tard – j'aurais l'occasion de découvrir que la mort était une saloperie tellement salope que même les humains (qui sont pourtant presque tous champions dans le domaine de la saloperie) ne l'avaient pas inventée eux-mêmes.

Que c'était le Seigneur tout-puissant qui avait décidé que, les bons comme les méchants, qu'ils soient à poils, à plumes, à écailles ou à robes et à complets-veston, auraient tous leur cœur qui s'arrêterait de battre. Un certain jour. Un certain jour pas choisi par eux. Sauf pour certains porteurs de robes ou de complets-veston plus déballés dans leur tête que les autres.

Plus tard, je comprendrais qu'un chat aussi mirifique que mon efflanqué peut, à n'importe quel instant, vous être enlevé, arraché.

Mais à ma sortie de caddie dans la maison d'Anna... Je le voulais mon chat. Et il n'était pas là. Et...

Anna m'a parlé. Pas de mon chat. Elle n'était pas au courant. Elle m'a parlé comme quelqu'un de bon, d'avisé, parle à un chat qui a l'air de bouder. Ses paroles ne m'ont pas plus intéressée que son frichti à fumet de première qualité. Elle ne m'avait pas plutôt dit que je serais désormais le chat Gustave Courbet (quel nom idiot!) que j'étais tapie dans le coin le plus sombre de sa maison, sous un sommier de lit plus cra cra encore dessous que dessus.

Tapie sur du carrelage dur, froid, pas lavé depuis des siècles, dans du mouton de poussière sale. Tapie et plongée dans du sommeil. Du sommeil pas réparateur. Du sommeil que pour rêver que j'étais encore avec mon chat. L'un tout contre l'autre. Et je l'ai fait durer autant que j'ai pu, ce sommeil. Et quand j'en surgissais en sursaut, c'était épouvantable il n'était pas contre moi, mon chat. J'étais aussi seule qu'on peut l'être.

Seule dans du chagrin de deuil.

Anna aurait su, elle m'aurait dit de ces choses que les chats (même sans intelligence exceptionnelle) comprennent, elle m'aurait inventé des jeux.

Mais comment elle aurait pu savoir ce qui m'était arrivé dans ma maison à bon Dieu russe?

Elle comprenait ses pensionnaires qui cherchaient à se faire comprendre. Je serais allée me poser sur ses genoux au lieu de m'isoler sous le vieux sommier, elle m'aurait lu mes pensées. C'est sûr et certain. Mais vu que je ne voulais pas me laisser voir...

Chez Anna, chaque pensionnaire était libre de vivre sa vie comme il le voulait. Elle ne fermait aucune porte, aucune fenêtre. Elle n'interdisait rien. Nous pouvions faire tout ce que nous voulions. Même des bêtises. Même de foutues bêtises. En cas de bêtises trop grandes, qu'elle appelait, elle, des conneries, elle engueulait un peu et pardonnait beaucoup.

Elle était encore mieux qu'une sainte femme. Elle avait presque TOUT compris de la vie des vivants, Anna. Elle avait de la sagesse. En quantité.

La sagesse pour un humain, c'est d'être arrivé à se sortir du crâne tous les appétits, tous les désirs qui le poussent au crime, à l'avidité, à des duretés, à tout ce qui peut nuire aux autres et à lui. L'humain sage ne tue pas son prochain, ne court pas après les sous, ne pète pas plus haut que son cul, ne fait rien qui risque de chagriner qui que ce soit. Il appelle un chat un chat et lui donne de la considération. Il est incessamment de joyeuse humeur.

Il est rare.

Anna était une femme rare.

Et une parleuse d'élite.

C'était un régal, les discours qu'elle nous faisait, certains soirs où elle avait oublié de mettre du thé dans son thé au rhum. Ces soirs-là, après le frichti de tout le monde et son dîner à elle (généralement des harengs à la crème ou des cornichons russes presque concombres qu'elle pêchait sans fourchette à même leur bocal), elle se laissait choir sur le lit ou le siège le moins peuplé, elle ôtait sa perruque pour aérer son crâne afin que les pensées y circulent mieux et... ça y allait !

Il fallait que ça démarre et ça démarrait. Mais comme ça avait commencé à se dérouler dans sa tête bien avant de commencer à sortir par sa bouche, on ne savait jamais d'où c'était parti et pour ce qui était de tout bien comprendre...

Pas grave si des détails nous échappaient. Elle nous parlait. Vraiment à nous. A nous sa famille.

–... un samedi tellement bloody, mes enfants, que la seule chose raisonnable à faire ç'aurait été d'aller se jeter dans la Tamise. Mais se jeter dans la Tamise à Paris... Et puis vous me connaissez... Alors je leurs dis, à mes sacs à vin "Ce qu'on va faire, les amis, c'est un bal" – "Un quoi ?" me demande le plus saoul des deux copains sculpteurs qui buvaient des bières brunes avec moi. "Un bal pour danser, un bal avec de la musique" – "Mais où ? Tu veux le faire où, ton bal ?" A l'époque, je vivais dans une chambre de bonne à trois cent cinquante francs par mois. Une misère. Ça tombait bien. Parce que, à cette époque, la misère c'était mon élément. Je ne gagnais que des sommes misérables en ne faisant que des boulots misérables. Habilleuse dans des théâtres d'avant-garde où tous les acteurs étaient nus. Baby-sitter dans des familles sans enfants. Toujours est-il que notre bal, on l'a fait dans la rue. Mais misérable. D'autant plus misérable que mes deux soiffards de sculpteurs m'ont lâchée et que je me suis retrouvée à danser toute seule. Mais j'ai dansé. J'ai dansé. Toute la nuit, j'ai dansé. Des tangos, des boogies... Et ça, mes cocos, c'est le b-a, ba. Quand on décide de faire un bal, faut le faire. Absolument ! Pas d'accord, Velasquez ?

Le chien Velasquez battait des oreilles. Il était d'accord. Et Auguste Rodin ? Le singe applaudissait. Signe qu'il était encore plus complètement d'accord que Velasquez. Même le serpent l'était. Il se gardait bien de le montrer. Mais Anna le sentait, qu'il était.

Toute sa ménagerie était toujours d'accord. C'est qu'elle avait une voix si chantante qu'on ne pouvait pas s'empêcher de boire ses paroles. Et comme elle n'en n'était pas avare...

– Et permettez-moi de vous dire que ça n'aurait pas été un samedi à se flinguer, ç'aurait été du pareil au même. C'est tous les jours de sa vie qu'il faut se dire aujourd'hui je vais faire ci ou ça et le faire coûte que coûte, le ci ou le ça. Moi, j'avais cinq ans, pas six, cinq, quand j'ai décidé que j'allais avoir une vache. Ouais, une vache ! Une laitière avec des taches marron. Pourquoi je la voulais ? Une envie de gosse. J'aurais aussi bien pu vouloir un baudet, une boîte de jeux de société ou une mappemonde lumineuse. Mais ça a été une vache laitière avec des taches marron. Alors je l'ai demandée à mes parents, à mes oncles, à mes tantes, à mon parrain, au Père Noël. Personne ne me l'a donnée. J'aurais pu me désespérer, renoncer. Pas question. Je me la suis peinte à la gouache sur le mur de ma chambre, ma vache laitière. Grandeur nature. Ce qui m'a rapporté une raclée de ma mère. Et une commande de mon père. Un chameau, il m'a commandé. Pour accrocher dans son bureau. Parce qu'il avait fait son service militaire en Algérie. Je lui ai copié un chameau dans son Larousse. Dix francs, il me l'a payé. C'était parti. J'ai copié – pour pas un franc, pour le plaisir – tous les animaux du Larousse. De l'abeille à la zorille. Et c'est comme ça que... Mais qu'est-ce qu'on fait, Marie Laurencin? J'ennuie, alors on baille?

Elle ne baillait pas, la caniche, elle béait. C'est que c'était vraiment passionnant, la vie d'Anna. Une vie qu'elle aurait voulue pareille à celle de son idole Rosa Bonheur.

– Rosa bonheur, la petite classe! C'est un nom connu, ça. Rosa Bonheur. C'est un nom qui dit quelque chose à tout le monde. Mais quoi? C'est la question à mille francs et celui qui y répondra... Un gigot, je lui offre. Ou une gâterie de même valeur s'il est végétarien. Alors? Rosa Bonheur? Rosa Bonheur, c'était qui?

Nous avions tous les yeux braqués sur Anna. La tension était terrible. Mais aucun des pensionnaires d'Anna ne connaissait la réponse à sa question. Pas même Vincent Van Gogh, le seul qui pouvait répondre et qui a, bien sûr, répondu n'importe quoi.

– Rosa Bonheur c'était une sacrée putain!

Anna lui a lancé un regard si foudroyant qu'il a sauté de son perchoir, le perroquet impoli, et qu'il est allé se faire oublier là où on pouvait le moins le voir, sur le compteur à gaz.

– Rosa Bonheur, ignares que vous êtes, c'est quelqu'un de si célèbre qu'elle a sa rue à Paris. Et pas qu'à Paris. Dans d'autres villes de France aussi. Elle a des rues partout. Mais, ses tableaux, vous pouvez faire tous les musées de France et de Navarre, vous n'en verrez pas un. Pas un. Et pourtant, ses tableaux, à Rosa... Aucun peintre n'a peint aussi bien qu'elle les chevaux et aussi bien les vaches. Et ça se passait à Paris, au temps de Napoléon, pas le petit caporal, Napoléon numéro deux. Peintre animalière, elle fut, Rosa Bonheur. Et la plus grande. Elle avait commencé gamine avec des oies, des canards, des dindons. A douze ans, ce génie femelle avait un mouton dans le logement de ses parents au quatrième étage. Historique! Un mouton modèle! Et elle a raflé les médailles dans tous les salons. Et on lui commandait les portraits de tous les pur-sang qui gagnaient des courses. Et des éleveurs américains lui envoyaient des liasses de bank notes pour qu'elle leur peigne leurs bœufs superstars. Et, quand il est venu à Paris, Buffalo Bill soi-même lui a fait cadeau de son colt et de son chapeau. Archi-célèbre, elle est devenue. Et milliardaire. Avec un château avec des crocodiles, des lions, des tortues géantes plein ses écuries et ses pelouses. Et elle a des rues partout, mais ses tableaux... Vous pouvez faire tous les musées de Paris... Pas l'ombre d'un Rosa Bonheur, vous y trouverez. Parce qu'ils sont tous dans des ranches du côté de Dallas et dans les coffres-forts blindés des arrière-petits-fils des éleveurs de vaches américains. Elle vivrait aujourd'hui, Rosa... Elle serait sûrement aussi peu milliardaire que moi... Parce que, aujourd'hui, le bétail, ça se nourrit avec des hormones, ça se surgèle et ça se peint abstrait... C'est qu'avec les marchands de tableaux qu'on a...

Fallait toujours qu'elle y arrive, aux marchands de tableaux et à leurs combines et aux vrais amateurs de bonne peinture qui étaient une espèce encore plus en voie d'extinction que la baleine ou l'éléphant.

Entre les marchands de tableaux et Anna, c'était si peu l'idylle que ses œuvres ne représentant que des animaux (si fidèlement reproduits que des gens disaient "Il ne leur manque que la parole"), elle les cédait pas cher à des personnes du quartier qui préféraient un chien à l'huile qu'un chien souilleur de carpette. A des parents ne voulant pas remplacer un mainate disparu mais désirant perpétuer sa chère mémoire. Elle en échangeait – à des commerçants avides d'émotions artistiques – contre de la viande, des pâtes, du riz, du thé, du rhum, contre tout ce qui lui permettait de nourrir ses pensionnaires et de se nourrir elle. Même sa perruque avait été troquée. Contre un portrait grandeur nature d'un cochon d'Inde Léonard de Vinci que Paul Gauguin avait gobé.

Les instructifs discours d'Anna, je n'y ai pris goût que longtemps après mon arrivée chez elle.

D'abord j'ai fait tout mon possible pour devenir une chatte morte.

Ça n'a pas marché. J'ai eu beau ne pas bouger de mon inconfortable endroit sous le sommier, ne jamais me ruer sur le frichti comme tous les autres, respirer aussi peu que je pouvais... La mort qui avait voulu de mon chat efflanqué à la houppette n'a pas voulu de moi.

Ça devait être écrit quelque part que j'étais condamnée à rester vivante.

Mais modérément.

Promiscuité

Je n'avais pour ainsi dire plus de poids et plus la force de tenir mes yeux ouverts quand Anna m'a trouvée dans mes moutons de poussière et mon isolement.

Ce n'était pas moi qu'elle cherchait, c'était un tube de couleur indigo que le chien corniaud Albert Dürer avait planqué comme un os.

– Mais... Qu'est-ce que tu fais là, toi ? Et qui tu es, d'abord ? Je ne t'ai jamais vu ? Attends... attends... Tu ne ferais pas partie de la dernière fournée des mamans-chats ? Tu ne serais pas un survivant du cimetière ? C'est de là que tu viens. C'est ça ? Mais pourquoi tu ne viens jamais manger ? T'oses pas ? Tu as vu comme on sent tes os ? D'ici qu'ils te trouent la peau...

Mes os n'ont rien troué. Anna les en a empêchés. En me gavant. Comme une oie pour réveillonneurs. Elle n'y est pas allée à l'entonnoir. A la cuillère, elle y est allée. Sans ménagements. Fallait que je me requinque ! N'étant pas une oie, je n'étais pas consentante. Je ne voulais pas. Mais je n'avais plus assez d'énergie pour empêcher qu'on me mette du frichti dans la bouche et qu'on me la tienne fermement fermée tant que je n'avais pas avalé tout.

Ma tête me criait de ne pas avaler. Mais mon ventre me chuchotait le contraire. Et c'est mon ventre qui a gagné.

Ça sait ce que ça veut, les ventres.

En pas une semaine, Anna et mon entêté de ventre m'ont remise sur pattes.

Remise. Pas remis.

Parce qu'Anna m'a écarté les pattes de derrière et attentivement scrutée là où il fallait.

– Mais, sacré farceur de chat, tu sais que tu es une chatte?

Sérieusement, j'étais une chatte?

Que je l'étais, ça aurait fini par se voir sans avoir besoin de me scruter mes trous intimes. Au fil des ans, le chat s'alourdit, devient nonchalant gros pépère. Alors que la chatte n'en finit jamais de s'affiner, de cultiver son quant-à-soi bien à elle qui la rend si distante, si digne.

Mon amour efflanqué à houppette m'avait aussi écarté les pattes de derrière. Mais bien après m'avoir fait des grâces. Il lui avait suffi de voir ma jolie gueule, ma jolie frange, mes jolis yeux pour comprendre que. Et se ruer sur l'idéale fiancée que j'étais.

Et le Destin – qui est neuf fois sur dix aussi déglinguant que la Providence est providentielle, avait tout flanqué par terre.

J'étais une chatte. Ça allait m'avancer à quoi? Mes pipis seraient moins malodorants que ceux des chats pas chatte, d'accord.

Et après?

Après, j'étais condamnée à des viols incessants, à des grossesses qui vous abîment le ventre, condamnée à pondre des ribambelles de gniards chats assommants comme des gniards gniards, à être laiteuse, tétée....

Anna aurait dû me dire combien c'était mieux d'être femelle plutôt que mâle. Elle a oublié. Dommage.

Il m'a fallu découvrir toute seule qu'une chatte, si elle n'a pas une deuxième queue, petiote et épineuse comme une épine, a une fontaine d'amour, une petite source jolie. Et de la délicatesse.

J'en avais. De naissance. Autant que de poils. Si pas plus. Je n'étais que ça, que délicatesse.

Il m'a suffi de me mettre à partager la vie quotidienne des autres pensionnaires de la maison atelier d'artiste pour découvrir combien j'étais délicate. C'est que, chez Anna, il y avait un désagrément. Enorme. La promiscuité.

Au cimetière, c'était dehors et très vaste, très aéré et j'avais mon isba où je pouvais m'isoler. J'y dormais, j'y paressais. Seule. Puis avec mon regretté amour. Chez Anna, nous étions une cinquantaine. Tassés. Et à poils de catégories diverses, à plumes, à peau en peau même, comme le repoussant serpent. Alors... la promiscuité...

Alors... les aboiements, les croa croa de la grenouille Vasarely qui nageotait dans un saladier plein d'eau douteuse, les piaillements, piaulements, cacabements et jabotements des plumeux, les sifflements de Paul Gauguin, les bordées de jurons de Vincent Van Gogh, ses chansons de top 50 qu'il entendait par les fenêtres ouvertes et répétait tout de travers......

Alors... les odeurs...

C'est plus éprouvant que ce qui vous entre par les oreilles, ce qui vous entre par les narines.

Même un chat pas coureur de rues, baigné, savonné, shampouiné, arrosé de Guerlain ou de Cologne par des madames d'Ouiche, même une chatte se lavant en entier et souvent avec sa langue bien propre, ça sent. Ça sent son odeur. Une odeur qui, même aucunement puante, n'est pas la vôtre à vous. Et, l'odeur des autres, qu'on le veuille ou pas, ça vous agresse toujours le nez comme une puanteur.

Peut-être que j'ai un nez plus aiguisé que ceux des autres chattes. Mais... si je suis sincère...

Même mon chat aimé plus de ce monde. Même lui. J'en étais folle amoureuse, mais il m'arrivait d'avoir un mouvement en arrière pour m'écarter de son odeur pas déplaisante – au contraire – mais qui n'était pas la mienne.

C'est qu'il n'est pas que ravissant, mon petit nez bien rose. Il est de précision. A un kilomètre, je peux vous dire s'il y a une souris qui rôde quelque part. Même si c'est dans un endroit à puanteurs très fortes – comme une cave de marchand de vin ou une maison de fumeur de tabac de pipe, qu'elle rôde. A un kilomètre ! Un rat, je l'hume d'un quartier à l'autre. Les chiens, pareil. Même les toutous miniature, même les yorkshires de sacs à main.

A croire que j'ai des narines grossissantes. Des narines loupe !

Je marche sur un toit. Sur un toit de maison de huit ou neuf étages. Il y a, chez la gardienne de l'immeuble – donc au rez-de-chaussée – un petit petit bout de poisson pas frais. Je le sens !

C'est qu'il est d'un chatouilleux, ce nez que j'ai ! A cent mètres, une odeur de brûlé peut le heurter, l'irriter. A cent mètres aussi, une odeur de côtelette de mouton cuite à point, ou d'asperge, peut le combler si complètement qu'il en devient tout rouge. Pourquoi l'odeur de l'asperge et pas celle de l'artichaut ou du céleri ?

Nos goûts sont comme ils veulent. Un exemple : l'odeur de gélatine de photographie, pourquoi mon nez et moi, on l'adore ? Pourquoi je n'ai jamais pu m'empêcher, si je vois une photo, d'aller la renifler et de la lécher ? Pourquoi des parfums, même réputés asphyxiants, me vont, et pas d'autres ? Pourquoi je trouve à certaines gens la bonne odeur et pas à d'autres, par ailleurs très aimables ?

Anna, elle sentait un peu le savon à la rose et le rhum de ses thés et l'huile d'œillette à peindre et l'essence de térébenthine à nettoyer les pinceaux. Et ça m'allait. Ma femme errante, elle, c'était Guerlain-Royale-filtre. Ça m'allait aussi très bien.

Mon homme Vincent c'était vanille-Dunhill mentholée sur fond de lui-même. Un mélange à se pâmer. J'aurais pu ne me nourrir que de son odeur.

Mais mon homme Vincent, il ne faut plus que j'y pense.

C'est compliqué de faire partir de sa mémoire des odeurs particulièrement odoriférantes. Mais celle – si capiteuse – de mon homme Vincent, il faut absolument que je l'oublie.

Si je pouvais oublier aussi celle de Fra Angelico, tant que j'y suis. De toutes celles de chez Anna, c'était la plus insultante pour mes narines.

Fra Angelico, de loin, c'était le moins antipathique de toute la tribu, le seul à ne pas me faire peur. Autant les trop nombreux chats, le cocker, les deux setters toujours à se battre, le bull à gueule d'hideux, l'épagneul baveur, les oiseaux de cages ou volants me plongeaient dans la crainte et le dégoût, autant je trouvais Fra Angelico pas dérangeant. Agréable même.

C'est que c'était un chien très peu chien. Ou alors chien pour rire. Chien en chiffon avec du coton dedans à la place des organes. Il était tout mou, Fra Angelico. Avec des patoches comme s'il avait porté des pantoufles charentaises. Et des oreilles si pendantes que, de côté, on ne lui voyait plus les joues, plus les yeux, qu'on ne lui voyait plus que sa truffe mouillée plus grosse que ma tête à moi. Et sa peau d'un incroyable marron chocolat au lait lui pendait de partout. Ce n'était même pas un corniaud. Ça devait être un chien d'une race très bon marché, qui n'existait qu'en un seul exemplaire. Lui.

Tous les autres animaux, même les moins reluisants, le traitaient en paria, le snobaient, lui faisaient des blagues perfides. Et il acceptait moqueries, rebuffades, crasses et coups sans grogner. Comme si c'était son dû.

C'était à la fois le chien le plus moche du monde et la crème des chiens, Fra Angelico.

Quand il m'est apparu, ça m'a donné presque de la bonne humeur. Mais dès que je l'ai senti, j'ai eu un recul. D'au moins cinq mètres.

Il était irrespirable.

Il m'a regardée le fuir. Avec ses yeux trop grands pour sa tête et pas exactement de la même couleur tous les deux. Et il m'a fait quelque chose avec sa bouche. Il se l'est retroussée pour que toutes ses dents se voient. Comme s'il avait été un humain et qu'il me faisait risette. Ça le rendait encore plus moche mais moins chien. Il faisait son galant. Oui. C'était ça. De la galanterie de chien. Sûrement.

J'avais dû lui taper dans ses deux yeux mal assortis.

Le lendemain, à l'heure du manger, dans l'émeute quotidienne autour des récipients à frichti, il a pris un morceau de viande dans sa gueule et il est venu me le poser devant moi sur la carpette à fleurs dont on voyait la trame.

Elle sentait sa mauvaise odeur, cette viande. Mais il me regardait si intensément et si peu méchamment que je me suis crue obligée de surmonter ma répugnance et de la manger. De la manger toute.

Ça a eu l'air de lui faire plaisir.

Une autre fois, comme Auguste Rodin m'avait empoigné la queue et que je n'arrivais pas à me tirer de ce très sale pas, il est arrivé. Et il a fait lâcher prise à Auguste Rodin en lui aboyant dessus si fort qu'on aurait pu croire qu'il était un chat en sauvagerie et que son aboiement était un miaulement féroce.

Puis il s'est mis à m'apporter sans arrêt des morceaux de viande et à me regarder les manger. En me faisant sans arrêt son espèce de sourire de chien. Un sourire de dents mal plantées et de gencives de cheval.

Il était amical. Je ne pouvais pas ne pas me rendre compte qu'il était amical, ce chien le plus moche du monde.

Les autres, tous les autres – surtout les chats – ne me jetaient que des regards ennemis et ne loupaient jamais une occasion de m'envoyer dinguer, de me faire des vacheries. Tous. Sauf Fra Angelico.

On peut être nanti de bonté et être en même temps dépourvu d'intelligence. Fra Angelico devait être un chien bon et crétin. Crétin au point de ne pas se rendre compte qu'un chien n'a pas à tomber amoureux d'une chatte, que c'est le genre de passion qui ne mène à rien. Il n'empêche que c'était bien de l'amour, qu'il éprouvait pour moi. Et l'amour, c'est toujours tellement plaisant à recevoir que, ses œillades, ses morceaux de viande, ses interventions secourables dès que j'étais attaquée... j'étais preneuse.

Mais l'approcher, étant donné ce qu'il sentait... Alors je me suis mise à lui faire des clignements d'yeux doucereux – à distance. A lui faire de loin des maaaahs après chaque morceau de viande.

Ça semblait le contenter.

Moi, me contentait aussi, sa passion.

Je n'avais que ça et les caresses d'Anna – quand elle avait le temps de m'en faire – pour m'aider à surmonter mon chagrin de cimetière qui continuait à me torturer.

Il avait la plus absolument pire des odeurs, Fra Angelico, mais c'est lui qui me l'a rendue supportable, la promiscuité.

Une chatte est une chatte

Mon dessous de sommier empoussiéré était devenu mon endroit à moi. Et c'est ce gros chien qui...

Une nuit, une nuit de plus, à émanations infectes, à souffles et ronflements de toute sorte, à rumeurs pas rassurantes, une nuit sans autre lumière que celle d'une petite lampe dans laquelle Anna s'usait les yeux à dessiner de mémoire, plume par plume, sa regrettée perruche Camille Claudel, il m'a fait un cadeau, Fra Angelico. Un cadeau somptueux royal.

Je dormais. Et son odeur m'a réveillée.

Qu'est-ce qu'il avait besoin de venir m'empester dans mon endroit? Il me voulait quoi, en pleine nuit, le malodorant?

Du bien. Il m'apportait un présent un cache-col en laine presque entier et troué de pas trop de trous. Un cache-col de poubelle, sûrement, qu'il avait trouvé en allant faire ses besoins du soir au pied d'un arbre de l'avenue du Maine. Exactement ce qu'il me fallait pour que ma cache devienne cosy.

C'était trop gentil. Je me suis arrêtée de respirer sa puanteur le temps de lui faire un miaaaaa reconnaissant. Et sincère. Vraiment sincère.

Et, le lendemain... Le lendemain, comme il allait faire sa promenade du matin, j'ai eu une idée méritante, je lui ai emboîté le pas.

Ça l'a surpris et – visiblement – enchanté.

C'était une bonne action de l'enchanter, non?

Nous avons longé la rue Froidevaux. Sa promenade du matin, c'était là qu'elle avait lieu. Dans cette rue avec peu de personnes et pas trop de voitures, j'ai marché sur le même trottoir que mon amoureux gros chien. A assez de distance pour ne pas trop le sentir. Mais presque du même pas. Presque. J'en faisais six, des pas, pendant qu'il en faisait un avec ses pieds pantoufles.

Pour pouvoir se repaître de ma vue, il n'arrêtait pas de se secouer ses oreilles pendantes pour qu'elles lui dégagent les yeux. Il n'arrêtait pas non plus de me faire des bouaaaffs bouaaaffs qui, même pour qui ne comprenait pas le chien, voulaient dire "ma chérie, mon adorée, ma belle jolie chatte, combien je t'aime, combien je t'aime".

Un bien brave gros idiot de chien, c'était.

Il m'a entraînée comme ça jusqu'à une place où il s'est posé sur son large derrière mou, et il m'a fait signe avec sa truffe de regarder. J'ai regardé. C'était un lion en pierre (ou en ciment) sur un piédestal, qu'il voulait que j'admire. Le lion de Belfort. Un lion connu puisque ma dame errante m'en avait parlé. Un lion qui n'avait pas l'air féroce. Qui avait l'air d'attendre que son autobus arrive de la porte d'Orléans. J'ai fait une grande série de clignements à Fra Angelico pour lui montrer combien j'appréciais. Il m'a cligné aussi. Avec satisfaction.

Et c'est devenu une habitude, la promenade du matin tous les deux rue Froidevaux et la contemplation (suivie de multiples clignements amicaux et complices) du lion de Belfort. C'était une bonne habitude. Une habitude plaisante et hygiénique.

Le seul point noir – mais Fra Angelico ne pouvait pas savoir – c'est que ça nous faisait longer le mur de mon cimetière et que, chaque matin, j'avais droit à une légère bouffée de souvenirs et à une lourde, bien lourde bouffée de tristesse.

A la longue, la bouffée de souvenirs est devenue une toute petite petite fumée et ma lourde bouffée de tristesse s'est pas mal allégée. C'est la vie!

J'étais une chatte, n'est-ce pas.

Et... les chattes...

Un matin, là où la rue Froidevaux coupe la rue Emile-Richard, nous avons croisé un très très très très beau chat. Un siamois qui m'a regardée. Pas autant qu'il l'aurait (et que je l'aurais) voulu. Fra Angelico lui ayant bondi dessus pour lui apprendre à loucher sur l'objet de son amour.

C'est qu'il était jaloux de moi, mon gros chien clown. Un passant me murmurait une politesse, se penchait pour me caresser... les aboiements fusaient. Il se prenait pour ma nounou, pour mon garde du corps.

Pour mon seigneur et maître? Pour mon mâle?

Dans la maison d'Anna, c'était du pareil au même. Aucun autre animal n'avait le droit de m'approcher. Aucun. Ce dont je me réjouissais. Parce que tous ces autres. Surtout les chats qui n'étaient pas siamois.

Nous l'avons recroisé, le siamois, à l'angle de la rue Emile-Richard. Nous l'avons recroisé souvent. De plus en plus souvent. Stupéfiant, non? C'était curieux. Il était presque tout le temps posté là. Il attendait quoi?

Ou qui?

Peut-être qu'il n'attendait rien, ni personne. Qu'il se trouvait là au moment où nous y passions, Fra Angelico et moi, seulement parce que ce coin lui plaisait. Et que son heure de promenade matinale était la même que la nôtre.

Ça existe, les coïncidences.

Ce qui est certain, c'est que, quand nos regards se croisaient...

Ce qui était aussi stupéfiant que de le voir tout le temps là, c'était ce frisson qui me courait le long de l'échine, dès que je l'apercevais. Un frisson comme un frisson de froid. Mais pas froid. Chaud plutôt.

Non moins stupéfiant : la fureur qui s'emparait de mon gros chien. Ce n'était pas du frissonnement qu'il avait, lui, à la vue du siamois, c'était de la rage. Il en devenait grognard, rognard, tout à cran et à crocs.

Je l'aurais laissé faire, il aurait sauté sur ce très très très très beau chat vingt fois plus petit que lui qui avait l'impudence de me manger des yeux et l'aurait mangé pour de bon. Mais je n'aurais pas aimé que ça se produise. Alors...

Alors je faisais celle qui ne remarquait même pas qu'il y avait un chat à l'angle de la rue Emile-Richard et je pressais le pas en direction du terminus : le lion de Belfort. Fra Angelico me suivait, ravalant, il le fallait bien, sa grogne et sa rogne.

Et le siamois nous suivait des yeux.

Je ne le voyais pas faire ça. Mais je sentais, je savais, qu'il le faisait. Et je le voulais. Ça m'aurait déçue, vexée, qu'il ne le fasse pas. C'est qu'il m'intéressait. La preuve : dans mes sommeils, mes somnolences, il s'est mis à y avoir un chat qui n'était plus mon efflanqué à houppette tant regretté, il s'est mis à y avoir un siamois posté au coin de la rue Emile-Richard. Un siamois beau comme un animal de tableau d'Anna.

C'est qu'il était vraiment plus fauve, ondoyant, luisant de poil que tous les chats que j'avais pu voir depuis ma sortie du ventre de ma mère Ophélie. Et autant racé qu'elle. Ma tête à couper que l'abjecte madame d'Ouiche ne l'aurait pas envoyé noyer par son tueur à gages André, ce chat-là. C'était un chat à aller dans les concours rafler toutes les médailles d'or, tous les premiers prix.

Dans mes sommeils, mes somnolences, en plus de sa beauté, de sa distinction sans pareille, il avait de ces égards, de ces attentions pour moi... Il m'apportait des souris de race avec des queues d'une longueur pas repoussante, avec des poils dorés et ne sentant pas la souris. Sentant le frichti soigné. Il me faisait des caresses de pattes, de tête. Il me faisait des marrignaaaaaohs à s'en lécher les babines des oreilles. Il me dansait des danses voluptueuses, des tangos de chat siamois. Il enroulait sa queue autour de mon cou et c'était un collier enchanteur.

Même mes meilleurs meilleurs moments dans ma maison russe, en amour avec mon regretté à houppette, n'étaient rien comparés aux moments avec le chat siamois de l'angle des rues Froidevaux et Emile-Richard de mes rêves.

Et, à cause de cet empêcheur de Fra Angelico, je ne pouvais même pas m'arrêter le temps de lui faire une œillade, un simple petit miaulement.

Il m'agaçait, ce gros chien puant sentant la crotte d'égout !

Je savais que Fra Angelico n'avait que de bons sentiments à mon égard, que j'étais sa chouchoute, qu'il était comme un frère pour moi. Comme un frère qui m'aurait volontiers grimpé dessus et fait des chiots-chats. Il m'aimait. C'était son problème. Pas le mien. Et puis... Une chatte est une chatte !

Et quand une chatte est poussée par la diablerie qu'elle a rivée au corps...

Une nuit, encore une nuit à pestilences, souffles et ronflements de toute sorte, je suis sortie d'un rêve. Sans raison. C'était un rêve de qualité extrêmement supérieure. Un rêve qui avait lieu dans un grand magnifique jardin avec de l'herbe soyeuse et pas mouillée, du soleil bien chaud et aucun vivant. Pas une mouche, pas un puceron, pas une fourmi. Rien que le siamois et moi qui nous frottions nos têtes l'une contre l'autre en poussant de petits cris de grand plaisir.

Et j'en suis sortie de ce rêve. Si brusquement que c'était comme si on m'avait poussée pour que j'en tombe. Et je me suis retrouvée dans l'obscurité de la maison atelier ménagerie d'Anna. Sous mon sommier refuge. Et...

Il y avait une courette qui donnait sur la cour qui donnait sur la rue.

Ce fut ma première randonnée toute seule. Ma première fugue. Logiquement, j'aurais dû avoir de la trouille. Et carabinée. Je n'ai rien eu du tout. J'ai marché d'un pas assuré de chatte qui sait où elle va et pourquoi elle y va. Et je me suis retrouvée à l'angle des rues Froidevaux et Emile-Richard. Là où, chaque jour à l'heure de la promenade avec Fra Angelico....

Mais il n'était pas avec moi, l'encombrant amoureux toutou malodorant.

Mais il était là, lui.

Mon siamois !

Et ses yeux ont brillé, brillé. Et il a fait un... On va dire que ce fut un feulement. Je sais que ce sont les tigres qui feulent.

Cette nuit-là, mon siamois, il est devenu un tigre.

Et moi une chatte chavirée.

Une chatte n'est qu'une chatte

Les chavirements, c'est comme tout, ça dure ce que ça dure.

Et après les chavirements, il y a des après.

Et... les après... les suites... les séquelles...

Pendant qu'il se passa ce qu'il se passa, ce fut à la fois délectable et insupportable, réjouissant et tourmentant, savoureux comme une gourmandise et douloureux comme de la chirurgie.

Pour les autres chattes, je ne peux pas savoir. Mais pour moi, Lucie...

Après le feulement – je n'en démords pas, c'en était un – j'ai eu droit à un regard à me pétrifier sur le trottoir de la rue Emile-Richard. Qui m'a pétrifiée sur le trottoir de la rue Emile-Richard. Puis a suivi un opéra de cris de chat complètement devenu tigre. Puis "on" m'a fait une ronde autour de moi. Très réussie. Avec des envolées de danseur étoile. Avec des pointes impeccables. Avec ce que les humains imitent toujours si maladroitement : des entrechats. Une flopée d'entrechats. Avec des tourbillonnements, des pliages et serpentements de pattes, des rampages.

Du grand art!

Fascinant!

Puis "on" a arrêté de danser et "on" a poussé un grrraaaagnoouh à me river encore plus solidement au trottoir de la rue Emile-Richard. Puis – là, ça s'est gâté – il y a eu morsure à la nuque.

Pas une morsure-imitation de chat seulement amoureux. Une authentique morsure d'ennemi mortel. Et il s'est plaqué sur moi, ce dément démon. Tout entier. Lourd comme le lion de Belfort en pierre ou ciment. Et tout s'est mis à aller trop vite tout en n'en finissant pas de durer. Ça m'a fait comme d'interminables très violents coups de poignard dans les entrailles, et des griffures partout. Et puis... et puis...

Je n'ai rien compris pendant.

Je n'y comprends toujours rien !

Simplement, quand j'y repense, j'ai encore des cris d'ennemi mortel qui me font éclater la tête, et le dedans du ventre en flammes.

A un moment, j'ai dû m'endormir – m'évanouir? – sur le trottoir.

Quand ça s'est remis à fonctionner un peu dans ma cervelle, je me suis retrouvée chamboulée et faible comme après une longue maladie grave.

Et il n'était plus là, le siamois.

Je ne l'ai jamais revu, d'ailleurs.

Tout ce que j'ai vu, en rouvrant mes yeux, c'est la bouille de Fra Angelico. Sa bouille pour la première fois pas rigolote, pas attendrissante.

Il me fixait comme un maître vous fixe quand on vient de lui casser sa tasse en Limoges à laquelle il tenait le plus. Ses yeux louchons étaient gonflés de déception et de reproche. Ils me traitaient de traîtresse, ses yeux. De "coureuse". De chatte pute. De moins que moins que rien.

J'ai vite refermé les miens pour ne pas savoir l'abomination que j'étais devenue même pour mon chien plus qu'amical.

Il y a eu un petit moment très long pendant lequel il ne s'est rien passé. Et j'ai senti une autre morsure à la nuque. Mais pas une morsure faisant mal. Une morsure de très grosses dents me prenant avec précaution. J'ai été soulevée, arrachée à cette dégoûtation de trottoir de rue Emile-Richard. Et emportée. Comme un bébé-chat.

Si les anges, ce n'est pas qu'une rêverie, ça doit avoir la même truffe, la même dégaine de gugusse que Fra Angelico. C'est forcé.

Quand nos regards se sont recroisés, après, chez Anna, il avait dégluti toute sa déception, tous ses reproches. Un ange, ça n'a pas de rancune. J'étais redevenue la bien-aimée avec qui il ne pouvait pas s'empêcher d'être tendre. Et il me rappropriait en me léchant partout partout avec sa langue en feuille de salade bavante.

Et – je le jure ! – il ne sentait plus le chien puant. Il sentait le chien réconfortant.

Même que je lui ai léché de deux trois doux coups de ma langue à moi une de ses immenses pattes pantoufles. Ce qui était la moindre des choses. Mais ça l'a mis dans une de ces joies... Il a jappé, jappé, jappé. Et sa queue a eu des tournoiements d'hélice d'avion.

Je n'étais plus – je n'avais pas été – coureuse, pute, et tout ça tout ça. J'étais pardonnée, absoute. Je pouvais dormir. Sur le ventre mou de mon amoureux chien. Dormir si profondément et si longtemps que j'ai dû lui faire louper plusieurs frichtis.

Ce que ça peut être le meilleur ami du chat, un chien, quand ça se mêle de l'être !

Ce que ça peut être ingrate, une chatte !

Emergeant de mon sommeil réparateur et dessouilleur, je me suis aussitôt remise à le trouver malodorant, mon chien bienfaiteur. Je suis redevenue "miss Délicatesse" en personne. Une mauvaise. Et fière de l'être. Le ventre sur lequel j'avais dormi était un véritable lit de roses. Mais mes narines m'ont rappelé que les chiens sentaient le chien. Et ma vilaine nature m'a rappelé qu'une chatte exquise ne devait aucune reconnaissance à aucun chien. Même chien ange. Bref, j'ai planté là Fra Angelico et je suis allée me terrer dans mon coin, sous mon sommier.

Je ne dis pas que ce ne fut pas honteux. Je ne commente pas. Je ne fais que narrer, évoquer, que raconter comment les choses tournèrent.

Mal, elles tournèrent.

C'est qu'Anna, "les bêtes, leurs bêtises et leurs bestialités", elle connaissait.

Il lui a suffi de voir comment je me suis mise à me comporter à l'heure du frichti pour se faire une opinion.

– Toi, ma cocotte, c'est pas pour une, que tu dévores comme ça. C'est pour plusieurs. Et quand une fille se met à manger pour plusieurs... Ton ventre! Fais-moi le voir un peu, que je le palpe. Et voilà! C'est gagné. C'est un ventre plein, ça. Et pas plein de billets de cinq cents. Et ne te fatigue pas à essayer de me faire avaler que le papa est un minet bien sous tous rapports qui t'a promis de régulariser la situation. La situation, elle est réglée d'avance vu que la multiplication des goulus, je suis on ne peut plus contre, tu vas avoir droit à un bon bol de tisane antigniards.

Tisane

La tisane antigniards, c'était un remède miracle qu'Anna tenait d'une dame âgée qui la tenait d'une dame encore plus âgée. C'était une recette de sorcière de la campagne pour " tuer les petits dans l'œuf ".

Elle était très efficace, cette tisane. Et convenait aussi bien aux bêtes à plumes qu'aux bêtes à poils. Mais elle avait ses inconvénients. Pour commencer, il fallait la prendre après un jeûne absolu de trois jours. Alors, les clients pour sa tisane, Anna les enfermait dans un placard à balais sans balais, sans lumière et presque pas d'air.

Trois jours sans s'alimenter dans un placard, c'est mortel. Mais on n'en meurt pas. On commence par s'ennuyer un peu. Puis on s'ennuie beaucoup. Puis on s'ennuie à un tel point qu'on fait son possible pour en sortir, du placard, pour le casser à coups de tête, de griffes. Et on ne parvient qu'à se cabosser la tête et s'ébrécher les griffes. Puis on sombre dans le découragement. Puis arrive le soir du troisième jour et le bol de tisane que, bien entendu, on refuse de boire. On n'y touche pas un jour à la fichue tisane fichu bol. On n'y touche pas deux jours. On n'y touche pas trois jours.

La loque trébuchante que j'étais devenue a dû laper sa première gorgée de tisane au bout d'une semaine entière. Mon intérieur réclamait du liquide. Il en a eu. C'était amer, salé, poisseux. C'était imbuvable.

Anna ne m'a sortie du placard que quand j'ai eu tout bu.

Je n'étais plus que l'ombre de moi-même. Fra Angelico, qui faisait le guet devant ma geôle depuis le début de mon incarcération, n'eut que le temps de tendre une patte pour me cueillir au vol. Je m'écroulais. Il me fit, une fois de plus, le coup du bébé chat et m'emporta par la peau du cou en direction de mon coin dans la poussière d'où il délogea d'un coup de patte estourbissant un intrus nommé Georges Braque. Après m'avoir délicatement posée sur mon cache-col cadeau, il fila me chercher – où? dans quelle cache inviolable? – un morceau de viande sans os, sans gras. Bon Fra Angelico!

Le lendemain, il m'assista pendant la pénible, très pénible expulsion des "petits tués dans l'œuf". Elle fonctionnait à merveille, la tisane de sorcière d'Anna. Ce ne fut pas un enfantement. Mais ça se passa dans la douleur. Et comment!

C'est évidemment Fra Angelico qui se chargea de faire disparaître les avortons – sept, je crois – et qui m'aboya plein de tendresse pendant et après pour me donner du courage et tenter de me me remettre le moral au beau fixe.

Malheureusement, le lendemain du lendemain, il ne m'accompagna pas dans l'auto.

Auto

Une auto bricolée de partout. Peut-être une auto Citroën, peut-être Renault. On s'en moque. Les noms de voitures, c'est trop peu intéressant pour que je les retienne. Celle d'Anna devait avoir fait des années et des années de routes cahoteuses et fréquentées que par des autotamponneurs. Tout, au dedans comme au dehors, était rafistolé avec du chatterton, du sparadrap, du fil de fer, de la corde. A l'arrêt, elle sentait le pipi de tous les animaux de la Création. Et l'essence quand elle daignait rouler. Rouler pas vite et par sursauts. Anna y était très attachée, à sa ruine de véhicule.

– Cette voiture, pour un milliard, je ne la vendrais pas. Pour deux non plus. Et pourtant... Jusqu'à huit cents francs, on m'en a offert. Un ferrailleur, une fois que nous sommes tombés en panne en grande banlieue. J'ai dit non. Et ça sera toujours non. Nous rendrons l'âme ensemble, ma bagnole et moi. Et pas dans les années qui viennent, fais-nous confiance. Quand je l'ai achetée – d'occasion et à un chauffard qui l'avait massacrée – j'ai eu le coup de foudre pour elle. Le coup de foudre. Parce qu'une voiture d'un vert comme le sien, pour en trouver une... C'était le dernier des chauffards, un couillon patenté, son propriétaire, mais il avait le sens de la couleur. Un vert pomme aussi acidulé, ça ne se trouve pas dans le commerce. Il a fallu qu'il l'invente. Et alors, là, chapeau ! Même le Mickey Mouse des dessins animés américains, des voitures aussi flatteuses pour l'œil, il n'en a jamais eu. A part Véronèse, un vert comme celui-ci, je ne vois pas qui... Et elle n'a pas que sa couleur. Elle a son caractère. C'est pas de la voiture de série qui démarre quand tu lui tritouilles le démarreur, qui s'arrête de vivre sa vie quand tu la mets au point mort et qui obéit sans broncher à tout ce que lui ordonnent tes pieds. Elle roule comme elle veut. C'est tout juste si elle ne décide pas, elle-même, des itinéraires. Je peux te citer des rues, des patelins où elle a toujours refusé d'aller. Tiens Juvisy ! Dix fois, j'ai voulu aller voir un ancien copain des Arts-Déco qui s'est établi là. Onze fois elle s'est arrangée pour pas qu'on y arrive. Crevaison, panne d'essence, Delco qui débloque, pare-brise qui se brise. Tout. Alors, le vieux camarade potier rue de la Poste à Juvisy, j'ai renoncé à aller lui rendre visite. Je lui téléphone de temps en temps. Ses poteries, il me les raconte et je lui raconte mes tableaux. A l'oreille, comme ça, ils m'ont l'air d'un tarte, ses vases et ses cruchons... T'es bien dans ce panier ? Ça va ?

Non, ça n'allait pas. Non, je n'étais pas bien. C'était encore plus étroit et humiliant qu'un placard à balais, un panier en osier. Pourquoi la si brave Anna me faisait subir ça ? Mes extases avec le siamois, je ne les avais pas assez payées, non ? Non ? J'avais encore des pénitences qui m'attendaient ? Quelles pénitences ? Et pourquoi il fallait aller les subir ailleurs que dans la maison atelier ? Et puis c'était où, cet ailleurs ?

– Tu te demandes où nous allons, hein ?

Je me le demandais, ça oui.

– Nous allons chez l'excellent docteur Boulin, ma petite dame. Un praticien d'autant plus éminent qu'il veut bien se contenter de mes tableaux en guise d'honoraires. Sa salle d'attente, c'est comme qui dirait mon musée. Oh ! tu as remarqué que, maintenant, je t'appelle "ma petite dame" ? Parce que tu es toujours aussi lilliputienne mais que tu n'es plus une demoiselle. Eh non, ma pauvrette. Une fois qu'on l'a commis, le péché originel... Je vais te faire la confidence des confidences, ma grande. Moi, à cinquante ans sonnés, je ne l'ai toujours pas commis. Toujours pas. Ça t'époustoufle ? Tu crois que je te mens. Non, la chatte. Toujours pas ! Et au point où j'en suis... Pourquoi ça ne s'est pas fait ? Des raisons, je pourrais t'en faire un catalogue aussi épais que celui de la

Redoute. Mais la seule qui fasse le poids... Tu as beau avoir le sein marmoréen, de la fesse de fille de dix-huit ans et des envies on ne peut plus normales, trouver le type qui accepte de se glisser dans un lit où il y a déjà deux fripouilles comme toi, trois ou quatre chiens et un orvet... Ça a manqué avoir lieu bien des fois... Bien des fois... Tiens, à deux pas d'ici, à l'hôtel de la Louisiane, rue de Buci... Un saxophoniste américain. Il me voulait, je le voulais. En courant, il a monté les marches de l'escalier. Mais... quand il vu les crapauds dans le bidet... Et mon architecte, il m'adorait celui-là aussi... On parlait mariage... Nous étions dans le lit, tout nus... C'était pour ainsi dire consommé quand mon rat Giotto lui a mordu le mollet... Je te les énumérerais tous, mes hommes, et je te dirais comment, tous, ils m'ont plantée aussi vierge qu'une Marie, t'en crèverais de rire... Mais c'est pas ça qui te turlupine toi. C'est de savoir ce qui t'attend. Ce qui t'attend, c'est l'excellent docteur...

Docteur

Il ne soignait que les animaux, l'excellent docteur. De la chatte du département de la Seine au crocodile (qu'il était allé voir sur place, dans ses marécages dangereux, avant de s'établir dans le quinzième arrondissement). Il était entièrement déplumé de la tête, pas épais, et affable, plaisanteur.

– Mais c'est notre chère vieille amie Anna en personne! Et comment elle se porte, notre chère vieille amie Anna en personne? Et elle a quoi dans son panier?

– Une petite peste de gouttière qui...

– Vu, Anna. La tisane a encore frappé. Faudra quand même que vous finissiez par me dire ce que vous y mettez, dans votre décoction qui tue.

– Ça, toubib, n'y comptez pas. La composition de ma tisane est top secret. Tout ce que je peux vous en dire, c'est qu'il n'y entre rien de chimique. Que c'est que de l'herbe, de la feuille et de la racine. Que du naturel qui ne peut pas avoir d'effets secondaires comme vos médicaments de laboratoires.

– Et ça convient à n'importe quel animal?

– Etant donné que je n'ai jamais eu d'éléphant, de zébu et de dromadaire dans un état intéressant sous la main, je n'en jurerais pas. Mais... pour ce qui est des chats, des chiens, des singes, des perroquets...

– Naturellement, cette chatte, c'est pour...?

– Oui, toubib. C'est pour.

C'était pour!

Pour quoi ? Mystère.

Anna a ouvert le panier, m'en a extirpée, m'a plaqué un énorme baiser sur le crâne.

– Te tracasse pas, ma poule. Je viendrai te reprendre demain. Et, en attendant, tu vas être chouchoutée comme dans un quatre étoiles.

C'était quoi, "un quatre étoiles" ?

Pourquoi Anna m'avait appelée "ma poule" ? On allait me tordre le cou, me saigner, me plumer les poils comme à une volaille ? Me rôtir et me servir sur un plat avec des pommes de terres rissolées ? Comment je pouvais ne pas me tracasser, alors que je me retrouvais dans un endroit inconnu, avec des inconnus ?

Et c'était quoi ce que j'entendais dans la maison de l'excellent docteur ? C'est qu'il y avait de curieux cris. De l'aboiement, du miaulement, du piaillement... mais pas normal... pleureur, gémisseur... Il y avait de l'endolorissement dans l'air, de la souffrance. On allait me faire du mal ? Des tortures ?

Déjà que le placard, mon jeûne, mon expulsion de bébés pas achevés m'avaient empatraquée. Si, en plus, j'avais droit à des sévices...

Il fallait que je me sauve, il fallait que je me sauve vite vite.

Pas question.

Une dame en blouse bleu ciel m'a saisie avec fermeté et emmenée dans une pièce au sol carrelé dont les murs n'étaient pas des murs mais des cages empilées les unes sur les autres. Des cages avec pas beaucoup de place dedans et beaucoup de verrous dehors. Dans ces cages, j'ai entrevu d'autres chats. Des chiens de petite taille aussi. Quelque chose debout, qui s'agrippait en couinant au grillage de sa cage et que j'ai cru être un caméléon comme sur un tableau d'Anna. Mais j'ai pu me tromper.

Je n'ai pas eu le temps de les voir tous, les prisonniers. La dame m'a encagée trop vite.

Encagée sans rien pour dormir dessus. Pas même un petit bout de chiffon ou de journal. Avec juste une écuelle en plastique avec cinq croquettes (à la viande, goûteuses, mais que cinq) et une écuelle d'eau.

Pourquoi je me retrouvais là ? Pourquoi ?

J'ai observé tous les prisonniers que je pouvais voir depuis la cage où l'on m'avait bouclée. C'étaient que des mals en point. Certains avaient des pansements, des bandelettes. Certains dormaient les yeux fermés ou ouverts. Certains sautaient, s'énervaient, essayaient de démolir les grillages de leur cage. Certains faisaient les morts. Trop bien.

Ça m'avait l'air d'être un fameux endroit, chez le docteur Boulin ! Un fameux endroit ! Et pour ce qui était du “chouchoutage comme dans un quatre étoiles”...

Son travail, à la dame en blouse bleu ciel, c'était de nous abrutir.

L'eau de son écuelle était de l'eau truquée. Avec dedans de la potion abrutissante. Il suffisait d'en lamper une goutte pour se retrouver dans un état.

Et quel état ! Dans un tel amollissement que n'importe qui aurait pu me faire n'importe quoi sans que je lui crache au nez.

On m'a fait plus perfide que n'importe quoi : on m'a enfoncé une aiguille pointue dans le gras du dos et j'ai eu de la brume pâteuse dans mon crâne et mes pattes se sont dérobées. Résultat je n'ai pas dormi, j'ai croupi.

Croupir, ça ne fatigue pas. Au contraire. Mais ça astreint. Croupir, c'est ne faire rien d'utile ou d'agréable de son temps et en user quand même. Le gaspiller, le dilapider. La différence entre croupir et paresser, c'est que paresser c'est un péché. Capital même. Tandis que croupir...

Bref, gaspiller des minutes, des heures à croupir, c'est lamentable. Mais quoi faire d'autre quand une Anna a eu la bassesse de vous emporter en voiture pour vous refiler à un docteur ?

Combien de temps j'ai croupi ? Des semaines, des mois. Des années si ça se trouve. Croupi sans qu'il soit jamais question de frichti ! On me refaisait le coup du placard à balais. Avec même plus l'espoir d'une tournée de tisane à l'arrivée. Avec aucun espoir.

On m'a sortie de mon croupissoir. Un jeune homme en blouse pas bleue mais verte est venu me kidnapper. Il m'a cueillie comme il aurait cueilli une vieille chaussette. Sans un mot. Cueillie pour m'emporter dans une pièce sans fenêtre avec qu'une lampe aveuglante et (la moitié de sa figure cachée par un masque bleu), l'excellent éminent docteur qui m'a fait un sourire menteur.

– Bonjour ma puce, et bienvenue sur le billard. Tu vas voir, c'est rien du tout, cette intervention.

J'allais voir! Oui!

Il avait de l'aplomb, ce charcuteur, de dire que j'allais voir. A peine entre ses mains gantées de caoutchouc froid, j'ai reçu un autre coup d'aiguille dans le dos.

Et...

Et plus rien. Le brouillard. Epais. De la purée.

Quand je me suis retrouvée dans ma cage, je n'ai pas pu le constater tout de suite, que c'était dans ma cage que j'étais, pour la bonne raison que j'avais un bizarre ennui de paupières je n'arrivais pas à les ouvrir.

Ils m'avaient trafiqué mes paupières!

Lourdes comme du plomb, elles étaient. Insoulevables. Coincées.

Ça faisait partie du "chouchoutage comme dans un quatre étoiles", ça? C'était pour ça qu'Anna, qu'Anna la gentille, l'amie inconditionnelle des animaux m'avait livrée à son cher ami excellent souriant docteur? C'était du cauchemar.

Non. Ce n'en était pas. Mes paupières ne voulaient plus m'obéir. Elles devaient s'être mises à avoir leur caractère à elles, comme l'auto d'un vert à donner des coups de foudre. J'allais devenir quoi, avec des paupières faisant bande à part?

Ne plus voir rien jamais?

Me cogner dans tout au moindre pas?

Sauf que des pas, je ne pouvais plus en faire. Même tortiller de la croupe, je ne pouvais plus. Non contents de me bousiller mes paupières, ils m'avaient transformée en saucisson!

Transformée en saucisson, comment?

En m'entortillant tout autour de mon corps un ruban de bande Velpeau. Ça s'appelle comme ça, c'est Anna qui me l'a appris. Bien plus tard. Quand nous sommes rentrées dans sa maison atelier dans son auto à caractère et que j'ai eu mes douleurs violentes de ventre et la langue en carton sec cassant et une envie de vomir beaucoup et rien à vomir, ce qui est contrariant au possible, et...

Et de la haine. Pour l'humanité entière. Et une certaine Anna en particulier.

Une certaine Anna qui est venue me récupérer comme un objet précieux et m'a fait trente-six baisers (de Judate?) et expliqué des choses pendant le voyage du retour chez elle.

– Inutile de me dire que tu n'es pas au mieux de ta forme. Je le sais. Les hôpitaux, les cliniques, t'en sors à tous les coups plus patraque qu'en y entrant. Mais fallait que tu y passes. Fallait que tu y passes parce que, maintenant, les cigognes, tu pourras les voir arriver sans te faire de mouron.

C'étaient qui les cigognes? Le mouron, je savais que c'était du manger d'oiseau. Mais je ne voyais pas comment, moi, j'aurais pu m'en faire.

– Les cigognes, ma chatte, c'est une façon de parler. En réalité...

Ce qui était fantastique avec Anna, c'est qu'elle comprenait ce qu'on pouvait comprendre ou ne pas comprendre. Et qu'elle faisait à haute voix, patiemment, sans s'énerver, nos demandes et ses réponses.

– En réalité, on t'a opérée pour que tu n'aies plus de petits. En un sens, je le sais, c'est moche et cruel. Mais laisser des mamans à quatre pattes mettre au monde des petits pour les exterminer ou les laisser aller crever d'eux-mêmes dans des caves, des coins perdus, des ruisseaux, ça l'est encore bigrement plus, moche et cruel. Maintenant, si l'envie de folâtrer, de faire des galipettes avec des matous te prend, tu n'auras plus à te gêner. Les amours platoniques, c'est pas les moins belles. Tiens, moi, moi qui suis toujours aussi vierge qu'une Sainte Vierge, eh bien ça ne m'empêche pas de... Pour en revenir à l'opération, il y en a qui sont pour, il y en a qui sont contre. C'est comme pour les femmes, la pilule, l'interruption de grossesse... Tu m'écoutes pas? Tu me fais la tête?

Oui. Je lui faisais la tête. Elle avait ses raisons – très raisonnables – de ne pas vouloir se retrouver avec, dans sa maison, des chats, des chiens, des serpents, des singes passant leur temps à se multiplier. Moi, j'avais mes raisons de faire la tête.

Et mal. J'avais très mal.

A chaque hoquet de l'auto, c'était comme si mon ventre allait se déchirer en trente-six morceaux. Et elle en a eus, des hoquets. Surtout rue de Rennes. Une rue qu'elle devait détester.

Une fois arrivée dans la maison atelier, j'ai eu droit au privilège des "femelles opérées". Anna m'a déposée sur son lit.

– La place des convalescents. Tu vas pouvoir te la couler douce, veinarde.

Fra Angelico, qui avait dû se faire un sang d'encre pendant toute mon absence, profita de mon impossibilité de bouger pour me lécher la figure en long et en large.

Il était affectueux au possible. Anna idem. Je baignais dans un océan d'affection. Mais qu'est-ce que je pouvais être furibarde.

Furibarde d'avoir mal, d'avoir les paupières qui n'arrivaient pas à se désalourdir, d'avoir du brouillard épais dans la cervelle, d'être ligotée, de puer le désinfectant.

C'est Fra Angelico qui en a bénéficié, de ma fureur. Comme il n'en finissait pas de me léchouiller, de rajouter de la bave de chien à mon infortune, je lui ai soufflé à la gueule. De toute ma faible force de convalescente. Schlüüüüüüüüüffffttttt!

Il n'était pour rien dans mes souffrances et avanies, mais c'est lui qui se trouvait là.

Alors schlüüüüüüüüüffffttttt!

Et tant pis pour lui.

Lit

Un lit. Ça c'est quelque chose. Ça ne fait pas partie de ce que les gens cataloguent merveilles du monde. Mais ça devrait.

Jusqu'alors, je n'en connaissais qu'un de lit. Si on pouvait appeler lit le sommier pourri sous lequel j'avais trouvé où échapper à la promiscuité des autres.

Celui d'Anna était moins sale. Et c'est dessus que je me retrouvais. Pas dessous. Dessus, sur une couverture patchwork en carrés de tissu de plein de couleurs, une couverture pas rugueuse, accueillante.

Aucun animal pas gravement malade ou convalescent n'avait le droit de s'y mettre, sur ce lit. Aucun. Sous peine d'une immédiate et solide raclée.

Cette loi, Anna avait dû l'inventer quand – ayant compris que jamais elle n'arriverait à commettre le péché avec un homme – elle avait accepté l'idée de devenir une dame qui resterait demoiselle et n'aurait que des enfants animaux. Dont elle s'occupait comme peu de mères s'occupent de leurs enfants enfants.

Mon premier soir au lit avec elle, ce n'est pas du frichti qu'elle m'a servi. Mais un remontant. Une pleine soucoupe de jaune d'œuf battu avec du lait et une pincée de sucre en poudre.

– C'est pas du nanan, cette sucrerie ?

C'en était.

– Et maintenant, ma grande, on éteint la lumière et en route pour le pays des songes.

Elle a éteint sa lampe de chevet. Mais la route pour le pays des songes, elle ne l'a pas prise. C'est une cigarette, qu'elle a prise à tâtons sur sa table de nuit, et son briquet. Et elle s'est mise à fumer dans le noir. Dans le noir et dans les ronflements de toute sa ménagerie. Pas à toute allure comme ma femme errante. A petites bouffées. En se régalant de tabac français sentant à peu près aussi bon que ce qui sortait par le tuyau du derrière de sa voiture à caprices.

– Tu dors, toi ?

Elle le voyait bien, que je ne dormais pas, puisque mes yeux étaient – enfin ! – un peu ouverts. Et sûrement tout brillants.

– Une opérée, faut que ça se repose énergiquement si ça veut récupérer. Pourquoi tu ne dors pas ?

Pourquoi ? Elle ne le savait pas ?

Si. Elle le savait.

– Tu ne dors pas, ma chatte, parce que tu as envie d'être encore mieux que sur ce lit. Parce que tu as envie d'être dedans.

J'étais on ne peut mieux. Mais si je pouvais être un peu mieux qu'on ne peut mieux...

– Alors, on décide quoi ? Qu'on couche ensemble ? Qu'on se paie une nuit en amoureuses ?

Oui oui oui oui. On décidait ça.

– Entendu, je t'embarque. Mais si tu t'avises de gigoter...

Entortillée dans de la bande Velpeau comme je l'étais, les risques de gigotements étaient sacrément limités.

Mais pas les risques d'enchantement. C'est que se retrouver dans un lit, dans un lit avec une Anna... Elle n'avait pas que de la bonté, elle avait aussi de la corpulence sous son tee-shirt chemise de nuit. De la corpulence de bras, de jambes, de ventre. Et de poitrine ! Comparée à celle de ma femme errante, sa poitrine, à Anna, c'était le jour et la nuit. Chacun de ses seins était d'au moins ma taille. Et ballonnant. S'amollissant pour qu'on s'y niche. Gonflé de chaleur humaine. Des seins nanan.

– T'es bien, hein ?

Je l'étais. Bien à en oublier le croupissage dans une cage chez un docteur, bien à en oublier les piqûres, la sécheresse de bouche, le saucissonnage. Bien à en oublier tous mes malheurs d'avant l'opération, à en oublier la mort de mon chat de cimetière, mes trouilles de nuits de cimetière, les rats en horde du métro, à en oublier tout ce qui, depuis ma sortie d'un ventre chez une odieuse madame d'Ouiche...

Tout entière entre les deux seins d'Anna, j'étais tout entière dans du plaisir.

Et elle a continué à me chuchoter des paroles après avoir fini sa cigarette.

– Moi aussi je suis bien. Bien d'être dans un lit avec les jambes au repos, les bras au repos, les reins au repos. Bien de te sentir tout contre moi, toute petiote, toute fragile, toute tiédotte d'un peu de fièvre. Bien d'entendre toute ma tribu de voraces qui roupillent sans problème. Bien de penser que, pendant qu'on est là, dans notre cocon, la terre continue à tourner et les mauvaises herbes à pousser. Quoique... les mauvaises herbes... Tu vas me trouver un peu louffe mais... les mauvaises herbes... j'arrive pas à les avaler. Je les ai en travers de la gorge. De la tête, plutôt... Pourquoi, un Dieu – donc ce qui devrait se faire de plus avisé et de plus bienveillant – aurait éprouvé le besoin de créer des mauvaises herbes ? Logiquement, il aurait dû se contenter des bonnes. Eh bien non... Il a fallu qu'il en imagine aussi des pas bonnes. Ou ça a été une erreur. Une gaffe. Et ça prouve alors c'est qu'il est pas tout à fait un dieu, qu'il a, lui aussi, des petits manques. Auquel cas... Auquel cas l'éternité n'est peut-être pas tout à fait éternelle... Et ainsi de suite... La question des mauvaises herbes, si tu commences à te la poser... Pourquoi les mauvaises herbes ? Pourquoi ?

Elle avait raison, Anna. Pourquoi ?

C'était une question fatigante. Trop. Anna a arrêté de se la poser, elle a chaviré dans le sommeil. Un sommeil très sage avec un soufflement de bouche très rassurant et, au bout de peu de temps, toute sa tête sur moi. Comme si j'étais son oreiller.

Etre l'oreiller de la tête de quelqu'un d'autre qu'Anna, j'aurais détesté. Mais avec elle, ça allait.

Je tombais de sommeil moi aussi. Je me suis empêchée de dormir un oreiller, ça doit faire son travail d'oreiller.

Pour me tenir en éveil, je me suis posée et reposée sa devinette sur les mauvaises herbes. Sans trouver de réponse. Et d'autres questions me sont venues. Sur Anna, sur moi, sur les autres animaux, sur mon opération, sur...

Qu'est-ce que ça a vite fait de pulluler, les questions, quand on ne dort pas alors que c'est le moment de le faire. Des questions de plus en plus sans réponses.

Et la tête d'Anna s'est mise à prendre du poids. D'abord des grammes. Puis des kilos. Lentement mais sûrement, elle allait finir par m'écraser.

Et elle m'a écrasée. C'est qu'elle était devenue une tête en pierre, une tête de statue d'Anna allongée, une tête de statue d'Anna allongée sur une tombe au cimetière Montparnasse. Avec, en dessous, dans la terre, une Anna trépassée comme mon efflanqué à houppette, une Anna retournée à l'humus, une Anna devenue pour l'éternité une absence d'Anna que des hordes de pouilleries de vers dévoraient, une Anna...

J'ai dû me réveiller en sueur et en sursaut et bouger et crier si fort que je l'ai réveillée en même temps que moi, Anna.

– Qu'est-ce qui t'arrive ? Tu cauchemardes ? Faut pas.

Je n'avais pas fait exprès de cauchemarder. C'était les questions. C'était...

– T'es toute tremblotante. C'est malin. Viens tout près tout près. Je vais te faire tellement de petits becs sur le crâne que tes tremblotements...

Mes tremblotements, ils ne leur ont pas résisté, aux petits becs sur le crâne. Des becs du bout des lèvres, pas mouillés (ce qui est très déplaisant), pas appuyés, des becs comme des flocons de neige pas froids et aériens et... Elle n'était pas artiste qu'en peinture d'animaux, Anna. Ses becs... ils étaient... ils étaient... C'était formidable d'avoir été opérée, puisque grâce à tous mes malheurs d'opérée, je me retrouvais dedans le lit d'Anna et dans tant de cajolerie que c'était à s'en pâmer.

J'ai ronronné comme jamais.

Et si bruiteusement que, dans le concert de souffles et de ronflements de toute la tribu, j'ai entendu un bruit de pattes. Le bruit de pattes pantoufles de Fra Angelico. Et il est arrivé près du lit. Avec son odeur fortement puante et sa tête comique. Et il m'a regardée. Avec amour.

Je peux le dire, puisqu'Anna me l'a dit.

– Ce fou de chien, il est fou de toi. Ça a l'air d'une blague mais... Je vous observe assez les uns et les autres, même quand je n'en ai pas l'air, pour savoir tout ce qui se passe de banal et de pas banal dans cette cagna... Eh bien, je peux te le garantir ce chien est amoureux de toi. Amoureux. D'une chatte ! Un chien !

Ça devait être la pure vérité. Parce que, en entendant ça, Fra Angelico a baissé la truffe comme un honteux. Et puis il s'est retourné et il a filé. Pas se recoucher dans son coin à lui. Il a filé dehors. Dans la nuit.

Pauvre Fra Angelico.

Je dis "pauvre Fra Angelico", mais j'étais la première à être tout le temps méprisante avec lui. Mauvaise.

Peut-être que j'étais une mauvaise herbe de chatte.

– C'est rien, ma chatte. C'est rien de rien. Te tracasse pas. Tu n'as qu'à refermer tes yeux et...

Elle s'est rendormie après m'avoir rassurée. Du sommeil de la juste. Plus sur moi. Sur son oreiller. Qu'est-ce que c'était bon qu'elle soit là et pas dans de l'humus. Qu'elle soit là avec sa respiration régulière et sa poitrine ballonnante et des rondeurs à profusion.

Alors... doucement doucement doucement... je me suis installée sur son ventre.

Et, là, j'ai fait un sommeil si excellent que je n'ai eu aucun besoin de rêver même des choses pas cauchemardeuses pour l'améliorer.

Au matin, Anna m'a réveillée – avec un grattouillis maternel sur ma tête et un bec sur mon nez. Un bec claquant.

– Toi, ma fille, j'ai l'impression que tu es en train de comprendre ce que c'est que la vraie vie. Celle qui vaut vraiment la peine d'être vécue. La vie de plaisir, quoi. Tout le reste, tout ce qui n'est pas plaisant, faudrait le sauter. Ne pas le vivre. Carrément. Faudrait des années que de dimanches et de jours de fêtes carillonnées. Faudrait... Faudrait surtout que je paie mes quatre mois de loyer en retard, faudrait que je fasse réparer ce lavabo qui n'en finit pas de glouglouter, faudrait que je me décide une bonne fois à gagner autant que ce que je dépense, faudrait... Si tu savais la veine que t'as d'avoir quatre pattes pour faire ce qui te plaît au lieu d'avoir deux jambes et deux bras pour gagner ton pain à la sueur de ton front !

Ça l'a fait éclater de rire, d'avoir dit ça. Elle m'a soulevée de son ventre, posée dans le chaud du lit et elle s'est levée. De celui de ses pieds qui était le bon ce jour-là. Elle avait des fesses monumentales, d'un rose très rose, et au bas de son ventre une fourrure frisottée à rendre jaloux les bestiaux dont on fait les manteaux les plus coûteux. C'était une très imposante belle personne.

Et la journée a commencé. Une journée à peindre en chantant des chiens bleu blanc rouge qui dansaient dans une prairie – vert voiture pour Anna. Une journée de va-et-vient, de cris, de petites et grandes conneries pour tous les animaux. Une journée de prélassement – pour moi.

Ça avait tant de charme, de se consacrer uniquement au prélassement, que j'en ai oublié l'endolorissement de mon bas-ventre et le désagrément d'être saucissonnée avec de la bande Velpeau.

Elle était en plein dans la vérité, Anna, quand elle disait que j'étais en train de comprendre ce que c'était que la vraie vie. Elle avait raison : j'étais faite pour la paresse de lit. Comme elle m'avait bien arrangée, côté draps et couvertures, je n'avais que la tête qui dépassait, que la tête pour respirer et voir les autres agités.

C'était un spectacle qui en valait la peine.

D'autant plus que pas une seule fois depuis mon arrivée dans la maison atelier, je n'avais pu les observer aussi bien, les autres.

Avant ce matin-là, ils n'étaient qu'une bande de bestiaux sentant des odeurs qui n'étaient pas la mienne et me rebutant, qu'une bande de voraces (comme moi) avec qui il fallait se battre à l'heure du frichti, qu'une bande d'hostiles, de concurrents, de rivaux plus ou moins effrayants. Mais, ce matin-là, je n'étais plus sur le plancher au milieu d'eux tous, j'étais une alitée, une en marge qui pouvait les regarder d'en haut et autant que ça me plaisait. Et sans rien craindre.

Ça m'allait parfaitement, d'être où j'étais, vautrée dans du confort, de faire l'altesse, avec des sujets grouillants autour de moi. C'était ça : j'étais SA Majesté La Chatte, et eux des misérables... qui se traînaient sur du plancher à échardes, sur de la moquette agonisante. Il y en avait qui se grattaient parce qu'ils étaient des chats plein de puces. Il y en avait qui suçaillaient des os rognés, décolorés, hors d'usage, parce qu'ils étaient des chiens. Il y en avait qui ne faisaient rien que regarder sur leurs deux côtés en même temps parce qu'ils étaient des oiseaux. Il y en avait un qui avait l'air d'un bout de tuyau d'arrosage parce qu'il était le serpent Paul Gauguin. Il y en avait un qui était devant la glace de la coiffeuse d'Anna et qui se regardait gravement, se faisait des mimiques courroucées, se lançait des regards sournois, se faisait des pieds de nez parce qu'il était le singe. Il y en avait un qui n'était pas là parce que c'était Fra Angelico et qu'il était parti offensé, déçu, dans la nuit, et qu'il avait sûrement de la tristesse qu'il promenait du côté de la rue Froidevaux.

Hargne

Une convalescence d'opération de chatte, ça ne dure pas assez.

Un matin, Anna m'a fait un bec sur une oreille pour me tirer du sommeil à ronrons que je faisais dans ses seins. Trop léger, le bec. J'en attendais un deuxième. Je ne l'ai pas eu. Mais j'ai eu des nouvelles. Des nouvelles de moi.

– Tu sais quoi, ma petite fleur ? Aujourd'hui, je te retire ce bon sang de pansement, aujourd'hui c'est fait, tu vas pouvoir repiquer à ta vraie vie de chatte.

A ma quoi ?

Ma vie vraie de chatte, c'était de me prélasser sans fin dans ce lit, ma vraie vie de chatte, j'étais en train de tout juste commencer à la vivre.

Il ne lui a pas fallu cinq minutes, à Anna, pour me débarrasser de ma bande Velpeau. Et pas une seconde pour me faire redescendre sur terre, sur la carpette, le plancher, les mètres carrés de l'atelier maison surpeuplé de chats, de chiens, de...

J'étais déconfite. Terriblement.

Ça devait si bien se voir, qu'un loulou nain (Toulouse-Lautrec) est venu se planter devant moi pour me rire au nez. Il se moquait, le nabot !

Il aurait mieux fait de s'abstenir je lui ai répondu par une si profonde morsure à la truffe qu'il a failli en perdre tout son sang.

Même à la période de mes sauvageries de chatte de cimetière, jamais je n'avais été aussi cruelle.

C'est que redevenir une pensionnaire comme les autres, après avoir goûté à un lit, à des nuits dans des draps avec une Anna en chair rose potelée, ballonnante...

Adam et Eve, quand la voix leur a dit "Le jardin aux pommes sans pépins, c'est terminé, dehors !", ça a dû leur faire le même effet.

Un effet débilitant.

Eux, ça les a fait devenir des gens comme sont le commun des gens – des désabusés toujours à râler, à n'espérer rien de bon jamais, à ne penser qu'à se jalouser les uns les autres, qu'à se faire des guerres, des cocuages, des entourloupes.

Moi, ça m'a fait tomber dans une période de hargne tellement insupportable que même Anna ne l'a pas supportée.

Mon déchiquetage de truffe de loulou nain m'a valu une admonestation de première. Quand j'ai griffé – sans aucune raison – Fra Angelico qui n'en finissait pas de m'idolâtrer, j'ai eu droit à une journée entière de placard à balais sans même une goutte de tisane antigniards, ni d'eau, ni rien à manger. Puis ça s'est gâté vraiment. Anna, qui pourtant ne faisait jamais ça, m'a battue.

Battue énergiquement quand j'ai arraché un bout de la queue d'une autre chatte, une rouquine qui n'avait fait que vouloir s'allonger sur mon cache-col cadeau pas trop troué. Battue quand j'ai pissé exprès sur son lit. Battue quand je lui ai soufflé violemment dans la figure alors qu'elle me faisait, sans s'énerver et pour mon bien, la morale.

Et, quand une nuit de profond sommeil de toute la tribu, j'ai été assassiner – de sang-froid, avec préméditation – la pigeonne Berthe Morisot, alors... là... Alors là...

Je n'ai pas eu une tape. Pas eu même un mot de reproche.

Anna, réveillée par l'agonie piaillarde de Berthe, Anna, ses monumentales attirantes jolies fesses au vent, s'est contentée de me jeter un regard. De surprise. Très grande. Et de tristesse. Très grande. Et d'horreur.

Un regard qui ne cessera jamais de me regarder.

Je n'ai eu que ça, que ce regard.

Et... après... Après, je n'ai plus eu rien d'autre à faire que la dépitée.

Parce que, après, je n'ai eu aucun autre regard. Aucun. Ce fut comme si je n'étais plus dans l'atelier maison, comme si je n'existais plus. On ne voulait plus me voir. Ni Anna. Ni aucun animal. Même Fra Angelico ne me regardait plus. Même lui.

J'aurais dû en profiter pour avoir du remords à propos de la pigeonne. Je n'en ai pas eu.

Je n'ai eu que du dépit. Cuisant.

Et des pensées hargneuses.

J'étais une chatte mauvaise herbe.

Et alors ?

On allait m'arracher ? Me brûler comme de la mauvaise herbe de square ?

J'allais m'arracher toute seule, bande de crétins d'Anna, de Fra Angelico, de chiens infects, répugnants puants, de serpent en vieux tuyau à eaux de cabinet, bande de singes, d'oiseaux bons qu'à se laisser tuer, de chats pas à houppette, pas beaux siamois enchanteurs ! J'allais m'arracher moi, m'enlever de cette bicoque grouillante d'ennemis immondes !

Main

Le regard, le dernier regard d'Anna, le digérer, je ne pouvais pas. Il me pesait. C'était comme si j'avais mangé une pleine cuvette de frichti en caillou. Avaler une seule bouchée de nourriture, je n'aurais pas pu. Pas question de dormir, non plus. Je ne pouvais plus que rester recroquevillée dans mon endroit à moutons de poussière.

A cuver du dépit, à ruminer de la rancœur.

A guetter le moment de fuir cette maison dont j'étais devenue la chatte galeuse.

Des jours, sans manger, sans dormir, sans faire le plus petit mouvement. Puis est arrivée une nuit. Une nuit qui venait après un discours du soir d'Anna mécontente, en rage contre des lettres écrites par des voisins (qui ne savaient pas qu'une lettre ça se signe) et qui voulaient que le propriétaire expulse Anna et ses animaux souilleurs d'immeuble et soi-disant propagateurs de microbes de maladies incurables. Elle était colère, Anna. Colère au point de se nouer la gorge avec des mots qu'elle criait et d'être obligée de se la débloquer avec tasse de rhum sur tasse de rhum.

De mon dessous de sommier, je la voyais aller et venir et maudire les voisins, le propriétaire, maudire tous les corbeaux expéditeurs de lettres et boire et reboire. Et je l'ai vue s'effondrer sur son lit. Ivre de colère et de rhum au point de n'avoir pas la force d'éteindre la seule lampe allumée – celle de sa table de nuit.

Mais le sommeil s'est quand même emparé de toute la maison. Sauf de moi.

Et je suis partie. A pas si mesurés qu'ils ne faisaient aucun bruit de pas.

La galeuse s'enfuyait comme une voleuse.

La chatte mauvaise herbe prenait le large à tout jamais pour devenir chatte sauvage sans maison, vagabonde sans personne pour la regarder, la juger.

Pour aller de ma cachette à la fenêtre ouverte, il fallait longer le lit d'Anna.

Le lit où j'avais connu l'extrême bonheur.

Anna n'était pas dedans. Elle était dessus. Telle que quand elle s'était effondrée. Avec sa jupe retroussée, ses jambes rondes avec un bas à sa place et l'autre descendu, avec sa perruque de traviole qui lui cachait la moitié de la figure.

C'était une salope de saloperie de bonne femme que j'étais heureuse de quitter. Mais qu'est-ce qu'elle était jolie d'être aussi ronde de partout.

Elle avait une de ses mains qui pendait hors du lit. Avec ses ongles de plusieurs couleurs – pas faits, tachés de peinture qui ne partait qu'à l'eau de Javel. Et encore.

C'était une des deux mains qui m'avaient battue.

C'était aussi une des deux mains qui m'avaient bien bien caressée certaines nuits inoubliables.

Pourquoi – alors que je n'avais qu'une chose à faire : filer le plus vite possible – je me suis mise à la lécher, cette main ?

Et pourquoi elle était froide ?

Pourquoi Anna n'avait plus sa chaleur humaine ? Pourquoi elle était de glace, sa main ?

Et pourquoi j'ai poussé un miaulement comme ceux quand on m'avait prise ma femme errante dans le métro ?

Silence

Ça a un nom : veillée funèbre. Ça fait partie des habitudes des gens, de leurs coutumes. Quand quelqu'un a son cœur qui s'est arrêté de battre, on se réunit autour du lit où on l'a allongée dans ses vêtements les plus chics, on allume des tas de bougies et on chuchote des prières au bon Dieu des catholiques ou des juifs ou des autres et plein de choses très belles sur le "cher disparu". Si c'était quelqu'un dont on disait pis que pendre avant, une fois son cœur arrêté, on ne dit plus que du bien de lui. On enjolive sa vie qu'il vient de perdre, au besoin.

C'est menteur, une veillée funèbre. Toujours.

Celle d'Anna ne l'a pas été. Alertés par mon miaulement, les autres se sont tous réveillés en même temps. Et ils ont tous, tout de suite senti le froid, la catastrophe. Tous, tout de suite.

Et, lentement, ils sont tous venus autour du lit, de la main qui pendait. Et tous, chattes, chats, chiens, l'ont humée, cette main. Sans miauler, sans aboyer. Il n'y a même pas eu des bruits de pattes, d'ailes. A croire que, tous, ils voulaient n'entendre que le terrible silence du cœur d'Anna.

Vincent Van Gogh a bien commencé une phrase.

– Elle a trop bu de rhum, la grosse. Elle a...

Il a stoppé. Même lui, faire le perroquet, il n'en avait pas la force.

Et Auguste Rodin... Il a sauté de son lustre, le grimaceur. Sur le lit. Et ce qu'il a fait... Il a saisi la perruque de traviole et l'a remise en place, bien droite, qu'elle cache bien le crâne presque sans cheveux d'Anna. Et il l'a lissée, peignée avec ses mains aux doigts de gamin nain, soigneusement. Pour qu'Anna soit aussi belle que quand son cœur battait. Et il lui a tendrement caressé les joues, le nez. Et il lui a fait des baisers d'humain. Sur ses joues son front, sa bouche. Il a aussi essayé de lui descendre sa jupe retroussée sur ses jambes, mais il n'a pas pu. Il aurait fallu la retourner. Elle était trop lourde pour un singe de moins de trois kilos. Alors, il est allé prendre une serviette éponge dans le coin salle de bains de la maison atelier et il lui a recouvert les mollets. Et il s'est allongé contre elle. Et il a imité des pleurs de fils. Mais en silence.

Et plus aucun animal n'a bougé.

On était en rond autour du lit. On attendait quoi?

On n'attendait rien. C'était comme si la terre, notre terre à nous, s'était arrêtée de tourner.

Le jour est arrivé.

Un jour à soleil, un jour à lumière épatante pour les Anna et les Rosa Bonheur, un jour pour faire de la très bonne peinture en chantant et en riant.

Et nous étions toujours tous autour du lit. Respirant tous parce ce qu'il le fallait bien. Mais ne bougeant pas plus que des empaillés.

Ça a été une veillée funèbre en plein jour. Sans bougies, sans paroles de regrets menteuses. Avec juste du chagrin. Des tonnes de chagrin.

Mes idées de départ, de cavale, dans tout ça?

Oubliées, parties.

Et quelle importance... les idées, les paroles, c'est fait pour s'envoler.

Mais... une Anna...

Après

Quand le fils du boucher est venu voir pourquoi Anna était restée deux jours sans venir prendre les abats qu'il lui mettait de côté, il nous a trouvés tous figés et dans le silence.

– Ça alors... Ça alors, il a dit.

Et il est resté comme nous à regarder Anna. Aussi figé que nous tous.

Mais moins désemparé, forcément.

Puis plein de monde est venu. Le boucher qui aimait bien Anna. L'épicier qui la ravitaillait en nouilles brisées, en légumes plus présentables. Un ami peintre avec qui elle n'avait pas "commis le péché" mais avec qui elle prenait un verre de temps en temps à La Coupole. Et des hommes et des dames qui savaient combien Anna était grande artiste méconnue et généreuse et qui l'aimaient sincèrement. Des hommes et des dames qui l'aimaient moins. Ou pas. Des personnes de l'immeuble. De la rue. Des curieux. Des charognards qui ont pris des dessins qui traînaient, qui ont décroché des tableaux pas trop grands, qui ont raflé des fourchettes, des couteaux.

Et, bien entendu, madame Blin et mademoiselle Nicole.

Mademoiselle Nicole est venue pour pleurer. Avec un manteau noir et des gants noirs. Et des larmes vraies.

Madame Blin est venue pour faire ce qu'il y avait à faire. Pour éteindre la lampe de table de nuit restée allumée, pour forcer Auguste Rodin à lâcher Anna, à s'en aller du lit. Ça, ça a été dur. Il s'agrippait.

Madame Blin a fermé les yeux d'Anna – ses yeux qui m'avaient jeté un dernier regard ! Elle lui a enlevé ses habits de tous les jours, elle l'a mise toute nue, elle l'a lavée avec de l'eau de cuvette et une savonnette sent-bon, elle lui a limé les ongles des mains, des pieds, elle lui a mis une jupe longue, un corsage en dentelle, des chaussures à talons (avec lesquelles elle se serait sûrement cassé la figure), trouvés dans le fond de son armoire. Elle lui a mis de la poudre de riz sur la figure et du rouge à lèvres sur la bouche.

Ce qui ne lui allait pas du tout, à Anna. Ce qui lui donnait l'air d'une morte.

A nous, elle nous a dit qu'on était "des pauvres quiquis qui avions perdu la meilleure des mères" et elle nous a préparé un frichti monstre.

Ça tombait bien nous avions tous très faim.

Un cercueil est arrivé. Qui a eu du mal à contenir Anna tout entière. Les jolis seins ballonnants empêchaient de poser le couvercle. Ça a été ardu la fermeture. Madame Blin qui veillait à tout, a tenu à ce qu'on mette des pinceaux, des tubes de peinture, aquarelle et du papier dans le cercueil.

– Si, de l'autre côté, il y a des bestiaux, je la connais, elle voudra leur tirer le portrait.

D'entendre dire ça, ça a fait encore plus pleurer mademoiselle Nicole.

Madame Blin l'a houspillée.

– Vous me la copierez, vous ! Vous n'arrêtez pas de nous bassiner avec votre ciel, votre paradis où l'on sera tellement mieux qu'ici, et quand quelqu'un y monte, c'est les grandes eaux !

– C'est vrai que le paradis c'est ce qu'on peut souhaiter de mieux aux autres. Mais de penser que cette brave Anna, je ne la verrais plus ici avec ses enfants qu'elle aimait si fort...

De la voir tant pleurer, mademoiselle Nicole, ça m'a fichue en l'air. J'étais dans la peine. Qu'est-ce que j'étais dans la peine.

Ça s'est senti une patte s'est posée sur mon dos. Une patoche. Fra Angelico !

Il a été comme moi, le chien pataud idiot amoureux de moi un des derniers adoptés.

Parce qu'après Anna, il nous fallait d'autres maîtres.

Trouvés par les deux saintes femmes. Mais difficilement.

Auguste Rodin – quoique plus méchant que jamais parce qu'orphelin – a trouvé preneur le premier un teinturier de la rue du Commandant-Mouchotte, qui rêvait d'avoir un singe. Il l'a eu. Il a dû en baver. Mais il l'a eu.

Une dame russe sans enfant sans mari a bien voulu du serpent.

Le boucher a pris tout de suite un des chiens, un épagneul pas malin qui lui rappelait un chien de son enfance dans sa campagne normande.

Les autres chiens ont été pris par des gens du quartier. Les chats les moins gouttière aussi.

Vincent Van Gogh, personne n'a pu le prendre. Il a commencé à débiter tous les mots orduriers qu'il connaissait, dès la levée du corps. Et il en connaissait. Et il est sorti par la fenêtre. Et il a traité de tous les noms des gens de la cour de l'immeuble. Et il a entrepris une escalade, s'accrochant du bec et des pattes à une antenne télé qui courrait le long d'un mur. Et ça l'a conduit sur le toit. Et il a traité le ciel d'enculé. Et il a pris son vol. Un vol de perroquet. On l'a entendu s'écraser sur le pavé de la cour. S'écraser en lançant un dernier "putain de planète!"

Tous les animaux ont été bien ou mal adoptés et des neveux antipathiques d'Anna sont venus tout prendre dans un camion. Et Fra Angelico et moi, nous nous sommes retrouvés laissés pour compte dans l'atelier vide.

Dans l'atelier soudain plus atelier. Soudain plus rien.

Quand ça s'installe quelque part, du vide...

D'abord, ça rend tout trop grand.

Du temps d'Anna en train de faire ses peintures, de boire ses thés-rhum, de nous discourir, d'être là, quoi! on ne pouvait pas faire un pas sans se cogner dans un autre ou dans quelque chose, sans être à chaque seconde heurté par des odeurs, des bruits, sans avoir l'obligation de ne jamais cesser de se méfier, d'être sur ses gardes.

C'était insupportable. Mais de n'avoir même plus d'insupportable à supporter... Alors, ça !

Après le départ des adoptés, la razzia des neveux antipathiques, il n'est plus resté que beaucoup beaucoup trop de mètres carrés de plancher sale avec des moutons de poussière de dessous de meubles sans leurs meubles, que des murs sales avec que des clous sans leurs tableaux et des puanteurs. Mais dans du vide, ça se dissipe à une allure, les puanteurs.

Bientôt, trop bientôt, il n'est plus resté que mon odeur inodore à moi et celle de Fra Angelico. Il sentait toujours le fétide. Mais au moins il sentait. Au moins il n'était ni mort ni parti, mon chien ballot amoureux de moi.

Mais il n'allait pas fort. Oh non. Il avait contracté une agitation très inquiétante. Une sorte de frénésie qui le faisait parcourir inlassablement le vide de ce qui avait été la maison atelier et d'en renifler chaque coin, chaque recoin, de sniffer et sniffer chaque millimètre des mètres carrés. Et ne pas trouver ce qu'il cherchait. Et ouvrir sa gueule pour aboyer et ne pas le faire.

Sa promenade matinale, il ne la faisait plus non plus. Et plus ses besoins. Et quand ses yeux se posaient sur moi, il les détournait.

Quand madame Blin ou mademoiselle Nicole venaient, avec deux portions de frichti, il n'écoutait pas leurs paroles consolantes, il leur montrait les dents et continuait à chercher, à sniffer. Le vide. Pas le frichti. Le manger, il n'était plus client.

Ça me faisait deux portions. Que je mangeais. Que je chipotais, plutôt.

A cause d'un serrement dans mon ventre.

Un serrement de vide, d'absence d'Anna.

Le froid de sa main m'était resté sur la langue.

Et se retrouver dans du vide avec un chien débloquant et du froid de mort collé à sa langue...

Depuis, ça m'est arrivé souvent que des gens, des gens qui ne s'y connaissent pas en chattes et chats ou s'y connaissent qu'un peu ou de travers, me demandent :

– Pourquoi tu as l'air triste, la chatte ?

Ça les intrigue pour de bon, les raisons pour lesquelles une chatte ou un chat a l'air triste. Ça les tarabuste comme du terriblement compliqué, alors que ça ne l'est pas du tout. Si une chatte, un chat, a l'air triste, c'est parce qu'il l'est. Tout simplement.

Les deux saintes femmes savaient, elles. Mon chipotage, les sniffements fous de Fra Angelico, elles en connaissaient le pourquoi. Et ça les mettait dans la peine et l'embarras. Qu'est-ce qu'elles allaient faire de nous ?

– Vous deux, vraiment ! Toi, le chien, je peux encore te prendre chez moi. Pas longtemps. Quelques jours en attendant de te caser. Te caser à qui ? Ça... Le jour de la distribution de la beauté, tu l'as loupé, ton tour. Et comment que tu l'as loupé ! Nous, nous le savons que tu es la plus brave des braves bêtes. Mais, te caser avec la bouille que tu as, la dégaine que tu as... En fait, je te vois un seul avenir possible chien de non-voyant. Quant à toi, la quiquite...

La quiquite, c'était moi.

– Tu serais un mâle, je t'embarquerais aussi. Le temps de voir venir. Mais une femelle. Impossible. Ma Mouquette ne supporte pas les chattes. Elle te tuerait. Aussi sûr que deux et deux font quatre, elle te massacrerait, ma Mouquette.

La Mouquette de mademoiselle Nicole ne voulait pas de chatte. Et madame Blin, elle avait une Mouquette égoïste qui me massacrerait, elle aussi ?

Madame Blin avait un homme. Un monsieur Blin qui ne voulait pas d'animaux. C'était pour ça qu'elle était devenue mère-à-chats.

Et à chiens. Elle en a trouvé, un non-voyant. A l'autre bout de Paris.

Mais pour l'emmener, Fra Angelico, ça n'a pas été du gâteau. Ce mal qu'il leur a donné, aux saintes femmes. Il a fallu que le boucher et son fils viennent aider à le décoller du plancher et à le fourrer dans un sac à pommes de terre.

Je me demanderai toujours s'il n'y est pas mort, dans ce sac, pendant le trajet jusqu'à l'autre bout de Paris. Mort de tristesse de chien kidnappé de sa maison. Et, s'il n'est pas mort, qu'est-ce qu'il a fait une fois chez le non-voyant ? Il a dû se sauver. Et il doit errer depuis. Courir la terre en recherchant l'atelier maison.

Ou alors il est devenu ami fidèle de son non-voyant.

Et pas seulement ami fidèle. Il est aussi devenu très beau chien. Que pour une seule personne. Mais ça doit lui suffire, au brave puant idiot aux pattes en pantoufles.

Une fois lui emporté dans le sac à patates, il ne restait plus que moi dans le vide. Que moi dont personne n'avait voulu.

Peut-être que ça se voyait à l'œil nu que j'étais une chatte mauvaise herbe. Une irrécupérable. Elle n'avaient qu'à me mettre à la rue, les saintes femmes.

Un cochon enragé faisant ses besoins sous lui, un serpent venimeux, elle ne les auraient pas mis à la rue. Alors, vous pensez, une quiquite...

– Te tracasse pas, ma quiquitte. Ça vient. Ce matin, j'ai cru que c'était réglé. Une grand-mère tout à fait à ta pointure. Avide d'avoir des oreilles pour l'écouter, ne se nourrissant plus que de laitages, ne quittant pas son lit. Mais sa fille a dit qu'avec une gâteuse à materner, elle avait déjà assez à faire, qu'elle n'avait pas envie de se retrouver avec, en plus, du mou à acheter. Du mou ! Je lui ai fait poliment remarquer que le mou, c'était de l'histoire ancienne, que les chats d'aujourd'hui... Peine perdue. Mais t'inquiète pas, on va t'en trouver, des maîtres. Et des bons. Des maîtres qui te couveront, te choieront, te mignoteront, qui te gâteront, te pourriront, te...

Chichi

– Mais il n'est pas du tout gris.

– Ah si ! Du gris, il en a. Il en a sur le dos. Il en a sur le ventre. Et cette patte-là, elle n'est pas presque complètement grise ?

– Celle-là oui. Mais les autres...

– Les autres, les autres... Une bête de cet âge-là, ça n'a pas encore son pelage définitif. Telle qu'elle est partie, elle peut très bien se retrouver tout à fait grise d'ici six mois.

– Ou noire ! Ou blanche ! Ou caca d'oie !

– Avoue qu'il n'est pas laid.

– Je ne dis pas qu'il est laid. Je dis qu'il n'est pas gris. Qu'est-ce que tu en penses, toi ?

Toi, c'était un monsieur. Un Edouard.

Elle, c'était une Brigitte.

Elle était petite personne nerveuse aux cheveux blond teinture. Avec presque autant de bijoux qu'une vitrine de bijouterie et si peu de fesses que c'était comme si elle n'en avait pas. Il était petit homme replet à lunettes et à costume beige cravate beige.

Madame Blin les avait dénichés en téléphonant à plusieurs mères-à-chats qui avaient téléphoné à d'autres mères-à-chats.

Avant de me couver, choyer, mignoter... ils m'ont observée, considérée, jaugée, examinée sous toutes les coutures.

– Alors, Edouard ? Qu'est-ce que tu en penses ?

– Honnêtement... C'est un chat comme tous les chats.

Là, madame Blin a rectifié. Quand même.

– Pas un chat. Une chatte.

– Ah ! Parce qu'en plus... ? C'est insensé. Nous avions pourtant spécifié que c'était un chat que nous voulions. Et gris. Tout gris.

– Une quiquitte, c'est tout aussi facile à vivre qu'un quiqui. Même plus, bien souvent. Et vu qu'elle est coupée.

– On dit aussi "coupé" pour les chattes ?

– Opérée. C'est la même chose. Alors ? Je vous la laisse ?

– Elle ne va pas se mettre à avoir des petits tous les quinze jours ?

– Puisque je vous dis qu'elle a été...

Madame Blin a chanté et rechanté les louanges des chattes, mes louanges à moi. Avec foi. Ils ont résisté. Puis capitulé.

J'étais casée.

Sainte femme ou pas, je lui en voudrai toujours, à madame Blin, de m'avoir abandonnée sur la coûteuse moquette beurre frais de ces deux ennuyeux.

Vincent Van Gogh aurait été à ma place, il aurait dit "emmerdeurs". Ou un autre mot de perroquet encore plus déplacé. Quoique dans le bec d'un emplumé... Il en disait de tels, parfois, qu'Anna était obligée de lui clouer son sale bec en le lui collant avec du scotch transparent.

Mais Vincent Van Gogh n'était pas à ma place. Pas casé chez des ennuyeux. Il était dans l'autre monde.

Comme Chichi.

Chichi !!!

Ça avait été le chat d'avant moi, mon prédécesseur chez ennuyeuse Brigitte et ennuyeux Edouard.

Un Chichi chat irremplaçable ! Un Chichi à qui je n'arriverais jamais à la cheville. Un Chichi qui savait tout faire à la perfection, qui comprenait tout. Alors que moi... Elle n'a pas été longue à être commise, ma première faute.

– Non, la chatte ! Pas ce fauteuil-là. C'est l'autre, le fauteuil du chat.

D'accord. Le fauteuil du chat, ce n'était pas le Louis XVI tout neuf, c'était celui à dos rond et pas en paille. Mais il ne fallait pas lui toucher à ses bras, au fauteuil du chat.

– Non ! On ne se fait pas les griffes sur les accoudoirs.

Je ne me faisais pas les griffes. Je m'étirais. Après un voyage dans le caddy de madame Blin, je pouvais, non ?

– Non, la chatte ! Non ! Non ! Non ! Les accoudoirs, c'est défendu. Tu sais ce que ça veux dire défendu ?

Je le savais. Je savais aussi que je n'avais aucune envie qu'on me gueule dessus. J'étais bien tombée ! C'étaient des humains "difficiles", l'ennuyeuse Brigitte et l'ennuyeux Edouard, des humains à manier avec précaution. Je l'ai abandonné, leur fauteuil du chat. J'ai changé de coin.

Je me suis approchée d'un pouf attirant car très ventru. Mais gâté, hélas, par une odeur de chat si abominable que je m'en suis prestement écartée.

– Qu'est-ce qu'il a, ce pouf ? Il ne te plaît pas ?

– C'est drôle qu'elle n'aime pas ce pouf. Chichi, lui...

– C'est une place de choix pour un minet, là. Pourquoi tu... ?

– Tu veux mon avis, Brigitte ? Une bête qui n'est même pas capable de comprendre que ce pouf est un pouf pour chat est une bête qui...

– Attends ! Regarde ! Elle a trouvé la souris. Elle est belle, la souris, hein ?

Belle ?

La souris ?

Quelle souris ? Ils avaient bien dit une souris ?

Ils me prenaient pour quoi ?

Même les yeux crevés et un paquet de coton pour me colmater chaque narine, je n'aurais pas confondu ce truc en plastique qui faisait couic couic quand on lui appuyait dessus avec une souris. Qui aurait pu croire que c'était une souris ? Qui ?

Leur con de Chichi ?

Je ne pouvais pas savoir combien il pesait de son vivant, leur Chichi, mais son fantôme, son fantôme qui ne cessait de hanter l'appartement de ses maîtres, il était d'un lourd.

Une fois passées les navrantes premières minutes que je viens de vous relater exactement comme elles furent, j'ai fait ce que je me devais de faire, j'ai inspecté ma nouvelle maison. Bien en détail.

Un chat qui entre quelque part doit passer ce quelque part au peigne fin. C'est une règle qui remonte au premier chat et à son premier quelque part.

La maison de Brigitte et de son mari Edouard était un troisième étage de l'avenue de Suffren propre comme une voiture qui n'aurait jamais roulé. Avec cinq pièces ni trop petites ni trop grandes, ensoleillées pendant autant d'heures que possible. Avec une cuisine équipée de tout. Avec une salle de bains à baignoire. Avec un vestiaire plein de choses sur lesquelles se prélasser. Avec des placards. Une douzaine. Avec partout même aux cabinets de la moquette où s'enfoncer voluptueusement les pattes. Et du coussin. Et du chauffage. Et pas le moindre animal. Soit une maison aussi maison que maison peut l'être. Mais... Mais, plus puissante que le parfum de blonde sèche de Brigitte, et l'antimite du vestiaire des placards, il y avait l'irrespirable tenace odeur du Chichi.

C'est que, cette maison, il y avait vécu quinze ans.

C'est que, quoi que je fasse, il revenait à tout instant sur le tapis, l'admirable et incomparable Chichi, il revenait pour me tout gâcher.

Après le pouf sur lequel je ne me suis pas jetée comme il le faisait lui, il y a eu la séance de coupage de griffes. C'était urgent de me les couper avec la pince à griffes "à Chichi". Urgent pour que je ne lacère pas les bras du fauteuil du chat. Evidemment, quand la Brigitte m'a coincée entre ses cuisses osseuses et a commencé à me tripoter les coussinets des pattes, j'ai renâclé. Puis miaulé de toutes mes forces. Qu'est-ce qu'elle leur voulait à mes griffes ?

Me les quoi ?

Couper ?

Elle n'a pas eu le temps de dire ouf que j'étais déjà en haut de leur plus haute armoire et que je lui soufflais dessus. Et vertement !

Ça ne l'a même pas surprise. D'une chatte qui n'était pas Chichi, elle ne pouvait s'attendre qu'au pire.

– Chichi, rien que de voir sa pince à griffes, il se mettait à ronronner. Mais c'était un gentleman, lui.

Comme je ne voulais pas descendre du haut de l'armoire, on a consenti à me dispenser – momentanément – de la séance de patticure. Mais ça ne s'est pas arrangé. Ça s'est même gravement désarrangé quand j'ai eu un haut-le-cœur rien qu'en humant "le bon manger" qui m'attendait dans la belle assiette à ce pauvre Chichi. Le bon manger c'était du foie de veau ! Du foie de veau puant le sang de veau. Parce que cru.

– Qu'est-ce que tu attends ? Tu fais des manières ? Je te prie de croire que Chichi, son foie de veau... Tu veux que je te le coupe ?

Je ne voulais qu'une chose qu'on me retire immédiatement cette charogne sanguinolente de sous le nez. C'était plus que répugnant, c'était... C'était... Je me suis mise à en avoir tellement des hauts-le-cœur que j'ai cru que j'allais tomber morte étouffée sur leur dégueulasserie de nourriture pour les Chichis.

– C'est bizarre ce qu'elle fait. Elle ne serait pas épileptique, cette bête ?

– L'épilepsie est une maladie d'écrivains. Dostoïevsky l'était.

– En tous les cas, ce qu'elle nous fait là, c'est nerveux.

– Avec les animaux femelles, tu sais... Tu te souviens des problèmes que les Bredin ont eus avec leur chienne ?

– C'est peut-être parce que c'est cru. Je vais lui faire rissoler avec un peu de beurre.

Rissolé avec un peu de beurre, c'était encore moins comestible. Ça puait toujours autant le sang de veau et, en plus, c'était croûteux sur le dessus. Comme du linoléum.

– Pour moi, elle est malade. Nous nous sommes fait refiler une bête malade. C'est agréable !

Malade, je ne l'étais pas. Affamée, j'étais. J'aurais mangé le carrelage de leur cuisine, l'assiette en grès de Digouin avec le nom de Chichi écrit dessus. Brigitte et Edouard j'aurais mangés, tant j'avais faim. Mais pas du foie de veau.

Je l'étais si peu, malade, que – quand la Brigitte a ouvert son frigo pour y remiser sa charognerie de foie – je me suis ruée dedans pour me ruer sur un reste de ragoût dans une assiette à humain. Ça, c'était du manger ! Ça, ça ressemblait à du frichti.

– Du mouton ! Elle mange du mouton. Mais les chats détestent le mouton.

Les chats, ça voulait dire Chichi.

Ils m'ont regardée liquider leur reste de ragoût dans leur frigo avec comme de la pitié.

J'étais quoi, au juste ?

Une erreur de la nature ? Peut-être une hyène, une louve, une chienne, une vache déguisée en chatte ? Toujours est-il que je les accablais, ces braves gens.

Je dis ces braves gens car ils n'étaient peut-être pas foncièrement méchants. Ils avaient peut-être un bon fond. Mais leur Chichi leur avait vampirisé leur intelligence aussi totalement qu'il avait empuanti leur maison.

Ennuyeux Edouard et ennuyeuse Brigitte étaient des gens qui, faute d'un marmot, s'étaient offert un chat. Un gouttière comme moi. Gris uni. Mais gouttière. Et gras. Ouvertement bouffi même, à en juger par les photographies qui s'étalaient sur tous les murs, toutes les étagères, tous les guéridons. Bouffi et crétinisé.

Crétinisé par trop de nourriture trop nourrissante, par trop de mamours d'ennuyeux, par jamais aucune promenade tout seul à sa fantaisie. Crétinisé parce que condamné à ne fréquenter que ce "papa" et cette "maman" qui l'idolâtraient, lui achetaient des masses de jouets ridicules, qui lui donnaient des bains (l'angoisse !), qui lui brossaient ses petites didines avec une brosse de bébé humain, qui lui entortillaient des rubans autour du cou, qui prenaient ses miaous, ses raclements de gorge pour du *bel canto*, qui le saupoudraient de poudre contre les puces, lui faisaient avaler des vitamines bonnes pour les moustaches, qui examinaient ses cacas à la loupe pour y déceler l'éventuelle présence de parasites intestinaux tueurs de Chichi, qui...

Malheureux Chichi !

Et pauvre de moi qui allais de faute de parcours en faute de parcours, de gaffe en gaffe, de sacrilège en sacrilège.

Chichi aimait le foie de veau, cru. Pas moi. Chichi aimait les têtes de poisson. Avec leurs yeux. Pas moi. Chichi était friand de mayonnaise. Pas moi. Chichi abhorrait les viandes en sauce. Je les adorais. Chichi n'aimait rien tant que faire semblant de jouer au football avec une boulette de papier journal confectionnée spécialement à son intention. J'étais incapable de gaspiller fût-ce une parcelle de mon précieux temps en donnant des coups de papattes dans une baballe. Incapable. C'était trop débilitant de tenter de marquer des buts sous le bahut du salon.

– Allez ! Allez ! Il va shooter, le chachat ! Le papa va lui faire une passe et le chachat, il va... Coup droit, le chachat ! Coup droit !

Le papa était à quatre pattes sur le tapis du salon, le papa me lançait la baballe. Et moi, je la regardais passer. Méprisante. Souveraine.

– Elle a quoi, cette bête ? Elle a quoi ? C'est inconcevable. Les chats passeraient leur vie à jouer à la baballe. Et elle... Enfin, qu'est-ce qui se passe ? Qu'est-ce que tu as dans le crâne, la Chichite ?

Eh oui ! La Chichite.

J'étais devenue une Chichite. Un sous-produit (décevant, fort décevant) de la merveille des merveilles.

Une Chichite qui ne supportait pas qu'on l'espionne pendant qu'elle faisait ses besoins. Alors que Chichi, lui, à les en croire, il ne pouvait pousser ses crottes, cet amour, que si on lui tenait une papatte. Pas n'importe laquelle. Celle de devant à droite. J'étais une incompréhensible et rebutante Chichite qui n'admettait pas qu'on lui passe un petit chiffon imbibé d'eau de Cologne à un certain endroit après avoir fait ses besoins. Alors que Chichi, lui, tenait absolument à être torché comme un vrai garçon qu'il était.

La Chichite n'était pas une vraie fille. Elle était une chatte se récurant elle-même ses endroits intimes (et autres) avec la langue que le Créateur lui avait mise dans la bouche exprès pour faire ça.

– Bête sale et sale bête ! Ça nous apprendra à avoir voulu remplacer notre garçon.

– Une fille, ça a peut-être besoin de plus de temps pour s'acclimater.

M'acclimater, je ne demandais que ça. La maison appartement me convenait parfaitement. Il aurait suffi qu'on me laisse dormir sur le fauteuil qui me plaisait, qu'on me laisse me repaître de restes de mironton, de purée, de n'importe quoi de consistant et d'à mon goût. Qu'on me laisse aller fouinasser dans des placards où Chichi "n'aurait pas fourré son amour de petit nez pour un empire".

Il aurait fallu qu'on ne me rapporte pas, un certain soir, un cadeau superbe. Et de prix.

Le cadeau superbe et de prix, c'était un collier en cuir de vrai lézard et une médaille avec, gravé dessus, le nom Chichite. Pour me le mettre autour du cou, leur collier, ils ont eu du mal. Brigitte a même saigné d'un bras. Et d'une joue.

– La petite peste ! Quand je pense à l'orgueil de Chichi quand il a eu sa médaille. Ce n'est pas lui qui aurait... Mais où elle est, au fait, cette abrutie ?

Elle était dans la cuisine, l'abrutie. Sous l'évier. Derrière la boîte à ordures. Et si écumante de rage que les deux ennuyeux ont pris peur et ont renoncé à se faire cuire leur dîner. Moi non plus je n'ai pas dîné. Je suis restée à écumer derrière leur poubelle, le nez dans de la serpillière humide.

Les brutes ! Les tortionnaires ! Chercher à faire périr une chatte en l'étranglant avec une lanière de cuir !... Et pas moyen de s'en défaire. Solide, il était, leur beau cadeau. Indéchirable.

J'ai fini par succomber à une sorte de... Ce n'était pas du sommeil. Ça devait être de la mort.

De la mort avec des visions. Pas rêves. Pas même cauchemars. Des visions visions qui – des années et des années après – me donnent encore des jaillissements de sueur, des tremblements à m'en faire tomber.

Des visions chichinesques : il était là, le malheureux Chichi con mort. Il était là, obèse comme une baleine enceinte. Avec des yeux assortis à son obésité, des quinquets de la taille de roues de camions quinze tonnes. Jaune d'œuf brillant. Avec des pupilles comme des trous, qui m'attiraient pour que je m'engloutisse dedans. Sa gueule aussi voulait m'engloutir. Une gueule comme une entrée de métro avec des dents sagaies plus longues que moi, même si je m'étire. Et il me tirait une langue large comme un drap de lit, dégoulinante de sang de foie de veau cru. Et il me soufflait une odeur de crotte de mangeur de foie cru. Et il me vomissait du sang de foie de veau sur la tête. Et des vents asphyxiants de chat obèse mort lui sortait du trou du derrière. Et il tenait, ce con gros comme une double baleine, tout entier dans le minuscule dessous d'évier où j'étais cachée. Et il allait m'engloutir et me manger aussi. Et il m'a pissé dessus. Un pipi déluge. De quoi noyer une ville entière. Et moi avec. Qui ne savais pas nager. Je faisais la brasse avec mes quatre pattes, avec ma queue, avec mes oreilles. En vain. Le poids à m'en arracher le cou de la médaille marquée Chichite m'entraînait. Je m'enfonçais dans un océan atlantique de défécations de chat bourré de sang de foie de veau. Et je n'avais rien pour me raccrocher. Que des serpillières emportées par le flot, les vagues, par des tourbillons, par une tempête provoquée par le cyclone que le Chichi faisait avec son cul. C'était la fin du monde sous l'évier. La boîte à ordure était emportée. Et la table de cuisine, les tabourets. Même le frigo devenait épave. Même le frigo. Et il y avait cette médaille de plus en plus lourde. Je m'enfonçais, je m'enfonçais. La chatte Chichite coulait à pic. A pic.

Alors je suis morte.

Et c'était d'autant plus contrariant que c'était la première fois que ça m'arrivait.

Après ma mort, comme après celle d'Anna, il y a eu une après-mort.

Moins triste.

Et plus endolorissante.

Quand la femme de ménage (une ennuyeuse elle aussi) m'a trouvée, toute comateuse, dans du pipi et de la serpillière en lambeaux, elle a vu rouge.

– Charogne à pattes de charogne à pattes ! elle a glapi.

Puis – peut-être que c'était comme ça qu'on remettait d'aplomb les mals en point dans les campagnes d'où elle venait ? – elle m'a bâtonnée au manche de plumeau. Bâtonnée à m'en briser les os. Et longtemps. Comme si j'avais été un paillasson à qui il fallait faire rendre toute sa poussière.

– Charogne à pattes de charogne à pattes de charogne à pattes !

Casser tous les os d'une chatte au manche de plumeau ça ne devait pas être possible, ou demander trop de temps, qu'à cela ne tienne, elle a posé son arme et enchaîné avec des coups de ses chaussures pointues du bout. Et des coups de chaussures pointues du bout donnés par une femme de ménage qui prend du plaisir à les donner, ça ne pardonne pas.

Elle voulait, cette fumière à pattes, me faire payer pour les serpillières, pour mon pipi de rage et de trouille. Elle voulait me faire payer, encore plus, quinze ans de Chichi. Quinze ans de chat fils de la maison dont elle avait dû subir les caprices, l'arrogance, la saleté, sans moufter. Quinze années de haine accumulées et rentrées.

Alors... elle y allait !

Elle y allait mais plus elle me frappait, moins elle me détruisait, plus elle me sortait de ma torpeur. D'apparence chétive, mais intuable, la Chichite !

Quand ça a sonné à la porte – la concierge et son courrier ou un qui se trompait de porte – je me suis comme un éclair faufilée sous le frigo. Ça m'a demandé un sérieux effort d'aplatissement. Mais ça m'a mise hors de toute atteinte.

J'étais perclue. J'étais sauvée.

Le coup du refus du collier en vrai lézard et de la médaille avec mon nom dessus, de la grande trouille que je lui avais donnée, Brigitte, ça l'a dégoûtée de moi complètement. Elle aurait aimé que sa femme de ménage m'ait tuée avec son plumeau et ses chaussures. Ça ne s'était pas fait. Dommage. Tout ce qu'elle attendait de moi, c'est que je crève sous le réfrigérateur. Rapidement, si possible.

Je n'étais bonne qu'à la décevoir, qu'à lui faire regretter son Chichi qu'elle regrettait déjà tellement. Alors...

Son mari Edouard était moins implacable. Je l'ai revu, lui. A mon troisième ou quatrième jour de dessous de frigo, à l'heure de son breakfast de jus de pamplemousse et de café au lait, tout seul avant de partir régler des affaires importantes dans l'entreprise où il était cadre.

Il n'a pas sorti que sa bouteille de lait du frigo, il a sorti aussi un petit plat en inoxydable avec une côtelette de porc pas toute mangée et il l'a posé par terre. Pour moi.

– Je suis trop bon mais...

J'aurais dû décider de bouder. Ç'aurait été digne. J'ai préféré décider que j'avais un besoin vital de côtelette de porc. Je suis sortie. Pas entièrement. Mais assez pour atteindre le plat en inoxydable. Et j'ai fait ma vorace.

Comme Edouard me regardait, je l'ai regardé aussi. Droit dans ses yeux. Pas avec du repentir. Avec de l'insolence.

Il s'est levé. M'a surplombée.

– Tu te rends compte à quel point tu es décevante ?

Je ne me rendais compte que d'une chose : il fallait que je fasse des besoins. Je me suis extirpée tout entière, je me suis désaplatie, j'ai fait des étirements pour me désengourdir. Ça aurait dû être bon. Ça a été affreux. J'avais certainement la plupart de mes os cassés, fichus. Et pas que mes os. Des muscles aussi, des nerfs, des organes. Elle avait fait de la belle ouvrage, leur bonne. J'ai cru que je n'y arriverais pas, au bac à besoins.

J'y suis arrivée.

Et je suis retournée sous le frigo. Et ça a duré.

Bol d'air

Ça a duré jusqu'à un dimanche.

Après avoir traînassé en fumant sa demi-cigarette du dimanche, Edouard a eu une idée.

– Tu sais ce que nous allons faire ? Tu ne le mérites pas. Mais peut-être que ça te mettra un peu de plomb dans ta sale caboche. Nous allons aller prendre un bol d'air. Chichi, lui, le bol d'air du dimanche...

Pour aller le prendre, le bol d'air, il fallait...

Une laisse, il m'a mis ! Comme à un chien.

Abrutie par des jours et des nuits de dessous de frigo, je me suis laissée enlaisser sans broncher.

Peut-être que ça me tentait, un bol d'air.

C'était au Champ-de-Mars que ça avait lieu. Dans de la verdure. Pas très feuillue à cause de la saison, mais avec de nombreux enfants brailleurs avec et sans ballons. Avec des vieillards sur des bancs regardant d'autres vieillards tellement plus frappés qu'eux par la sénilité qu'ils s'amusaient (comme des bébés ou des chats stupides) avec des boules. Pas en papier froissé. En cuivre.

La laisse, c'était odieux. Mais Edouard ne tirait pas trop fort. Quand je m'arrêtais, il s'arrêtait.

– Tu vois que ça te plaît de te promener. Et la tour Eiffel, tu la vois ? Chichi, lui, il en était toqué. Et les pigeons. Tu en as déjà vu des pigeons ?

Me demander si j'avais déjà vu des pigeons !

S'il m'avait lâchée rien qu'un instant, il aurait vu si j'en avais déjà vu. Il aurait vu comment je les attrapais, comment je les estourbissais.

Il n'y avait pas que des pigeons. Il y avait aussi un merle sur une branche. Un merle qui me narguait. Comme un oiseau libre nargue un chat en laisse.

J'aurais pu y laisser ma tête. Tant pis. Qui ne risque rien...

Et puis il vous arrive, dans certaines circonstances, d'avoir des bondissements tellement malgré vous que c'est seulement après que vous vous rendez compte que vous avez bondi.

Mon bondissement a été si prompt, si vigoureux, que mon maître Edouard a non seulement lâché la laisse, mais qu'il a trébuché et s'est étalé en flanquant la pagaille parmi les boules en cuivre des crétins très âgés.

– Chichite ! Reviens ! il a hurlé.

Il a hurlé trop tard.

Il n'était plus mon maître.

Plus personne n'était mon maître.

J'étais une chatte enfuie.

Nulle part

Ce n'était pas un bol d'air que j'allais prendre. C'était une soupière. Un tonneau. Des tonneaux.

Au bondissement a succédé une course éperdue. Je suis devenue un bolide. Une gouttière filante. Droit devant moi. Sans regarder. Avec un tel feu aux fesses que mes pattes ne touchaient pas le sol. Une gouttière météore dans les rues, dans des circulations d'autos et d'autobus qui roulaient sûrement très vite. Mais pas assez pour rattraper une chatte filant à la vitesse à laquelle je filais. Et pas plus pour l'écraser, tellement la griserie de la liberté la rendait faufileuse, cette chatte que cette galopade rendait dingue, archi-dingue.

J'ai dû courir tout Paris et dans tous ses sens. Et pas qu'une fois.

J'avais perdu le souffle depuis un fier bout de temps que je cavalais encore. Il fallait que la distance entre moi et mes ennuyeux, leur appartement prison, leur Chichi accablant fantôme, soit aussi immense que distance peut l'être. Tant que j'ai pu, j'ai filoché, slalomé entre les voitures, entre les pieds des gens. Quand j'ai arrêté de pouvoir me mouvoir, le cœur au bord de l'éclatement, je me suis écroulée.

Sous un banc de rue.

C'est une odeur de souffle aviné qui m'a réveillée. Et une voix éraillée pas méchante. Et des mains dures qui me tenaient solidement et me trifouillaient du côté du cou.

– Autant te prévenir, glominet, si tu me griffes, je te griffe, si tu me mords, je te mords. Œil pour œil, ratiche pour ratiche. Alors, tu t'excites pas, tu coopères. Tu me laisses bien tranquille t'enlever cet harnachement qui te va comme des pataugas à une guêpe. Toi, ça va te libérer la gargagnole. Et moi, ça va me faire une ceinture firste classe. Faut te dire que mon grimpant a tendance à toujours descendre. Logique : au Secours catholique, le pantalon sur mesure, ils font pas. Bon ben, voilà. Te voilà libre et me voilà ceinturé comme un prince. Attends. Minute. Tu vas me donner ton collier aussi. Il va me faire un très chouette bracelet-montre, ton collier. Et sans montre. Ce qui supprime tout risque de casser le verre ou d'avoir des pannes de quartz. C'est pas du toc, ta médaille. J'achète aussi. C'est quoi ton nom ? Chichite ? Les goûts et les couleurs, hein ! Moi, j'en aurais eu un de chat, ç'aurait été un chien, un basset, et je l'aurais appelé Loto. Sur ce, mon vieux Chichite, c'est pas parce qu'on va nulle part qu'il faut y arriver en retard. Alors lut-sa. Et sans rancune.

De la rancune ?

Je n'avais pas à en avoir pour quelqu'un qui venait de me débarrasser d'une laisse et d'un collier. J'étais même partante pour lui faire mille grâces, à cet aviné. Pour lui couvrir de baisers ses dures mains pas lavées. C'était le contraire d'un ennuyeux. C'était...

C'était un homme errant à grimpant descendant qui aurait peut-être fait un maître supportable. Mais il préférait les chiens bassets aux chattes et il fallait qu'il se dépêche d'aller nulle part.

Moi, pour aller nulle part, je n'avais pas à me dépêcher. Je n'avais qu'à rester où il me laissait.

Il était on ne peut plus nulle part, ce banc de rue où je me retrouvais.

Autour de ce banc, c'était Paris. Mais quel morceau de Paris ? Quel coin ? Quel quartier ? Paris c'est un fouillis de rues. Un fouillis pour s'y égarer. Paris, au temps de ma femme errante, je l'avais beaucoup parcouru. Mais de nuit surtout. Et dans une poche de manteau de pluie. Et encore si bébé que, même un œil en dehors de la poche, même les deux, je ne voyais que rien.

Alors... savoir où j'étais maintenant que j'étais libre...

En semant l'ennuyeux Edouard au Champ-de-Mars, je m'étais semée aussi.

C'était malin de l'avoir semé. Et pas malin de m'être perdue.

C'est que je l'étais, perdue.

Et qu'une petite faim a commencé à me titiller. Qui allait, ça pouvait pas manquer, se mettre à grandir.

Comme ce n'était pas en restant à rêvasser pas gaiement sous ce banc que j'avais des chances de trouver de quoi me caler mon cher petit estomac, j'ai pris la route.

Laquelle ?

Celle qui allait du côté du nulle part de l'homme errant qui n'avait pas de chien Loto.

C'était une journée à soleil. A soleil pas accablant, bon pour la marche. Une journée pas commencée depuis longtemps puisque que les magasins étaient tous en train de s'ouvrir. Des magasins de choses pas pour moi. Et des magasins de manger. Je les ai regardés, ceux-là. Surtout un avec un somptueux étalage de côtelettes, de steaks hachés et pas hachés, de rôtis, de gigots... Mais crus. Et gardés par des hommes à tabliers saignants armés de couteaux menaçants.

Plus loin, je me suis attardée un très long bout de temps aussi devant un étalage d'Arabe avec des légumes, des fruits et toute une très haute empilade de manger pour chat avec des chats (moins réussis que ceux d'Anna) dessinés sur les boîtes.

De voir ça, c'était très pernicieux pour mon creux d'estomac. Ça l'a fait enfler à une vitesse prodigieuse.

Et alors ?

Je pouvais faire quoi ?

Voler une boîte de manger pour chat à un Arabe qui ne devait sûrement pas se laisser voler quoi que ce soit ?

Et même. Des boîtes en métal (y compris celles pour chat), aucune griffe ne peut les ouvrir. Alors je ne pouvais faire qu'une chose : marcher jusqu'à ce que je trouve un endroit avec du manger créé par le Créateur spécialement pour les chats et à leur disposition. Il me fallait trouver un endroit à gibier. Un endroit à souris – ou bestiaux du même acabit. Un endroit à oiseaux. Il me fallait un cimetière, un square, un Champ-de-Mars.

Ce genre d'endroits, il y en a à Paris. Il y en a. De là à dire que ça court les rues.

J'ai marché marché. J'ai vu quantité de carrefours à circulation périlleuse. Quantité de banques, de cafés, de magasins sans intérêt, de restaurants avec des gens s'empiffrant, de maisons. Et jamais de square, jamais de cimetière.

J'ai vu pas mal d'arbres. Mais sans oiseaux.

Ma fuite éperdue m'avait entraînée dans un quartier pas du tout pour chatte. C'était de la malchance.

J'ai bien eu quelques personnes qui m'ont parlé. Mais que pour me dire des "Bonjour le minet", des "Alors le fauve, on fait son jogging?", des "T'es rudement joli, toi". C'était bien aimable de leur part, à ces personnes qui me croisaient. Mais aucune n'a pensé à me demander si je n'étais pas à la recherche d'un peu de frichti, d'amitié. Aucune n'a pensé à se pencher pour me cueillir et m'emporter chez elle et me donner la moitié de sa viande ou de sa tranche de jambon.

Si ça se trouve, la personne qui aurait pensé à se pencher et à me cueillir pour m'emporter, je lui aurais craché au nez. Par bravade. Ou par trouille. Ou sans raison. C'est que d'être devenue une chatte en fuite, ça a vite fait de vous plonger dans la bizarrerie, dans les humeurs imprévisibles. En plantant l'ennuyeux Edouard sur son Champ-de-Mars, j'avais – sans le vouloir, sans le savoir – replongé dans la sauvagerie.

Une sauvagerie moins pire et pire quand même que ma sauvagerie de cimetière.

Moins pire parce que j'avais connu la chaleur humaine d'Anna et l'apaisant contact de ses rondeurs dodues et le plaisir de vivre sous un toit, à l'abri des intempéries, et que ça m'avait beaucoup civilisée et fait voir ce que c'était que la vraie vie. Celle qui se savoure.

Pire parce que, ayant connu ce que j'avais connu et l'ayant perdu, j'étais perdue.

J'étais libre, ça d'accord. J'avais le droit de faire ce que je voulais, de marcher par-ci ou de marcher par-là, à ma guise. Je pouvais assassiner autant d'oiseaux qu'il me plaisait sans qu'une Anna me lance un dernier regard. Je pouvais grimper sur n'importe quel fauteuil et me faire les griffes sur ses accoudoirs sans que des ennuyeux me... Je pouvais.

Mais j'étais dans des rues de Paris sans oiseaux, sans fauteuil.

Perdue toute seule avec mon estomac. Il ne criait pas famine, parce que les estomacs n'ont pas de bouche à eux. Mais qu'est-ce qu'il se contractait, qu'est-ce qu'il s'angoissait et m'angoissait.

Quand je suis tombée, harassée, à bout d'âme, sur la station de métro Chaussée-d'Antin... là... là...

Les escaliers pour y descendre étaient remplis de gens. C'était tumultueux. Pas engageant. Mais, en bas, en dessous, c'était plein de rats. J'en étais certaine.

Je n'avais pas envie de manger du rat. Ça me répugnait rien que d'y penser. Ça devait être encore plus abominable que du foie de veau, du rat de métro. Ça devait avoir le dedans pourri et farci de milliards de virus sordides. Et, en plus, je savais que se lancer dans la chasse au rat, c'était se lancer dans des péripéties extrêmement mortelles. Je savais que le rat de métro n'est pas un rat de cimetière qui va son chemin en solitaire, je savais qu'il se déplace par hordes, et qu'il a plus de dents que n'importe quel autre rat, et qu'il a un tel besoin de ne pas s'arrêter de ronger qu'il peut même s'attaquer à des rails emplis de courant électrique.

Je ne savais encore que trois fois rien. Je savais quand même déjà trop de choses trop effrayantes.

J'ai renoncé au métro.

Mon estomac, lui, il n'a renoncé à rien du tout.

Il voulait de la nourriture.

Mais quelle?

Et si il y avait des endroits à gibier moins redoutable et malsain que le gibier de métro?

C'était ça qu'il me fallait. Un sous-sol avec du rat pas en horde. Ou mieux : de la souris.

Il y en avait, à coup sûr, des endroits de cette sorte. Il y en avait. Mais je débutais dans l'errance, j'ignorais tout des luxuriantes ressources de Paris. Je n'avais encore jamais hanté de cave. Je ne savais pas que chaque maison en a. Que même les plus riches élégants immeubles ont des dessous, des fin fonds obscurs, truffés de vermine d'élégants immeubles. Je ne me doutais pas que même les tours Montparnasse ont des rongeurs à elles, aussi retors, fouinards, pernicieux que des rongeurs de taudis, de masures. Des rongeurs adaptés, des rongeurs allant jusqu'à gagner des cinquantièmes étages en faisant les alpinistes dans des gaines de vide-ordures.

Chaque Parisien a son rat. Il l'ignore. Je l'ignorais aussi. Je l'ignorais encore.

J'étais une chatte libre. Mais un peu connette encore.

Une chatte qui ne pouvait que marcher marcher marcher. Marcher jusqu'à trouver une cour d'immeubles avec du pavé et même de la touffe d'herbe maigrelette entre les pavés. Une cour accueillante comme un cimetière. Une cour pas de maintenant. A portes anciennes. A murs de guingois, fissurés, crevassés, pas propres. Avec plein de portes aucune pareille. Avec des ateliers de tapissier, de fabricant de lampadaires. Avec un escalier A, un escalier B, un escalier C. Avec un escalier ni A, ni B, ni C, qui descendait au lieu de monter.

C'était l'escalier pour moi.

Il était sans lumière. Il avait des marches en pierre. Usées.

Et deux odeurs. Une de vieux moisi. Et une, qui m'a fait saliver le cœur. Une odeur de souris.

Bon. Très bien. Parfait. J'étais à mon affaire. Mon creux d'estomac devenu un gouffre torturant à en hurler allait être comblé.

Quand?

Ça pouvait traîner. S'éterniser. Mais je tenais le bon bout.

Ça a traîné. J'en avais des fourmillements partout à rester à ne pas plus bouger que si j'avais été une chatte en peluche. A à peine respirer. A faire tout mon possible pour retenir mon odeur de chatte. Ça demande de l'effort, un guet. Ça crispe. Mais c'est du plaisir.

Et elle est venue. D'un gris presque blanc. Pas encore vraiment souris. Souris en herbe. Mais pas en plastique pour un Chichi. Souris en viande vivante. Pour moi.

Scrrraffffllttt!

Elle ne s'est pas vue estourbir. Queue comprise, elle ne m'a pas fait trois bouchées. C'était quand même ça de pris.

Elle m'a laissé un goût de trop peu dans la bouche. Et rappelé d'autres proies, d'autres temps, rappelé nos chasses avec mon efflanqué à houppette. Elle m'a donné de la nostalgie, cette souricette de cave.

Je l'ai digérée sombrement.

Cave

Etre chatte de cave ça a son charme.

Quand on a été chatte dans le lit d'une Anna – même saucissonnée à la bande Velpeau – c'est de la déchéance. Mais quand on a été chatte d'appartement d'ennuyeux, c'est une promotion.

Chatte de cave, on est son propre maître. C'est satisfaisant. Ça l'est d'autant plus si la cave est bien agencée, bien giboyeuse et sans gens pour vous en chasser ou vous y faire des tracas.

Elle était rue de Mogador, ma cave. Dans une cour d'immeuble à gardienne totalement bienveillante. Elle n'avait pas de chatte à elle mais elle aimait bien en voir. Ça ne l'agaçait pas que je m'établisse dans sa cave. Elle était enchantée ravie que je m'occupe de ses souris. Ça lui faisait un souci et de la peur en moins. Elle les craignait, les souris. Depuis qu'à son école on lui en avait fourré une dans son cartable.

Elle ne m'a pas raconté que ça. Elle était très raconteuse, cette gardienne. Elle pouvait rester très longtemps à me parler, debout dans sa cour, appuyée sur son balai. A me parler d'elle, du chat de ses parents qui était mort à vingt ans, deux rues plus loin, de son mari qui ne la touchait plus depuis qu'il avait rencontré une serveuse de fast-food, vraie morue, des locataires tous du quartier sauf le fabricant de lampadaires tchèque. Des souris, je pouvais en manger tant que je voulais. Toutes, je pouvais les manger. Et si ça me suffisait pas, elle m'autorisait à aller regarder dans ses poubelles roulantes.

Chatte de cave, oui.

Chatte de poubelle, non !

Une chatte de cave tue. En se donnant de la peine. Elle est impitoyable. Elle effraie.

Une chatte de poubelle... Je ne me voyais pas faisant mon tri dans du déchet, dans du mâché recraché, dans de l'avarié, dans du...

C'était non.

Ça a été non assez longtemps. Et puis... les souris, à la longue... D'autant qu'elles étaient souris de cinq, six bouchées, sept au grand maximum, les souris de cave de la rue Mogador. Ça devait être une race atrophiée. Ou la moisissure de l'air qui entravait leur croissance.

Une nuit, j'ai cédé. Avec bien de l'hésitation, bien de la colère contre moi-même. Mais j'ai cédé. Et... ma foi... C'est plein de tellement de tout, une poubelle d'immeuble, que même la chatte la plus sauvagement fière finit toujours par y trouver de quoi. De conséquents restes de viandes, par exemple. Parfois savamment cuisinés. De la petite gâterie style carapace de crabe avec encore du blanc dedans. Ou style fond de pot de rillettes, de boîte de sardines, style entame d'andouille. Des amuse-gueule. Pas assez pour faire un repas complet. Mais assez pour se retrouver la bouche joyeuse. Et de très bon poil.

L'accès aux poubelles, c'était bien. Bien aussi le droit de considérer cette cave de la rue Mogador comme une maison à moi. Avec tout un espace dédaleux et riche en coins et recoins que pour moi et seulement quelques locataires qui ne venaient pas trop souvent me déranger. Et qui, dans l'ensemble, étaient très bonnes gens.

Particulièrement un vieil homme à vieux béret qui faisait un incessant trafic de bouteilles. C'est qu'il avait des tonneaux dans sa cave. Des tonneaux sentant mauvais. Mais leur puanteur n'avait pas l'air de l'incommoder. Loin de là. C'était de la puanteur de vin qu'il respirait à pleins poumons en se réjouissant. Il en avait quatre, des tonneaux. Plus gros que lui. Et il venait plusieurs fois par jour leur tirer de quoi emplir des bouteilles. Méthodiquement. Avec un entonnoir vieux comme lui et son béret. Et il me laissait entrer dans son coin à lui, entrer le regarder faire et il me donnait des renseignements sur les contenus de ses tonneaux qu'il aimait comme on aime une chatte, un chien, un ami. Son préféré, c'était celui de vin de Cahors. Il se serait écouté, il l'aurait vidé d'un trait, ce tonneau-là, il aurait bu tout son vin de Cahors à la cannelle d'une seule lampée. Mais il ne s'écoutait pas.

Moi, je l'écoutais.

Il avait à dire. A se dire à lui. A se dire qu'il ne fallait surtout pas qu'il oublie d'écrie à son cousin de Cahors pour sa commande. Et à ses amis de Saint-Emilion. Aussi pour une commande. Et à des connaissances qu'il avait en Bourgogne, pour leur demander comment ça se présentait, si le raisin promettait d'être fruité et les vendanges d'être bonnes. Il avait à aller au Bazar pour voir si les bouchons comme il voulait étaient arrivés. Il avait une masse de choses à ne pas oublier de faire. Qu'il se répétait et rerépétait. En mélangeant tout. En se souvenant plus de quoi il devait absolument se souvenir. Puis ça lui revenait. Et il était bien content et arrosait ça. Puis il arrosait rien. Il s'arrosait lui. Par le dedans. Et il était encore bien content. Et il me proposait un petit coup. Pour blaguer. Et il se mettait à me dire des choses à moi. Des choses sur une chatte qu'ils avaient eue, sa femme et lui. Une chatte Galopine.

– Une comme toi. Aussi marrante que moche. Noire et rouquine de partout sauf de la queue qu'elle avait blanche. Une chatte trouvée. Qui n'aimait pas le renfermé. Trois ans elle a tenu. Puis, une fois que la patronne a oublié de fermer une fenêtre, elle a pris le large, la Galopine. Par les toits. Ce qu'elle a pu devenir, mystère ! Parce que elle, c'était pas une chatte à se nourrir de souris.

Moi non plus, je n'étais pas une chatte à me nourrir de souris. J'étais une chatte à se nourrir de frichti très abondant très bon. Mais j'étais condamnée aux souris de cave et à de modestes friandises de poubelles. Leur bon côté, à mes souris, c'est qu'elles étaient encore plus niaises que rachitiques et qu'elles venaient quasiment se jeter dans ma gueule à l'heure de mes faims.

Il y en eut même une... Celle-là... Elle devait avoir une case en moins : la case de la trouille. Je m'étais trouvée, dans ma cave dédaleuse, un vieux matelas à odeur de vieux matelas perdant son coton par tous ses pores, très idéal pour le sommeil. Et cette nouille de souris s'est mise à venir dedans. Dans mon matelas. Toutes les nuits, à l'heure de mon coucher, elle arrivait. Sans même marcher sur la pointe des pattes. Elle arrivait, son soupçon de nez en l'air, et elle me passait dessous et s'enfonçait dans les profondeurs cotonneuses.

Je ne l'ai jamais mangée, celle-là. Je ne sais pas si ça peut s'expliquer, pourquoi je ne l'ai jamais mangée. Mais le fait est là. Je la regardais venir et je remettais son exécution au lendemain. Par pitié? Ça n'existe pas la pitié de chat pour les souris. C'était... C'était qu'à force, ça devenait comme si j'avais été une personne et elle, cette souris, mon chat ou mon chien. Curieux, non?

C'était *ma* souris de matelas. Dans *ma* cave.

Il y avait elle, il y avait le vieil homme au vieux béret qui avait eu une chatte Galopine qui me ressemblait, le vieil homme au béret qui, plus d'une fois, a descendu les escaliers pas sur les pieds mais sur son derrière à cause du vin de ses quatre tonneaux. Il y avait une dame d'à peu près le même grand âge que lui qui avait une cave pleine à craquer de fouilleries et qui venait de temps en temps en rajouter d'autres et qui me racontait, à chaque fois, la même histoire de peau de chat qui avait guéri sa grand-mère de ses rhumatismes. Il y avait des garçons qui venaient se cacher dans mon antre pour échapper à des agents secrets soviétiques ou à des détectives américains. Eux, je ne les aimais pas. Et pour cause ils étaient tireurs de queue.

Ma souris de matelas que je n'ai jamais mangée ne devait pas faire de rêve. Moi, j'en faisais. Des rêves de poitrine d'Anna, de ventre en peau de pèche d'Anna, de mots d'Anna chuchotés dans mes oreilles. Des rêves de Fra Angelico devenu inodore mais toujours amoureux de moi. De mon chat de cimetière quand on se roulait tellement l'un contre l'autre que c'était comme si on étaient un chat-chatte à deux têtes. De mon siamois mordeur de cou et chambouleur de cœur.

Une nuit que j'y rêvais, à mon siamois, il s'est mis à être là. Dans mon rêve et dans ma cave.

Là.

Si bien là qu'il a grogné – grââgnâhhh – et que ça m'a fait sursauter de mon rêve.

Il n'était pas siamois enchanteur. Il était siamois terrifique.

Qu'est-ce qu'il faisait dans ma cave, ce faux siamois ? D'où il venait ? Qu'est-ce qu'il... ?

D'un bond, il s'est retrouvé sur mon matelas. Les yeux cruellement gris et, c'était clair il voulait ma cave, il voulait ma peau.

Vous m'auriez vue monter mon escalier de cave !

Vous auriez entendu claquer mes dents !

Toits

Une fois en haut de mon escalier de cave, j'en ai escaladé un autre. Le premier qui s'est présenté à moi. Le C. Quatre à quatre. Pour me retrouver dans un étroit couloir, à tomettes et à cabinets communs, un couloir de chambres de bonnes, où il faisait jour comme en plein jour. A cause d'une lune entière. Dans un ciel que j'ai découvert tout proche par une fenêtre ouverte.

Une fenêtre comme celle par laquelle la chatte Galopine du vieux monsieur était partie dans le mystère. ?

C'était dans le mystère qu'il fallait que je parte moi aussi, par la faute d'un chat envahisseur? Il m'avait flanqué une de ces frousses, celui-là!

Salutaire?

Pour m'éviter de ne devenir rien de mieux que chatte de cave?

Allez savoir.

Toute secouée, je me suis accordé un petit repos.

Ça valait le coup d'œil, Paris d'en l'air avec une pleine lune de printemps. Avec des antennes de télé comme des arbres de forêts sans feuilles, des lucarnes dont quelques-unes étaient chaudement éclairées, des cheminées aucune pareille à l'autre et, loin loin, un bout de tour Eiffel et des clochers d'églises loin et pas loin et, le plus épatant de tout, un appétissant énorme gâteau blanc qui (je ne l'ai su que beaucoup plus tard) était le Sacré-Cœur de Montmartre.

Et : des gouttières.

Pas des gouttières comme moi. Des gouttières de maisons courant le long des toits avec, par endroits, un peu d'eau dedans et, par endroits, des équipes de pigeons y dormant alignés les uns à côté des autres.

J'étais une gouttière – je le savais depuis ma naissance chez la madame d'Ouiche.

Les gouttières de maisons étaient aussi des gouttières.

Qu'est-ce qu'il pouvait y avoir de commun entre ces rigoles en ferraille et moi ?

Savoir ce qu'avait pu devenir la chatte Galopine enfuie, c'était peut-être du mystère. Mais la question des gouttières chattes et chats et des gouttières ni chattes ni chats...

Ce que j'ai vite compris, c'est que ces soi-disant gouttières et moi n'étions pas faites pour faire affaire ensemble. Pas du tout.

Je m'y suis laissé glisser, dans une gouttière. Sans hâte, précautionneusement. Et ça m'a, d'abord, mouillé et glacé mes pattes, puis, étant donné le vide sur quoi ça débouchait... Un vide de la taille de toute la maison de la rue Mogador. Un vide donnant sur une rue, sur un trottoir qui ne demandait – ça se voyait – qu'à ce que je vienne m'écraser sur lui. Il le demandait si clairement que je me suis sentie vaciller, que ma tête s'est emplie d'un brouillard plus glauque qu'un brouillard de piqûre de docteur et que je me suis vue dégringoler.

Ma queue a dû décupler de volume. Mes griffes ont essayé si fort de se retenir à la ferblanterie de la gouttière qui n'était pas moi, que ça a crissé.

Et mes yeux se sont fermés. Bonne chose. Ils ont eu la meilleure réaction que des yeux pouvaient avoir dans ces circonstances-là. Ils m'ont sauvée. Parce que, si je voyais le vide, je tombais.

C'était comme ça, c'était comme ça j'étais une chatte sujette au vertige.

Je pouvais grimper aussi haut que je voulais sur n'importe quel arbre, je pouvais faire de la voltige sur des croix de cimetière, je pouvais aller me nicher sur une armoire. Mais, passé certaines hauteurs... C'est l'horreur dans toute son horreur, le vertige. Si on n'a pas la chance d'avoir des yeux qui ont la présence d'esprit de se fermer d'eux-mêmes, on peut en mourir.

En mourir, oui. Parce que les chats le savent, eux, qu'ils ne retombent pas obligatoirement sur leurs pattes.

Des chats tués par une mauvaise chute, j'en ai connu plus d'un. Plus de cent même.

Et bon nombre aussi qui sont tombés sur leurs pattes, mais tombés sur du si dur que les pattes n'y ont pas résisté. Et eux non plus.

Donc j'étais sujette au vertige des hauteurs trop hautes. Et pas faites pour les toits et leurs gouttières.

Les chattes à vertiges, c'est rarissime. Ça me comble d'être une chatte rare. J'en tire de la vanité. Et je suis fort vaniteuse de ma vanité.

N'empêche que, cette nuit-là, entre ciel et vide, j'en menais moins que pas large. Toute foireuse, j'étais. Pitoyable.

J'y ai mariné honteusement longtemps dans le mouillé de l'eau de la gouttière et de ma sueur, tremblant à en faire choir la rue Mogador et – Dieu merci – aveugle au point de ne pas me voir me décider enfin à faire le serpent pour regrimper lentement lentement.

J'aurais pu mourir sans choir dans le vide, cette nuit-là. Mourir de saisissement.

Qu'est-ce qu'ils les a faites solides, ses créatures, le Créateur. Et accrochées à leur existence.

Peut-être que, cette fois-là, un ange s'en est mêlé, qu'il m'a fermé mes yeux, empoignée et tirée du péril pour me poser là où on ne voyait plus le vide attirant.

Miracle j'ai revu des cheminées, des antennes télé, la lune dans son ciel. J'ai vu un chat. Pas gris. Dans les marron, les beiges. Qui était d'ailleurs une chatte. Ça marchait trop gracieusement pour être un mâle. Elle avait une de ces assurances. Elle devait être chatte de toit de naissance. J'ai eu la crainte – moins grande que celle du vide, mais quand même – qu'elle me cherche noise. Dans l'état où je me trouvais, ç'aurait été fatal pour moi. Mais non. Elle n'avait pas de temps à gâcher. Elle était à la chasse aux pigeons.

Moi, j'étais à la chasse à l'issue de secours. J'ai plongé dans le premier trou venu.

Un trou d'ardoises cassées qui donnait sur un grenier avec des rats, quatre, cinq, qui se faisaient leur nuit dans de la paille de caisse. Ma dégringolade les a fait fuir. Je les ai suivis. Pas pour les suivre – je n'avais vraiment pas la tête à ça. Pour m'éloigner du toit, du vide.

Qu'est-ce que ça m'a fait plaisir de me retrouver dans de l'intérieur, dans du couloir carrelé avec des murs autour de moi. Enfin je me suis remise à respirer comme on doit le faire, sans halètements. Et j'ai fait sur un paillasson un des plus soulageants pipis de ma vie.

Puis j'en ai refait un autre. Pas un pipi besoin, celui-là. Un pipi de joie. Que d'une goutte. Mais grandiose quand même.

Le chat envahisseur, le vertige, le vide ne m'avaient pas eue. J'étais saine, sauve et repartie.

Repartie pour où?

Chiffons

Rue Mogador-rue Poissonnière, ça fait une trotte. C'est là pourtant que j'ai échoué après ma vertigineuse incursion dans les hauteurs célestes.

Loin de tout vide attirant. Bien installée dans des chiffons, je me suis retrouvée.

Des chiffons, ça ne vaut pas un lit. Surtout un lit partagé avec un humain à rondeurs et à sentiments. Mais des chiffons, pour se remettre d'une trotte conséquente, c'est correct.

C'était un tas de chiffons petits. Découpés proprement, pas tous de la même forme, ni de la même couleur, ni de la même douceur. Des rognures de chiffons de laine, de coton, de soie, de nylon, de... J'allais apprendre à connaître tous les chiffons de la terre, rue Poissonnière. Une rue où, pour des raisons que j'allais apprendre aussi, on trouve presque tous les soirs et devant presque toutes les portes, des tas de chiffons jetés. Pour les ramasseurs d'ordures de la ville de Paris, pour les ramasseurs de chiffons à leur compte. Et les chats.

C'est une rue ni laide ni belle, la rue Poissonnière. Mais très joyeusement peuplée par des confectionneurs et vendeurs de vêtements qui s'agitent sans arrêt pendant les heures ouvrables et disparaissent avec la lumière du jour. Ils aiment plutôt bien les chats et ça ne les indispose pas trop qu'on passe une nuit dans leurs boutiques ou arrière-boutiques sur des coupons de tissus, des piles de pantalons, de robes, de manteaux, de blousons. De tout ce que les gens se mettent sur le dos pour ne pas avoir froid et être à la mode.

Ça ne les indispose pas qu'on entre chez eux, à condition qu'on n'y fasse aucune saleté, aucun désordre.

N'en faisant jamais le moindre, je fus très rapidement dans les meilleures relations avec plusieurs tailleurs et vendeurs d'habits de cette rue.

Des gens humains au possible. Des Parisiens. Mais à leur façon. Car Parisiens du Sentier.

Le Sentier, c'est la rue Poissonnière et celle d'Aboukir et un morceau du boulevard Sébastopol et de la rue du Nil, et celle d'Alexandrie, celle du Caire et d'autres rues qui se croisent, se mélangent les unes les autres et font comme un village dans la ville. Un village sans aucune bête de la campagne et avec des centaines de Sam, Samuel et Sammy. Et des Charly, des Ben quelque chose. Des juifs faisant pas trop de bruit parce qu'ashkenazes et des juifs en faisant bien plus parce que sépharades. Villageois du Sentier depuis que le Sentier existe ou depuis qu'ils ont été forcés de partir de leur Pologne, de leur Arménie, de leur Russie, de Bab-el-Oued, de Constantine, de Tunis, pour venir là faire et vendre des sapes, des fringues, des nippes, des... Ils peuvent appeler le même pantalon, la même liquette de dix noms différents parce qu'ils parlent leur parisien à eux et le yiddish, le tunisien, le babelouedois. Dans chaque atelier, chaque magasin, on entend des mots qu'on n'entend pas ailleurs. Aussi bien à Paris que dans les autres ateliers et magasin. C'est compliqué mais pas pour eux qui sont tous des gens très contents d'être du Sentier. Et, à de rares exceptions près, très bavards entr'eux et avec les chats. Bavards et copineurs.

A peine brutalement virée de mon tas de chiffons par un clochard rognard qui les voulait pour les mettre dans sa poussette à roues grinçantes, j'ai été invitée à venir dans son magasin par un frisé pas rognard.

– Viens, il m'a dit. Ici, c'est la villa du bonheur. Tu y entres, tu meurs.

C'était une blague. J'y suis entrée et pas morte. C'était plein de robes d'été à pois et de culottes bermudas à pois et de dames frisées qui piquaient à la machine. Qui m'ont toutes fait des compliments sur ma beauté. Des dames très élogieuses.

L'une d'elles – une Sarah avec une poitrine comme celle d'Anna – s'est arrêtée de piquer pour me prendre sur ses genoux. Elle m'a fait un baiser. Puis plein d'autres – parce que je sentais bon. Puis m'a demandé où je me faisais "décrêper".

C'était une drôle de question.

Elle a fait remarquer aux autres piqueuses qu'en plus de mon décrêpage, j'avais "l'œil fait", que pour faire ressortir mon vert d'yeux, je me les entourais de khôl. Que j'étais une sacrée coquette qui devait passer un temps fou devant sa glace. Et que ça m'allait drôlement bien. Et elle a trouvé que j'avais un style à m'appeler Dentelle. Les autres piqueuses ont été d'accord. J'avais ce style-là.

Devenue Dentelle pour les piqueuses à la machine de "la-villa-du- bonheur-si-tu-y-entres-tu-meurs", j'ai eu droit à du lait dans une soucoupe à café crème de bistrot. Très rafraîchissant.

Le lait dans la soucoupe de bistrot est devenu une habitude. Tous les jours ouvrables, je pouvais venir le boire vers les huit heures du matin. On me le gardait. Un creux de soucoupe, ça ne fait pas assez de lait pour nourrir. Mais c'est bon à prendre et bon au goût. Et c'est bon d'avoir des gens qui som contents de vous voir arriver et qui vous répètent que vous être la plus belle des Dentelle.

Une autre dame, spécialisée dans la chemise d'homme à fleurs, trois magasins plus loin, inventa, elle, que c'était Jolie-Jolie, mon nom. Du plus loin qu'elle me voyait, elle le criait.

Un marchand de fermeture Eclair m'appelait Schlemil, lui. Et il me faisait des discours impossibles à comprendre.

C'était embrouillant. Tout était embrouillant dans la rue Poissonnière dans la journée. Le va-et-vient de tout le monde. Une circulation intense de voitures qui faisaient du cul-à-cul pour que leurs chauffeurs puissent s'insulter. Très furieusement ou en riant et échangeant des mots plus gros encore que des mots de perroquet.

C'était embrouillant. Mais j'aimais. C'était de l'embrouillement distrayant.

Si bien que ça s'est mis à me contenter tout à fait d'être devenue chatte de rue d'une rue ni belle ni laide mais gaie et copineuse.

J'y ai fait des orgies de sommeil, de paresse somnolente sur les chiffons les plus soyeux, les plus endormeurs. J'y ai vécu de fonds de soucoupes de lait, de miettes de gâteaux grapillées là ou ailleurs, de fragments de sandwiches, de restes de couscous, de gras de jambon kasher, de déroutants reliquats de frichtis de Pakistanais qui étaient entassés dans des arrière-boutiques et fabriquaient des vrais authentiques jeans américains.

C'était du bon temps. Pas de l'aussi bon temps que d'autres temps que j'allais connaître après.

Mais quand tu ne sais pas que le bon pourrait être encore meilleur, tu le trouves fameux.

Et puis, rue Poissonnière, il y avait, il s'est mis à y avoir Mimi.

Mimi

Elle n'était aucunement juive, pas polonaise, pas née sous des palmiers ou au bord de mers caspiennes. Mais complètement du Sentier quand même. Pas du Sentier de la fringue, des chiffons. Du Sentier des maisons. Elle était née de parents parisiens de Paris depuis bien avant que le Sentier devienne un village tour de Babel. Elle avait été petite fille et écolière et lycéenne là. Et y vivait dans une maison vieille et agréablement crasseuse. Au-dessus d'un magasin d'habits en solde que j'évitais depuis que j'avais entendu le gros monsieur qui le tenait dire à une dame passante "Chez nous on dégriffe tout".

Un dégriffeur n'était pas quelqu'un pour moi.

Mimi était quelqu'un pour moi.

Notre première rencontre eut lieu un jour non ouvrable. Un jour où l'entreprise de dégriffage avait son rideau de fer baissé. Et tous les autres magasins aussi. Donc c'était un dimanche. Aucun ramasseur de chiffons n'était encore passé, j'allais d'un tas à l'autre. Je cherchais le plus propice à une flemme de journée où personne ne me donnerait à manger.

Elle marchait. A pas aussi grands que ses jambes, qu'elle avait fines, bien tournées, très belles jambes. Mimi était aussi jolie jeune dame que j'étais jolie jeune chatte. Elle marchait en revenant de faire son marché dans plusieurs sacs en plastique de commerçants.

Elle m'a vue autant que je l'ai vue et m'a sûrement trouvée aussi plaisante à voir que je la trouvais plaisante à voir. Ça arrive que deux créatures aient en même temps le besoin pressant de se regarder bien à fond. Un seul instant. Ou plus. Et ça fait chaud au cœur.

Moi, j'ai eu une bouffée brûlante au mien.

Et comme j'étais devenue Dentelle, Jolie-Jolie, Schlemil pour mes meilleurs amis de la rue, pour moi elle est devenue aussitôt Mimi.

C'était peut-être une Paulette, une Antoinette, une Nadine. Je ne l'ai jamais su. Pour moi elle a été Mimi.

Ça ne m'était jamais arrivé de baptiser quelqu'un. Peut-être qu'aucun chat ne fait jamais ça.

Je l'ai fait. Et j'ai fait à Mimi d'autres choses que je n'avais jamais faites à un humain. Des choses qui se font de chatte à chat et de chat à chatte. Et qu'exceptionnellement. Dans des périodes d'amour. Je lui ai fait des clignements, je me suis allongée alanguie sur des chiffons, je lui ai brandi mes quatre pattes toutes griffes rentrées, je lui ai fait des mââââââhs. Je lui ai fait des avances. Des avances flirteuses.

Il m'arrivait de l'inattendu. Je crevais d'envie qu'elle me parle, qu'elle me cueille, qu'elle me prenne fort et me serre contre elle.

Elle n'avait pourtant pas tellement de poitrine sous son tee-shirt rose jambon.

Mais j'avais envie.

Me cueillir, avec tous les sacs qu'elle portait, elle ne pouvait pas. A moins de les poser par terre. Me parler, elle pouvait.

Elle avait une voix assortie à ses jambes très belles jambes, à ses cheveux noir brillant, à ses yeux comme les miens.

– C'est plus de la politesse, ce que tu es en train de me faire, toi. C'est carrément une déclaration d'amour.

Oui. C'était ça.

– Il t'arrive quoi ? Tu es perdu ? Tu cherches quelqu'un pour te raccompagner chez toi ? Tu veux de quoi payer ton ticket de métro ?

Je voulais qu'elle reste à me parler.

Elle n'en avait pas le temps. Mais elle a eu celui de me sortir d'un de ses sacs une tranche de saucisson.

– C'est du sec de Lyon. Tu m'en diras des nouvelles.

Pourquoi elle est partie si vite? Pourquoi elle s'est engouffrée dans l'immeuble du dégriffeur?

La tranche de saucisson (sec, de porc délicieux), je l'ai fait durer. Durer tout le dimanche et sa nuit. Quand les ramasseurs m'ont délogée du tas de chiffons le plus proche de la maison de Mimi, je suis restée.

Sur le trottoir.

Je voulais la revoir. Pour lui donner des nouvelles du saucisson? Pour la revoir.

Le lendemain matin, nous nous sommes revues.

– Tu es encore là?

J'étais encore là. Elle était encore plus belle. Avec les mêmes jambes, les mêmes cheveux, les mêmes yeux que la veille. Et un tee-shirt avec un canard Donald dessus. Et un seul sac. A main. Dans une seule main. Comme ça elle a pu me caresser le dos avec l'autre. Une main... une main... Une main de Mimi!

J'ai décidé que l'allais la suivre. Elle devait aller à son travail. Peut-être loin. Peut-être en métro, en autobus. J'allais la suivre quand même.

Ça n'a pas pu se faire. Une voiture est arrivée, s'est arrêtée et elle est montée dedans.

Un vrai malheur terrible.

J'ai passé ma journée du lundi à n'aller chez aucun de mes amis de la rue. A ne pas aller boire mon lait de soucoupe de bistrot. A ne pas m'alimenter.

A faire le guet. Pas pour une souris. Pour Mimi.

Il faisait déjà nuit, la rue était déserte – à part les gens en queue pour aller au cinéma Grand Rex. Elle est revenue à pied. En fumant une cigarette. J'étais sur des chiffons frais du jour.

– Mais voilà mon chat perdu!

Elle s'est accroupie. Elle sentait les fleurs.

– Tu ne vas pas me faire croire que tu vis ici, dans la rue. Tu es le chat à qui? Et pourquoi je ne t'avais jamais vu? Et pourquoi je n'arrête plus de te voir? Tu t'offres un congé chabattique parce que c'est la saison où il fait meilleur dehors que dedans ? C'est ça ? Oh ! oui, fais ça. J'adore qu'on me lèche les doigts. C'est une sensation. Une sensation qui me donne des sensations. Et les sensations, moi...

Je les lui aurais léchés toute la nuit, ses doigts.

Promesse de poisson-chat

Ma vie de chatte de rue de la rue Poissonnière s'est transformée en vie de chatte guetteuse de Mimi.

Plus rien n'avait d'importance, que ses rentrées du soir et ses sorties du matin.

C'était dur de ne faire que l'attendre. Dur de ne l'avoir à me parler, me caresser (de plus en plus et de mieux en mieux) qu'une fois le matin, à toujours la même heure, et une fois le soir. A des heures des fois pas chrétiennes – comme elle le remarquait elle-même en bâillant et en essayant d'empêcher ses yeux de se fermer.

– Pas chrétiennes du tout, camarade chat. Mais se coucher avec les poules avec le temps qu'on a et les envies de m'éclater que j'ai...

Les heures chrétiennes, c'étaient les heures de dormir dans les poulaillers ? A en croire Mimi, c'était ça.

Elle aurait pu dire n'importe quoi, je l'aurais crue. Et plus elle rentrait tard moins elle était avare de parlote.

– Normal. Plus tu l'as fait durer, ta nuit, moins tu voudrais qu'elle finisse. Tu sais d'où je reviens ? En boîte, j'étais. A boire du coca grenadine avec des gays tristes. Bien sûr que si, que c'est encore de mon âge, d'y aller, en boîte. Ce n'est pas parce que tu te mets à avoir un cheveu blanc. D'accord : pas un. Sept. Je les ai comptés avant de partir. Mais toi aussi tu as du blanc dans ta frange, et ça ne t'empêche pas d'être un nuiteux.

Elle n'en démordait pas. J'étais un chat. C'était contrariant. Mais être contrariée par une Mimi, ça me comblait. Avec elle tout me comblait. A commencer par nos petites ventrées de retour du marché. C'est qu'elle a commencé à avoir toujours quelque chose pour moi dans ses sacs en plastique de commerçants. Des tranches d'autres saucissons d'ailleurs que de Lyon et pas obligatoirement secs, du pâté en croûte (dont elle était, elle-même, très friande), de la petite saucisse à goûts différents parfois piquante à vous arracher l'intérieur de la gueule.

– Ça secoue ? C'est le paprika. Ça lui plaît, au chat !

Je détestais. Mais je faisais comme si je ne détestais pas. J'avalais sans mâcher. Ça cuisait quand même. Tant pis. Je me faisais des pourlèchements menteurs. Pour Mimi.

– On a les mêmes goûts, tous les deux. Moi, je ne suis pas sucre du tout du tout du tout. Que du salé, je mange. Mais je ne me lèche pas les babines après chaque bouchée, moi. Question d'éducation. Mes parents étaient très stricts. Les coudes sur la table, dire même merci la bouche pleine, se tracer des routes à la fourchette dans son assiette de purée... Interdit, formellement interdit. Alors je me rattrape. Nos petits brunches comme ça, sans nappe, sans couverts, c'est le rêve, camarade chat. Le rêve. Alors on se déguste encore une petite saucisse. Mais rien qu'une. Sans ça je vais me retrouver sans hors-d'œuvres... Je t'inviterais bien à venir faire un vrai dîner dans mon studio. Mais mon copain, la seule bête qu'il supporte, c'est moi.

Son copain, c'était la voiture qui venait la prendre certains matins. Un déplaisant à lunettes noires. Il devait avoir un regard à cacher, parce que très sournois.

Même la nuit, il les avait, ses lunettes. Quand il rentrait avec Mimi à des heures pas chrétiennes. La tenant si serrée contre lui par la taille ou les épaules qu'elle ne pouvait pas s'arrêter – même une seconde – pour me dire ne serait-ce juste qu'un "bonne nuit, camarade chat".

Il avait hâte d'aller se nicher contre elle dans son lit, le sournois.

Et elle aussi, elle avait l'air d'avoir hâte.

Et moi je me retrouvais désapointée mécontente et incapable de trouver le sommeil même si c'était une nuit à tas de chiffons épatants.

Elle disait : mon copain. Mais il était plus que ça. Une fois en haut des étages de Mimi, ils devaient en faire du joli ! Ça devait voler, les draps, valser, l'oreiller de demoiselle de Mimi !

Il avait attrapé la plus appétissante des souris de tout le Sentier, le copain. La mieux. Si belle fille de toute sa personne. Et habillée de vêtements jamais gris, jamais couleur vieux murs, trottoirs usés, ciel vasouillard. Avec elle, c'était que des rouges pétaradants, de l'orange orange, du bleu néon. Elle aurait pu faire concurrence au plumage de Vincent Van Gogh. Pour la grossièreté aussi, elle aurait pu lui faire concurrence. Ça lui arrivait de dire des mots à en couper le sifflet même aux plus insolents des marchands de la rue Montorgueuil.

Une des plus sensationnelles rues de Paris. Une rue-marché avec sur toute sa courte longueur des étalages croulant de merveilles. C'est Mimi qui me l'a fait connaître un matin qu'elle ne revenait pas de faire ses courses mais y partait.

– Si ça t'amuse de faire le marché avec moi...

Pour m'amuser, ça m'a amusée. Cette rue, c'est l'enchantement des narines et des yeux. Un enchantement à vous en donner le tournis. C'est que naviguer dans des arômes de plats cuisinés tout chauds tout fumants, des arômes de choucroutes de charcutiers assez artistes pour aller jusqu'à mettre dans leurs choucroutes sept saucisses différentes et de la côtelette préparée de trois manières et du lard bouilli et du lard fumé et du lard rôti et encore de la palette et du pied de cochon et... A chaque pas de Mimi – qui avait des chaussures plus bleu blanc rouge qu'un drapeau – un fumet nouveau m'accrochait, me faisait tirer la langue, j'en étais étourdie, comme dans un vertige. Mais pas dangereux.

Elle n'était pas poissonnière, cette rue-là, elle était paradisiaque. Et pas que pour le nez, les yeux. Mes oreilles aussi avaient de quoi s'emplir. C'est que ça fusait de tous côtés, les cris pour appâter les gens et moi.

Ça fusait ! Crieurs de poisson... Elle est fraîche ma limande ! Elle est fraîche ma limande !... Il est bon mon thon, il est bon !... Crieurs de charcutaille... A l'andouille à l'andouille ! De la Guéménée ! Si peu cher que c'est donné !... Tout frais, tout chaud, mon petit salé prêt à emporter, prêt à déguster !... On y goûte, on y goûte à ma rosette ! Elle veut pas y goûter, la petite dame ?

Mimi était une grande gourmande petite dame qui voulait bien goûter à tout ce qui était salé. Et m'y faire goûter à moi aussi. Et une larmichette de rosette de Lyon, une !

Nous avons goûté aussi à des petits biscuits de cocktail “au bacon” et “en promotion”. Un rien étouffants. Nous avons goûté à tout ce qu'on a pu. Non contente d'être déjà tout ce qu'elle était, Mimi était aussi curieuse des papilles que moi.

Moi, ça ne m'inquiétait pas. Elle, si.

Elle en était à la fois orgueilleuse et ennuyée, de sa gourmandise.

– C'est que les kilos de bonnes choses, ça finit par faire des kilos de Mimi et que je ne voudrais pas me retrouver avec plus de tutu que mes jupes peuvent en contenir.

Ce culot qu'elle avait ! Vu d'où je le voyais, il était impeccable, son tutu. Ce matin-là surtout, où sa minijupe me laissait voir jusqu'à sa culotte. Petite. En dentelle de soie en nylon vert avec des cœurs blancs. Le dernier cri du Sentier. Très valorisant pour les tutus.

Elle n'aurait pas eu son copain ne supportant aucun animal, elle aurait sûrement fini par m'adopter et j'aurais pu y faire des sommes sur son tutu. Qui devait être d'un doux.

Mais elle avait ce copain sournois.

Après la promenade de commissions ensemble rue Montorgueil, nous nous sommes retrouvées en bas de son immeuble. Elle m'a sorti une tranche entière de pâté de campagne achetée discrètement pour moi toute seule. Elle me l'a posée sous sa voûte d'entrée, bien proprement sur son papier de charcuterie avec un cochon à chapeau breton imprimé dessus.

– Tu n'es pas obligé de le manger en une seule fois. Ni même tout de suite. Les plaisirs faut savoir les faire durer.

Si elle avait pu faire durer celui d'être nous deux ensemble. Mais le sournois devait l'attendre. Peut-être dans son lit.

Qu'est-ce que j'avais envie de la suivre dans ses étages. Mais ça ne se pouvait pas qu'elle devienne ma maîtresse. Nous ne pouvions être que des presque mais pas tout à fait amoureuses, elle et moi. Une fameuse paire d'amies, rien de mieux, rien de plus. C'était dommage. Elle me plaisait complètement. J'étais sûre qu'on aurait fait des sommeils fantastiques ensemble, qu'on aurait passé des heures interminables à se coller l'une à l'autre dans son lit, à se faire des frôlements, des caresses. Et des orgies de bonnes choses salées.

Et il fallait qu'elle soit encombrée d'un sournois de bonhomme antichattes. Comme Anna était encombrée d'une tribu d'animaux. A croire que ça n'existait pas, des femmes seules avec qui faire sa vie.

Le pâté de campagne était pur porc. Je l'ai fait durer. Mais j'ai eu du déplaisir dans mon plaisir.

Pourquoi mon destin empêchait que je devienne chatte de Mimi ? Il aurait fallu qu'il arrête de s'accrocher à elle, son "copain", qu'il ait un accident quand il était sans elle dans sa voiture et en crève !

Il n'a pas crevé. Il m'a fait une crasse à m'en faire crever moi.

Un matin de jour non ouvrable, je les ai vus sortir tous les deux, le déplaisant copain sournois et Mimi. Il ne la tenait pas collée à lui pour une fois. Il tenait des sacs. Des sacs bagages. Elle aussi. Elle avait un short pistache plus court que ses plus minijupes. Et un chapeau de paille. Et un sourire que je ne lui connaissais pas.

Ils étaient très heureux, très riants.

Elle m'a vue, là où je n'arrêtais plus d'être. Elle s'est accroupie.

– Alors là, mon camarade, ce n'est qu'un au revoir mais c'en est un très grand. C'est que nous prenons la route. Direction là où tu peux te baigner plus nue que dans ta baignoire et aller faire la converse avec des poissons dans de leur eau à eux. Mais j'aurai une pensée pour toi. Tiens je te promets de plonger assez loin pour te trouver un poisson-chat. Okay ?

Elle m'a embrassée. Fort. Mais pas assez longtemps. Le sournois était pressé. Mimi m'a lâchée.

– Si c'est pas un poisson-chat, ça sera un requin. Ou une sardine.

Elle s'est engouffrée dans la voiture qui a démarré en me crachant dans les narines un jet d'échappement nauséabond.

Morte saison

Un jour non ouvrable par semaine, deux à la rigueur en cas de pont... on peut admettre, supporter... Mais des semaines de sept jours non ouvrables...

C'est que la rue Poissonnière est devenue la-rue-du-malheur-si-tu-y-restes-tu-meurs !

C'est que d'autres voitures ont démarré en me crachant de la fumée asphyxiante. Presque toutes celles de ma rue, presque toutes celles du quartier.

Une épidémie de bougeotte, ça a été. C'était à qui prendrait le large, à qui décanillerait avec des valises, des sacs, des baluchons. A qui mettrait sa clé sous sa porte pour aller pêcher des poissons (chats et autres), pour aller se bronzer, se remplir d'air pur, de kilomètres d'autoroutes. Ça les a pris tous. Tous.

Les Samuel, Sam et Sammy, ma Sarah donneuse de lait en soucoupes de bistrot, et toutes les piqueuses à la machine, les culottiers, les jupiers, les chemisiers, les corsagiers. Tous. Fildenberg le Roi de la Jupe culotte et Ben Moko des blousons-cuir-les-moins-chers-les-plus-chics et le dégriffeur et des Cohen, des Solal, des Cohen-Solal, des Cohen-Cohen. Tous les travailleurs de la fringue.

Pour les ramasseurs de bouts de chiffons du petit matin, c'est devenu la morte saison.

Ne restaient plus que des Parisiens de Paris trop fauchés pour s'offrir des vacances, que des Français de souche trop âgés pour courir le risque d'aller pousser ailleurs leur ultime soupir, que des centenaires tremblotants et bavochants, que d'antiques concierges tout juste encore bonnes à se sortir une chaise et à rester assises devant leurs portes à se marmonner des ressasseries.

A la trépidante assourdissante joyeuse activité, a succédé un calme aussi écrasant que le soleil qui s'est mis à être de plomb.

Un calme tuant qui a gagné les rues Montorgueuil et des Petits-Carreaux où il n'est plus resté qu'une charcuterie sur trois, qu'une boulangerie sur quatre, où les étalages sont devenus de famine, où les cris se sont tus, où n'a plus fusé une seule drôlerie de marché.

A croire que tout ce qui faisait de ce quartier un quartier vivant, son con de copain l'avait emporté dans sa conne de voiture en même temps que ma Mimi.

Ma Mimi dont il ne me restait plus que l'indigérable absence.

Même à petites doses, même dans l'extrême parcimonie, elle m'était devenue aussi indispensable que le sommeil ou le manger. Sans elle, même qu'entrevue à des heures chrétiennes ou pas, mon cœur n'avait plus de raison de battre.

De tranches échantillon d'andouille de Guéménée, de portions de pâté de campagne achetées spécialement pour le "camarade chat", je pouvais m'en passer. Je pouvais me passer de manger. Quand tu as le cœur qui ne bat plus que d'un œil, l'estomac suit.

Mais faire mon deuil de Mimi, impossible !

La rue Poissonnière dépeuplée de Mimi, ça me brisait.

Ça me brisait la disparition de tout mon monde.

Mon regretté chat à houppette, je l'avais perdu pour toujours. Mais je savais où. Même si je n'étais pas fichue de la retrouver, sa tombe du cimetière Montparnasse, elle était quelque part dans Paris. Mais il était où, le quelque part de mes chers disparus du Sentier, de Sarah, du dégriffeur, de tous mes amis des jours ouvrables ? Où, le quelque part de ma chérie Mimi ?

Juillet août, c'est l'abomination.

En pas une semaine, je me suis retrouvée avec des trottoirs entiers à moi toute seule, avec des rues traversables les yeux fermés sans aucune chance de se faire écraser. Tous les porches d'immeubles étaient à moi, toutes les cours, courettes. A moi et à quelques chats et chiens. Moins dans la désolation que moi car n'ayant pas trouvé et perdu une Mimi. Mais tout aussi surpris, mortifiés, abafointés, éplorés d'avoir été abandonnés par leurs humains, d'avoir été jetés sur le trottoir au dernier dernier moment pour délester des autos trop pleines de triples cons de vacanciers et de bagages.

Pour eux, c'était la saison encore plus morte que pour les ramasseurs de chiffons. Et combien allaient en mourir pour de bon? Décimés par le manque de frichti, par la saloperie humaine dans toute sa splendeur!

Même sans être en amour, même chat de qualité inférieure, même chien stupide comme un chien, le chat, le chien ont besoin d'au moins chacun une femme, un homme à soi avec qui échanger ne serait-ce que des regards. Et il y a des femmes, des hommes pour larguer un chat, un chien au moment de partir se rôtir leurs couennes...

Il y en a!

Voleuse

Le peu d'humains pas frappés par l'épidémie de vadrouille, les chats, les chiens devenus orphelins de maîtres ignobles et moi, nous sommes partagé le quartier.

Je l'ai eu toute qu'à moi, ma rue Poissonnière. Pour y traîner mon cafard, c'était spacieux.

Et une chaleur trop chaude s'est ajoutée à mon cafard. Une chaleur à ne plus pouvoir que s'allonger sur n'importe quel bout de trottoir, au milieu de la chaussée même. Et sombrer dans l'abrutissement, dans des rêves ralentis, mollassons. Des rêves pleins de gens partis qui, pour moi, étaient seulement Mimi.

Pourquoi elle ne m'avait pas voulue chez elle, dans ses étages et dans ses draps, moi qui la voulait tant?

Pourquoi, pas une seule fois, une seule, elle ne m'avait prise sur son ventre , sur sa poitrine mignarde, sur son tutu?

Je n'en émergeais, de mes alanguissements moroses dans la chaleur brûlante, que pour aller m'alimenter.

Pas épatamment et au prix de bien des efforts et d'encore plus de malice.

J'étais une chatte.

Les chattes sont voleuses.

J'ai volé.

Volé à tours de pattes. Ce que je pouvais. De la charcuterie, de la viande – crue, beurk! – dans les quelques boutiques pas fermées où il fallait s'introduire avec bien de la ruse. Ruser, ça me plaisait, c'était excitant et ça me sortait un peu de ma neurasthénie de juillet-août

Voler, c'est courir après l'horion, le sévice corporel si tu te fais pincer la patte dans le sac. Ça peut aller plus loin. Beaucoup. Durant mon été de totale délinquance, j'ai vu des chats (et des fûtés pourtant) se faire choper et blesser grièvement par des pièges tendus que pour nous. Des pièges à chats. Officiel ! J'en ai vu dans des sous-sols de souks à mangeaille.

Voler c'est faire la nique à l'homme – qui est assez dépourvu en instincts mais en a un sordide et chevillé solide au corps celui de la possession.

Voler c'est comme te jeter à l'eau si tu n'as pas de nageoire. Voler c'est...

C'est peut-être un péché. Mais un des trois ou quatre qui valent vraiment d'être commis, alors.

Le vol ça joint l'agréable à l'utile. Et mes cambriolages de chatte affamée de juillet-août, pour avoir eu leur charme, ils l'ont eu.

Se laisser entraîner par ses narines dans des lieux interdits aux chattes même pas voleuses, faire des malignités risquées, affronter le détaillant, le narguer, c'est autrement grisant que de jouer au foot avec un "papa" comme un Chichi ou de courser et occire un rongeur, aussi roublard qu'il soit.

J'ai été chatte voleuse d'épicerie, de traiteur, de restaurant, de fast-food. Chatte voleuse de poissons crus que je rejetais sitôt péchés et de petites saucisses de poisson souvent délectables : des quenelles. J'ai été chatte voleuse dans des grandes surfaces où l'on ne pouvait pénétrer qu'en faisant son invisible entre des roues de caddies. Une fois à l'intérieur, parce que c'est grand les grandes surfaces, il fallait faire de longs chemins en tous sens avant de trouver un rayon pour chats. Celui des beurres et laitages, par exemple.

Le mieux, dans les grandes surfaces, c'était d'y entrer – en faisant son invisible – et de n'y rien chercher d'autre qu'un recoin pour s'y cacher jusqu'à la fermeture, jusqu'au départ des derniers clients, vendeurs, caissières. Une fois tous ces gêneurs-là évacués, c'était la curée.

J'ai souvenir d'une nuit dans un Franprix. Une nuit à en devenir grosse du ventre comme on devient grosse de la queue dans la trouille. Une nuit inoubliable. J'avais attendu qu'il n'y ait plus aucun mouvement, aucune lumière. Plus que les clignotements violets et réguliers d'un système d'alarme électronique qui émettait un clic clic clic clic si faiblard qu'on ne l'entendait pas. C'était un bruit pas pour les oreilles. Un bruit qui ne se laissait que flairer. Et tout juste. Cette nuit ! Cette ventrée ! Cette randonnée dans les beurres, les pots de crème fraîche, les fromages cottage-cheese, les petits-suisses de différents formats. D'accord, j'ai eu des difficultés de déchirage, de déchiquetage d'emballages. Mais... ce plaisir... Ce plaisir de pouvoir goûter sans retenue à dix beurres différents, salés, pas salés, de Normandie, allégés, lourdingues, de pouvoir plonger sa patte dans des pots de crème entièrement en matière grasse, dans des pots si grands que même en étirant de toutes ses forces sa patte, on ne peut pas parvenir à en toucher le fond ! Et les fromages de chèvre à la paille ! Qui n'a pas mordu dans du fromage de chèvre à la paille n'a mordu dans rien. C'est du nanan nanan. Du nanan plus encore, ce fromage un peu bleu, tout crémeux, tout flappi, dont je n'ai jamais su le nom, qui avait la saveur aigrelette de mon lait de premières tétées. Dans ce Franprix, mes records de goinfrerie, je les ai battus tous. Ce n'est pas compliqué j'ai fini par culbuter, entraînée par le poids de ma bedaine.

Dans de la cancoillotte.

Quand le surveillant en uniforme m'a découverte, il a encore plus clignoté que l'alarme électronique. Il avait des yeux à piles qui voulaient m'exterminer dans la cancoillotte. A coups de grande torche électrique. “Putain !” il beuglait. Et les coups pleuvaient. Drus à faire de moi de la bouillie de chatte.

J'ai réussi – comment ? – à me dégager de la dégelée de torche et à nous traîner, moi et mon ventre (alors de la dimension d'une citrouille adulte), dans une sorte de tuyau empestant le fruit blet et la rancissure de légume. Un tuyau trop étroit pour un surveillant, un tuyau ténébreux. Un tuyau peut-être sans bout.

Un bout, il en avait un qui débouchait dans un dessous de sous-sol frigorifié et à rats aux poils givrés.

Des rats – coup de chance – aussi repus, gavés, ballonnés que moi. Des rats n'ayant plus de ressort, qui m'ont regardée me diriger poussivement vers une ouverture qui donnait sur une cour caillouteuse qui donnait sur des ruelles. Puis sur une rue Saint-Sauveur.

Dégoût

C'était la fin de la nuit. La fin d'une de ces déprimantes nuits d'été à orages ne se décidant pas à éclater, et à aucun passant.

Si, il y avait un humain. Ou quelque chose d'approchant. Une silhouette à chapeau cabossé de buveur d'alcool qui faisait pipi sur une voiture blanche certainement pas à lui.

Il faisait pipi en chantant d'une voix trébuchante qu'il “finirait par partir à Miami pour y retrouver sa mie”.

Moi aussi j'ai fait pipi. Sur du journal qui traînait sur le trottoir.

Et j'ai eu dans ma tête l'idée que c'était peut-être à Miami qu'elle était, Mimi.

Mais ce n'était pas sûr. Et c'était où, Miami?

J'ai alors sombré dans le dégoût de tout. Et l'envie de vomir.

J'ai vomi. A la suite de quoi, mon ventre a gargouillé tant qu'il a pu. Mais il est redevenu un ventre de très jolie chatte.

L'ennui, c'est que, du dégoût, ça ne se vomit pas.

J'ai marché et retrouvé mon Sentier, reconnu des rues. Celle de Réaumur. Celle d'Aboukir. Retourner dans ma rue Poissonnière, c'était facile.

C'est dans le couloir de la maison de Mimi que je suis allée faire un somme. Avec, dedans ce somme, un rêve de Mimi allongée, elle aussi, dans son couloir de maison et retroussant un de ses tee-shirts si élégamment hurlant de couleur et me posant sur son ventre et moi faisant pattes de velours, ventre de velours, tête de velours, queue de velours. Ou de tussor. Ou d'organdi.

Une dame m'a réveillée en passant. Une dame moche à chaussures moches, qui n'était pas Mimi et qui a pesté à propos des clochards, des étrangers principalement yougoslaves qui infestaient le métro, des chiens et chats errants et des boulangers qui se donnaient le mot pour aller dans leurs villas de Deauville tous en même temps pour que les retraités qui n'avaient ni villas ni argent ni rien se retrouvent sans même un croûton de baguette.

Tout ça, elle l'a dit au couloir.

A moi, elle m'a dit

– Si tu veux pas te retrouver à la fourrière, tu as intérêt à changer de coin. Parce que moi, les...

Je n'ai pas attendu de savoir les quoi. J'ai filé dans le moins en moins de monde qui voulait de moins en moins de moi. Et il faisait tellement de plus en plus lourd que les trottoirs collaient et que les orages qui lambinaient tant au lieu de se décider à éclater se mettaient tout d'un coup à éclater quand même et avec une soudaineté telle que vous vous retrouviez dans des rues toutes en ruisseau, dans des mouillages, des trempages comme soupe, des risques de pneumonie double en pas même le temps de le dire.

Il a plu des trombes après la dame moche à chaussures moches. Et grêlé des œufs de pigeons. Dont un a manqué me péter la tête.

Et ç'aurait été aussi bien s'il me l'avait pétée.

Aussi bien.

La pluie n'avait pas lavé mon dégoût de tout. Le soleil accablant revenu, je me suis sentie sentir la chatte mouillée.

Ça m'a achevée. Si mon dégoût de tout était aussi un dégoût de moi...

J'allais faire quoi ? Marcher marcher marcher comme une idiote folle qui ne sait pas où elle va et m'arrêter, me trouver un coin pour m'y écrouler une fois de plus, dans un sale sommeil ? J'allais ne plus faire que ça trotter, dormir, trotter, dormir, trotter, dormir ?

Et... manger.

Prisunic

Bien sûr manger. Ça n'a qu'un temps le dégoût de crèmerie, de laitage. Il fallait que je mange. Quoi ? Il voulait quoi, mon estomac ? Que je lui offre un repas dans un restaurant, que j'entre au Freetime des boulevards pour lui acheter un pochon de frites ? Un hamburger ? Avec moutarde et ketchup ?

Moi, j'étais prête à aller faire une partie de qui-dort-dîne dans n'importe quelle cour, dans n'importe quel terrain vague, sous une des rarissimes voitures en stationnement.

Mais mon estomac réclamait son dû. Aussi médiocre soit-il. Et dans les délais les plus brefs.

Je n'ai trouvé qu'un Prisunic. Tout à fait ouvert. Nous devions être un samedi. Pas un dimanche.

Et c'est dans ce Prisunic...

– Vas-y ! Te gêne surtout pas ! Fais comme chez toi !

Une vendeuse à poigne m'a soulevée et brandie en appelant le chef de rayon pour qu'il vienne s'emparer de moi et me conduise dans une prison pour chatte voleuse. Il l'aurait fait. Il avait une tête à le faire.

Mais il y avait Mona.

Elle était près du comptoir où je venais de chiper un soupçon de rillettes. Avec ses cheveux roux rouges ébouriffés exprès et sa robe blanche assez légère pour qu'on voie comment elle était quand elle n'avait pas de robe. Elle s'habillait toujours pour avoir l'air d'être nue, Mona. Ce qui était plus chic que chic. Elle avait un caddy avec, dedans, que des gourmandises. Et elle a demandé à la vendeuse à poigne qu'est-ce que j'avais fait pour qu'elle m'empoigne si violemment.

– Elle a fait qu'elle m'a dévoré au moins cent grammes de rillettes.

– Et alors? C'est mauvais pour la santé des chats, les rillettes?

– La question n'est pas là. La question c'est que... Et, d'abord, en quoi ça vous regarde ce qu'elle a fait, cette roulure de bête?

– Pour commencer, je vous prierai de bien vouloir ne pas traiter *ma* chatte de roulure.

– Ah! Parce qu'elle est à vous!

– Oui. C'est ma chatte à moi. Et vous allez cesser de la malmener. Sans ça...

Le chef de rayon avait la voix comme la tête impitoyable. Et ce ton qu'il a pris pour s'adresser à Mona!

– Parce que vous ne savez pas lire? C'est pas écrit en toutes lettres à l'entrée, que...?

– A l'entrée, il y a un panonceau qui signale que l'accès de ce magasin est interdit aux chiens.

– Aux chiens, ça veut dire aussi aux chats.

– Excusez-moi. Je n'avais pas fait le rapprochement. Maintenant, vous me faites un ticket pour les rillettes que ma chatte a soi-disant mangées et vous me la rendez.

Je suis passée de mains à poigne à des mains délicates qui m'ont plaquée contre une poitrine rondelette et frémissante. Une poitrine poitrineuse à en défaillir. Et j'ai reçu un baiser sur la bouche. Sur la bouche!

– J'ai déjà rencontré des chattes moins gouttièreuses que toi. Et sentant moins la rillette. Mais ça ne va pas t'empêcher de devenir ma bien-aimée minette. A moins que...

Il n'y avait pas l'ombre d'un à moins. Devenir la bien-aimée minette de cette femme suant la beauté et la bonté, j'y consentais de toute mon âme.

Dame avec dame

Mona avait un fourre-tout en toile du blanc de sa robe. Elle m'y a fourrée avec des pots d'olives farcies et de confitures et des paquets de biscuits et du chocolat.

Et elle m'a emportée dans sa maison qui était, en réalité, la maison d'une autre excellente créature. D'une Elisabeth qui voulait qu'on l'appelle Babeth.

Une maison maison. Pas un appartement dans des étages ou donnant sur une cour comme celle d'Anna. Une maison avec son rez-de-chaussée à elle. Un étage à elle. Son toit à elle. En tuiles rouge tuile. A même le sol de Paris. Mais à l'écart, à l'abri de la circulation, des gens. Avec une carpette d'herbe verte, des buissons, des fleurs, un arbre à feuilles et à oiseaux et trois marches à gravir pour se retrouver dans la maison villa en pierres et en lierre.

C'était "à deux pas" du Sentier. Dans les environs d'un Palais-Royal.

Quand nous sommes entrées, sans sonner, par la porte en bois rouge en haut des trois marches, la dame Elisabeth-Babeth était occupée à boire du thé en lisant un livre. Et, à peine entrée, Mona a crié des cris de joie.

– Babeth ! Si tu savais... Si tu savais, ma Babeth !

– Si je savais quoi ?

– Dieu...

– Qui ça ?

– Dieu, Babeth. Dieu. Ce barbu qui a posé pour Michel-Ange dont tu prétends qu'il n'a jamais existé et n'existera jamais. Devine ce qu'il a fait ?

– Il a fait quoi ? Dis-le.

– Il a béni notre union.

– Il a quoi ?

– Nous avons enfin un bébé, Babeth !

– Un quoi ???

– Un bébé. Un enfant. Même que c'est à peu près sûrement une fille et qu'elle adore les rillettes et qu'elle est adorable. Elle ne l'est pas ?

Là, Mona m'a sortie de son fourre-tout.

– Où as-tu trouvé cette chatte ?

– Le fruit de nos amours ? Dans un Prisu. Mais pas acheté. Reçu des mains de Dieu.

– Si j'avais su que tu avais envie d'un chat...

– Ça fait longtemps que j'ai envie d'un enfant. D'un bébé à nous. A toi et à moi. Toi aussi tu en as envie. Ne dis pas le contraire. Mais c'était impossible. Puisque que les mamans sans papas... Eh bien non, ça ne l'était pas, impossible. Avoue que notre enfant est adorable. Avoue-le, Babeth.

– Tous les chats sont adorables.

– Tous les chats ne sont pas le fruit des amours d'une maman Mona et une maman Babeth.

Deux mamans d'un seul coup !

Ça en faisait presque trop, de mamans. Je me serais contentée d'une maman Mona si pâmoisante sous sa robe blanche sans rien en dessous.

La maman Babeth, elle, était habillée d'un chandail sans élégance et d'un pantalon de velours sans forme. Couleur ferraille. Comme ses cheveux courts et drus. Et elle avait les yeux aussi bleu acier que ceux de Mona étaient noisette. Et pas de rouge à la bouche, pas de maquillage dégradé luisant autour des yeux. Elle avait un visage assez usagé, comparé à celui tout frais de Mona.

Mais elles souriaient pareil. En montrant toutes leurs trente-deux dents bien propres, bien rangées et avec des plissures d'intelligence, de vivacité aux coins de la bouche.

– Et elle a un nom, notre fille ?

– Comment savoir ? Ça doit être une bête que des beaufs de merde ont laissée à la rue au moment de partir dans un camping de concentration.

– Pauvre choute.

Maman Babeth m'a saisie et fait un grattement léger du bout d'un seul ongle entre les yeux. Un grattement aussi ensorceleur que le baiser de Mona sur ma bouche au Prisunic.

J'ai ronronné. Ce qui ne m'était pas arrivé depuis Mimi.

Depuis Mimi qui...

Qui quoi ?

Mimi était en train de me sortir beaucoup de la tête.

Beaucoup.

Et si c'était une bonne chose que son copain sournois l'ait emmenée chez les poissons-chats ?

Si c'était pour que je puisse devenir le fruit des amours de deux mamans très bien dans une maison du côté d'un Palais-Royal ?

Si l'énorme paquet de bonheur qui m'arrivait depuis mon vol de rillettes était une machination de Dieu, un de ses immenses et imprévisibles bienfaits ?

De là à penser que le déplaisant à Mimi était un envoyé, un ange du Seigneur déguisé en déplaisant...

Tout ça, tout ça...

Ce qui est sûr, c'est que de baiser en grattement d'ongle, j'allais de satisfaction en délice et que mes glandes à ronrons commencèrent à fonctionner à plein temps.

Pour remplacer mon rogaton de rillettes abandonné sur le comptoir de la vendeuse à poigne, Babeth m'a donné une demi-brioche au beurre enrichie de plus de beurre que de brioche. Puis du lait dans une tasse de service à thé chinois.

En porcelaine fragile et artistique.

Tout n'était pas fragile dans la maison de Babeth. Mais tout était artistique. Artistique confortable, sécurisant.

Pour une qui venait de se payer une cure de rue désertique et caniculaire, quel changement !

Et ce n'était pas du rêve. J'étais éveillée. Eveillée mais tellement dans la satisfaction que j'ai remis à plus tard la rituelle inspection des lieux et que je suis restée à digérer calmement ma brioche, mon beurre, mon lait sur le canapé où l'on m'avait posée.

Entre mes deux mamans. Qui n'ont pas remis leurs caresses à plus tard, elles.

C'était à qui, de Mona ou de Babeth, me lisserait le plus le poil, me fourragerait le plus sous le menton avec des doigts savamment fourrageurs, me tiraillerait le plus mignonnement la queue, me ferait le plus de becs sur le bec, sur le nez, les oreilles, sur tous les endroits de mon ventre, sur mon tutu de chatte.

C'étaient des caresseuses expertes. Des embrasseuses infatigables.

Des embrasseuses si enragées d'embrasser qu'elles se firent aussi une foule de baisers l'une à l'autre. Sur les oreilles, dans leurs cous, sur (et dans) leurs bouches. En se traitant de "Mona chérie", de "Ma colombe, ma colombe", de "Ma Babeth à moi", de "Mon amour", de "Ma petite source".

Elles se disaient des chapelets de mots si bien trouvés qu'on aurait juré qu'elles inventaient un poème à deux voix. Un poème de mamans en amour.

Et la maman Babeth touchait sans arrêt à la robe blanche pas très habillante de Mona. Elle glissait sa main dans l'encolure de la robe blanche. Palpait un peu les seins frémissants. Palpait le ventre de sa colombe, sa colombe à travers sa robe. Elle lui ébouriffait ses cheveux ébouriffés.

Et la maman Mona avait des rires hauts perchés. Très artistiques.

Après la collation de brioche beurrée et de lait et la séance d'embrassages et de cajoleries, est venue la cérémonie du baptême.

Mona a tenu à ce que ce soit une cérémonie. Sans curé, sans orgue, on pouvait s'en passer. Mais avec du tralala. A son avis, ça valait ça.

– Un enfant de dame avec dame, c'est quand même plus smart qu'un bébé éprouvette, non ?

Il a fallu qu'elles me trouvent un nom. Ça a été compliqué.

– Moi, je verrais bien Poupette. Ou Nonette. Ou Moustachette.

– Pas moi. Cette chatte mérite de s'appeler... De s'appeler... Attends... Un nom... Tiens ! Virginia ! Ça ne lui irait pas comme un gant, Virginia ?

– Comme Virginia Woolf ? Tu veux quoi ? Qu'elle écrive des bouquins brumeux et finisse suicidée ? Dans la mesure où notre progéniture se limitera certainement à cette chatte, je pense que...

– Amélia ? Cynthia ? Théodora ?

– Tu l'imagines, au lycée, avec un nom aussi prétentieux ? A Jules Ferry, nous avions une Gwendoline. Au bout d'une semaine, elle nous suppliait de l'appeler Linette.

– Félina ?

– Pourquoi pas Fantomas ? Félina ça fait chatte de feuilleton Belle Epoque.

– Chapelure ? C'est marrant, non ?

– Déjà qu'elle n'est pas d'une beauté... disons... classique... Si, en prime, nous l'affublons d'un nom qui prête à rire...

– Tu as raison, Babeth. Il faut que... Attends... Attends... Poils d'Ange ? C'est un nom pour elle, non ? Ce n'est pas la trouvaille du siècle, Poils d'Ange ?

– Ah ! Poils d'Ange... Je dois avouer que...

Ce fut donc Poils d'Ange.

Et j'ai eu droit à un grain de gros sel sur la langue et à une goutte de champagne sur le dessus de mon crâne.

Et (ce ne fut pas très agréable) j'ai eu l'honneur d'être emmaillotée dans un châle à broderies. Pour ressembler à un poupon.

Un poupon que sa maman Mona berça si maternellement qu'il s'endormit d'un si bon sommeil que – pelotonnée contre les seins de Mona – je fis le rêve que j'étais pelotonnée contre les seins de Mona. Et que je les tétais parce qu'elle était une dame-chatte et que j'étais une chatte-fille.

Et c'était un rêve dans lequel je venais de naître. Pas chez une madame d'Ouiche. J'étais nourrisson gouttière quand même. Mais venue au monde dans une maison d'un quartier Palais-Royal et dans de l'amour.

Poils d'Ange

Mon nom de chez Anna, mon nom de peintre célèbre mort, était un nom pour être hurlé parmi trop d'autres. Un nom blague. Anna était une crème de femme. Mais qui aimait les animaux en bloc. Pas un par un. Et un pas un seulement. Ce qu'il lui fallait, c'était une famille. Nombreuse. Nous étions vingt, trente, quarante dans son atelier maison. Elle nous aurait voulus un million. Elle était comme ces gens qui sont incapables de s'attendrir sur leur époux ou épouse ou enfant ou leur voisin de palier et qui versent des larmes sur les ennuis des peuplades lointaines dont leur parlent les journaux, les radios, la télé. Ils ne s'intéressent pas à une seule créature mais à l'humanité. Anna, elle, ses amours, c'était l'animalité.

Mon nom "Gustave Courbet" de chez Anna, je ne me l'étais pas fourré dans le crâne.

Mes noms du Sentier, j'en avais trop en même temps pour me raccrocher à un seul.

Mon nom Poils d'Ange de chez mes deux mamans, il s'est incrusté aussitôt. Peut-être parce qu'il y a eu baptême. Sûrement parce qu'il a été choisi et qu'on me l'a toujours dit sérieusement.

C'est important un nom.

Félinia, Poupette, Virginia, Nonnette, ça m'aurait plu.

Poils d'Ange ça me comblait. C'était si bien moi à ce moment de mon arrivée chez Mona et Babeth. Moi, encore pas très finie, encore avec une tapée de choses à comprendre pour devenir vraiment chatte, vraiment moi. Moi encore gauche, mal dégrossie, fine de corps mais ignorante de tant et tant de finesses. Poils d'Ange, ça sonnait beau, aérien, et un peu – mais pas trop – amusant. C'était farceur. Mais pas commun.

Il était comme Mona, ce nom, gaiement joli.

Et elle le susurrait si bien.

Elle ne craignait personne pour les coups de gueule, les hurlements, Mona. Je devais l'entendre dans ses colères bruyantes à en faire éclater les vitres. A moi, elle a toujours susurré.

– Poils d'Ange, mon bébé, c'est fini, le roupillon. C'est fini parce que si tu restes une seconde de plus à me dormir dessus...

Je l'écrasais, Mona, je la paralysais avec mon sommeil en béton sur sa délicate poitrine. Eh bien elle ne m'a pas délogée de sur elle. Elle a attendu que je sois assez suffisamment réveillée pour m'en aller de moi-même de ses seins.

Pour m'en aller faire ce que j'avais remis à plus tard ma reconnaissance des lieux.

Quels lieux ! Venant d'où je venais, n'ayant vécu que ce que j'avais vécu, et n'ayant pénétré dans aucune maison digne de ce nom, je ne pouvais pas m'attendre à ce qu'ils soient comme ils étaient.

Qu'une demeure si modeste de taille puisse avoir autant de pièces, de coins et recoins, qu'elle soit si admirablement agencée, si coconneuse, dépassait l'entendement. Elle contenait, cette maison, un salon à boire le thé, lire des livres, baptiser des chats et faire le maximum de choses épanouissantes. Elle contenait une chambre fa-bu-leu-se. Une cuisine avec un beau, tellement beau désordre que c'était à en lécher les murs, le sol carrelé de carreaux de tous les rouges, le plafond à poutres, le frigo pas blanc clinique de docteur vétérinaire, mais rose avec des images anciennes collées dessus, la table de guingois croulante de vaisselle artistique, de casseroles artistiques, de pots de confitures artistiques, de pains artistiques. Elle contenait, cette maison, je ne sais combien de couloirs de moins d'un mètre carré, de mignons petits couloirs cachettes et un escalier à tapis onctueux se tortillant sur lui-même avec des grâces de danseuse, un grenier donnant sur un toit si bas qu'on n'y avait aucune chance d'avoir aucun vertige, une salle de bains luxueuse comme le salon, avec autant d'objets de qualité et de confort douillet, des cabinets bibliothèque pour y lire des livres reliés en y faisant des besoins de dame, et des petites pièces à piles de vieux magazines recouverts de poussière artistique. Et, partout partout, des fauteuils à accoudoirs griffables, des coussins attirants. De quoi accueillir mieux que très bien douze bonnes douzaines de chattes.

Mais je n'étais qu'une.

Que Mona suivit discrètement durant toute ma minutieuse inspection. Ça devait se voir que j'étais soufflée, snobée.

– Ça te plaît? Oui. Ça te plaît.

Et comment! Il n'y avait aucun reproche à lui faire, à cette maison. Elle n'avait pas, même en reniflant de toutes ses forces, la plus petite puanteur de souris, de rat, de sale insecte ou de fantôme de chat disparu.

– Si tu veux une pièce pour toi, tu me dis laquelle. Moi, à ta place, j'opterais pour ce petit foutoir, là. Tu aurais cette méridienne pour dormir, cette chaise en bambou pour te faire les griffes. Si tu préfères le grenier... L'avantage, dans le grenier, c'est que tu pourrais regarder les oiseaux par le vasistas. Et la neige, les années avec. Alors, qu'est-ce qu'on décide? Tu t'installes ici ou là-haut?

On a décidé la pièce foutoir.

J'ai sauté sur le lit-fauteuil que Mona appelait méridienne. Il avait une odeur de vieux lit pas dérangeante du tout. Une odeur de sieste de Mona, de Babeth.

– On dit que c'est ta pièce? On le dit. Adjugé vendu! Te voilà chez toi, Poils d'Ange.

Elle m'a fait un baiser de loin. En posant un doigt sur sa bouche comme une cerise qui m'a fait regretter d'être un animal ne mangeant pas de cerises.

– Nous dînons à neuf heures. Si tu veux bien nous faire l'honneur de partager notre pitance...

J'avais ma pièce!

J'ai attendu que Mona ait descendu tout l'escalier qui menait au rez-de-chaussée pour faire ce que je devais. Pipi. C'était obligatoire. On ne me l'avait pas appris. Je le savais quand même, que je devais absolument pisser un bon coup, pisser du pipi le plus sentant possible dans ma pièce. Pour que tous les chats de la terre entière sachent que c'était mon territoire où ils n'auraient pas intérêt à fourrer leurs nez.

Fallait le faire, fallait le faire. Même si c'était malpropre. Ça pouvait fâcher mes mamans. Mais, cette maison, je la voulais absolument.

J'ai pissé quatre fois. Dans les quatre coins de ma pièce foutoir. Sur du tapis. Pas neuf. Mais encore assez.

Sentir du pipi, même de moi, ça me déplaît. Mais que cette pièce devienne, grâce à mon pipi, ma pièce à moi seule, ça m'a comblée.

Ça pouvait me valoir un bel houspillage, voire des coups, le souillage du tapis. Ça pouvait me valoir de redevenir orpheline aussi vite que j'étais devenue fille bien-aimée.

Ça ne m'a rien valu. Qu'une moquerie.

Quand je suis descendue pour le dîner, *on savait.* Mais *on* a pris la chose avec un tact extrême. *On* s'est contenté de dire en souriant.

– Tiens, voilà la pisseuse.

C'est Babeth qui l'a dit. Ça ne m'a même pas vexée.

Et ça a été le dîner de neuf heures. Avec moi debout sur une chaise. Avec, en me tirant sur le cou, la bouche à la hauteur d'une assiette. Pas de chat. Pas en plastique. En faïence comme celles de Mona et de Babeth. Sur une nappe blanche à broderies en or.

Nous avons mangé du poisson (du merlan en papillotes) et des pommes de terre rissolées avec du beurre en plus de leur sauce à elles. Et plusieurs variétés de fromage. Et de la croûte de tarte. Dans de la gaieté débordante. A cause du champagne de cérémonie de baptême qui avait été liquidé pendant que je faisais mes pipis obligés et qui avait rendu Babeth grise comme ses cheveux et Mona saoule comme un régiment de Polonais.

Moi aussi j'étais saoule. Comme cinquante régiments de chats polonais. Saoule de contentement.

Il y avait de quoi. Et il allait y avoir encore plus de quoi. Çar après le dîner, après la tisane du soir de mamans enlacées pour écouter une suite en fa de disque compact, il y a eu la chambre.

Mona m'a demandé si je voulais aller faire une promenade digestive.

Non. Je ne voulais pas quitter le nid familial.

Elle m'a demandé si je comptais monter dormir dans ma chambre ou dans la leur.

Dans la leur, cette question!

Dans leur lit.

Ce lit! Ce lit! Un lit en bois du temps des poutres. Directoire, on m'a dit. Un lit-bateau Directoire. Avec une empilade de matelas en plumes plumeuses à souhait, avec des draps bleu ciel de nuit à pois blanc étoile et un édredon aussi plumeux que les matelas et une courtepointe en macramé et un dessus-de-lit en patchwork et des oreillers pour six ou sept têtes. Et pas avec une seule Anna pour m'y tenir chaud et compagnie. Avec une Mona et une Babeth. Une Babeth plus imposante qu'Anna, plus en chair de statue qu'en chair de dame dans sa chemise-de-nuit jusqu'aux pieds couleur groseille. Et une Mona intégralement nue et aussi soyeuse des pieds, qu'elle avait minuscules, que du ventre, que du dos, que de partout.

Il faut dire que Babeth devait y être pour beaucoup, avec toutes les caresses, tous les baisers qu'elle lui prodiguait. Des baisers non seulement sur (et dans) la bouche. Mais à tous ses endroits, à Mona.

Ma première nuit avec mes mamans, j'ai, c'était normal, fait des découvertes comme on en fait dans tout endroit inconnu. Mais ce furent des découvertes bouleversantes.

C'était l'amour que je découvrais chez mes mamans.

L'amour des gens entr'eux.

Celui des chattes et des chats, j'en connaissais ce que j'en avais goûté avec mon efflanqué et avec mon siamois de la rue Emile-Richard. L'amour des gens, j'en savais le très peu qu'Anna nous en disait en précisant bien toujours qu'elle ne l'avait jamais fait en entier.

Alors... l'amour des gens entr'eux?

Dans le lit de Babeth et Mona, c'était une folie furieuse qui fait que des dames peuvent se mettre à devenir aussi sauvages, pousseuses de cris étranges, aussi embellies, aussi déboussolantes et déboussolées qu'une chatte amoureuse d'un chat de cimetière ou d'un siamois.

C'est extravagant ce que ça peut faire, une dame avec une dame.

C'est soufflant.

Mona, sa Mona, sa Mona-ma-colombe-mon-cœur, Babeth ne pouvait pas se retenir de la tenir sans cesse contre elle, peau contre peau, de la respirer, de la mordiller. De la mordre. Et de lui cacher ses deux yeux avec une de ses mains pendant que son autre main lui pétrissait ses pieds aux ongles peints, lui pinçotait ses pointes de poitrine, lui faisait des chatouilles dans les côtes provoquant des rires roucouleurs de Mona. De Mona qui se laissait bécoter, humer, pétrir, chatouiller avec ravissement par sa Babeth-ma-chérie-ma-déesse-mon-âme.

Des oiseaux d'îles lointaines, elles devenaient sous leurs draps, édredon et courtepointe. Des roucouleuses aux pupilles dilatées.

Et j'étais entr'elles, sur elles, sous elles.

A leur avis, c'était une bénédiction que je sois chatte et pas chat, que je n'ai pas de "couillettes". Les couillettes, surtout pour Babeth, c'était comme des verrues, des bosses de bossu, des goitres. C'était... Elle préférait ne pas en parler, ne pas y penser. Elle préférait me pétrir et repétrir en me disant combien c'était bien que je sois une et pas un. Et avec des poils d'ange. D'angesse!

Et avec si peu de puces que mes mamans me les ont tuées toutes en une seule pause de choyades et d'amoureries.

Dépucée – ce qui ne m'était jamais arrivé depuis mon arrivée en ce bas monde –, je me suis endormie dans la volupté torride du lit-bateau.

Je n'ai pas rêvé. Inutile. J'étais dans de la réalité qui valait tous les rêves.

Il faisait plein soleil quand Babeth m'a saluée matinalement avec des baisers et, sur le drap, devant mon nez, une assiette de lait tiède avec du croissant trempant dedans.

– Bonjour, Poils d'Ange. Bonjour la reine des chattes.

Elles m'ont regardé m'empiffrer. Nues toutes les deux, l'une grande et mastoc, l'autre petite et charnue potelée dodue partout où il convenait de l'être. Nues et fumant, Babeth un cigare à fumée âcre, Mona une cigarette mince comme un spaghetti et sentant la fleur séchée.

Et j'ai entamé ma première journée de vraie vie.

Vraie vie

Vivre, c'est savourer, savoir savourer.

Qui sait ça sait tout.

Vues de ma hauteur – qui n'était pas et ne serait jamais même celle du plus petit tabouret de leur maison – Mona et Babeth étaient deux savoureuses accomplies.

La vraie vie, ça commençait, pour elles, avant même le p'tit déj, qu'elles se servaient dans le lit-bateau à tour de rôle. Le tour de Babeth revenant plus souvent que celui de Mona qui était la plus experte, en savourage, de mes deux mamans.

Ça commençait par le réveil de l'une par l'autre. La première des deux qui avait été tirée de son sommeil par un crétin d'oiseau qui cuicuitait sur le toit en tuiles ou sur un arbre, faisait pleuvoir des bécots sur l'autre. Des bécots comme des papillons, des bécots effleureurs.

Dont j'avais ma part. Pas tropicaux, pas excitants comme ceux d'avant dormir. D'une tiédeur ne faisant frissonner qu'un peu et sortir au ralenti de son rêve.

Etre virée de son sommeil par des mal embouchés, par des ramasseurs de chiffons à la voix rugueuse, aux jambes décocheuses de coups de pieds, et être réveillée par une volée de baisers effleureurs, ça fait une sacrée différence.

D'autant que les baisers réveilleurs de Mona ou de Babeth étaient accompagnés de susurrages.

– Poils d'Ange, la Poils d'Ange ! C'est l'heure d'ouvrir ses beaux yeux, la gracieuse.

La gracieuse ! Elles me voyaient comme j'étais. Exactement. Et elles me savouraient comme elles savouraient tout.

Des mains me prenaient, me frottaient comme si j'avais été un savon sur un ventre, une joue. J'étais en fourrure. Ça leur faisait du bien, ces frottages.

Et à moi aussi.

Une fois le p'tit déj dégusté, j'avais un travail à faire. Pas fastidieux, pas fatigant. Un travail convenant tout à fait à une chatte gracieuse. Je devais retrouver toutes les miettes de croissant ou de brioche dans les draps et les manger.

Ça me prenait un bon moment.

Le temps que mes mamans aillent faire leurs ablutions dans la salle de bains.

Moi, je faisais les miennes dans le lit – une fois mon démiettage fini. Je me nettoyais impeccablement. Plus à fond que je ne l'avais jamais fait. Chez mes mamans, mes poils sont devenus immaculés. Même naturellement propre comme une chatte, vivre dans des rues, des caves, dans une maison sale et grouillante de créatures d'Anna, arriver à être d'une propreté totalement propre, on ne peut pas. Dans une vraie maison, on peut.

Et qu'est-ce qu'on peut se mettre à sentir bon, quand à votre bonne odeur à vous s'ajoute, se mélange celle de dames parfaitement soignées et ayant, en plus de leurs parfums subtils achetés chez les meilleurs parfumeurs, de naturelles exquises odeurs.

Une fois resplendissantes de beauté, Babeth, Mona et moi, nous vaquions à nos occupations.

Les miennes du matin consistant à faire une inspection de toute la maison pour voir si rien ne s'était mis à clocher depuis la veille. Tout le rez-de-chaussée, j'inspectais. Puis tout l'étage au-dessus. Avec la plus grande attention.

Et rien ne s'était mis à clocher. Les meubles étaient toujours tous à leur même place. Les tapis, les coussins, tout ça était toujours aussi moelleux que la veille. Aucun rat ou souris n'avait eu l'impudence d'entrer chez nous. Il y avait, ça arrivait, une mouche, ou un autre nuisible de la même espèce, qui était parvenu à s'immiscer par une fente de persienne. Pas grave. Je m'en chargeais. Sans casser un seul bibelot (artistique), sans même faire vaciller un vase ou une statuette, j'attrapais la minuscule saloperie volante. Et je lui faisais subir le même sort qu'aux miettes de lit.

Mon inspection journalière, coupée de petits repos sur un siège ou un tapis, me menait à l'heure du déjeuner de midi. Que nous prenions devant la maison, sur la carpette en herbe, puisque c'était la queue de l'été. Une queue ensoleillée, avec la verdure qui roussissait, une queue incitant à la paresse.

Après le déjeuner de midi, avec des steaks de barbecue, des saucisses de barbecue, des brochettes de barbecue, une infinie succession de bonnes choses de barbecue, Babeth allait travailler dans son endroit à elle. Et – quand son métier ne la forçait pas à partir en taxi à des autres bouts de Paris ou dans des banlieues "de chiotte" – Mona s'attaquait à son bronzage. Avec application.

– Ce n'est pas parce que le soleil devient pâlichon qu'il faut se résigner à le devenir aussi. Je suis sûre que tu es de mon avis ?

J'étais de son avis. Je ne me retirais pas mes poils comme elle se retirait tout ce qu'elle avait sur elle – sauf ses culottes en tissu transparent comme des carreaux de fenêtres. Mais, comme elle, je m'allongeais sur l'herbe. Et nous fermions les yeux.

Les gens des immeubles qui surplombaient notre jardinet et qui n'étaient pas en vacances dans des campagne, ne les fermaient pas, eux. Ils les écarquillaient.

Ils savouraient Mona. Et ils avaient bien raison. Elle le méritait.

Les jours à nuages, c'était à l'intérieur de la maison que nous déjeunions. De viandes pas de barbecue, mais toujours cuites à point. Puis nous nous allongions, Mona et moi, sitôt Babeth partie à son travail. Et parce que nous n'étions pas dans de l'engourdissement de soleil, nous nous occupions à nous faire des douceurs.

Ces jours-là, je ne sortais pas une seule fois de la maison. Pas que mes mamans me le défendaient. Au contraire. C'était souvent qu'elles me demandaient "pourquoi je n'allais pas faire de promenade" ?

Parce que, mes chères mamans chéries, j'avais assez rôdé depuis ma naissance, parce que, les oiseaux, les bestiaux de terre et d'herbe parisiennes, j'en avais plus que soupé, parce que quand on a trouvé le bon, le vraiment bon endroit, il faut jeter l'ancre. Absolument.

Qui va à la chasse peut perdre sa place, non?

Je n'allais pas faire de promenade parce que je ne voulais pas manquer le thé de cinq heures, les conversations de n'importe quelle heure entre Babeth et Mona, leurs rires, leurs embrassades (dont je glanais de substantielles et exquises miettes), parce que je ne voulais pas manquer le dîner du soir, l'après-dîner du soir, parce que je voulais manquer rien de la vraie vie – savoureuse et savourée – de cette maison.

Je n'allais pas faire de promenade parce que j'avais mieux à faire m'isoler dans ma pièce foutoir pour méditer sur le bonheur d'être dans un chez moi qui était en même temps un chez les autres qui étaient des autres que je me suis mise à aimer à la folie.

Surtout Mona.

Qu'est-ce que ça me faisait peine, quand je la voyais prendre son sac à main, quand je l'entendais téléphoner qu'on lui envoie un taxi pour qu'elle aille à des rendez-vous. Pour son travail.

Le métier de Mona, son "job", c'était comédienne en quête d'un rôle "qui vaille vraiment la peine de se défoncer".

Psy

Babeth, elle, son “job”, c’était psy.

Psy, c’est un métier assis. Dans un fauteuil Voltaire. Voltaire comme la place et le boulevard près du cimetière du Père-Lachaise. Recouvert de velours grenat et assez haut de dossier pour qu’on puisse s’appuyer la nuque pour, au besoin, s’y assoupir.

C’est que c’est très assoupissant, d’être psy. C’est qu’il ne faut ne pas en bouger, de son fauteuil Voltaire, qu’il faut rester toute la journée à écouter (ou faire semblant d’écouter) des gens qui viennent s’allonger sur un divan recouvert de reps (pas grenat vert bouteille) pour débiter durant quarante-cinq minutes n’importe quoi qui leur vient à la bouche. N’importe quoi qui n’est pas tout à fait n’importe quoi. Mais ça, seuls les psy très patentés le savent.

Ça coûte trois cents francs au bas mot, de venir s’allonger sur un divan de psy pour débiter n’importe quoi.

Le n’importe quoi que les gens débitent aux psy, c’est des foutaises, des phrases qui s’emboîtent pas toujours les unes avec les autres, des souvenirs barbants, des cochonneries, des incongruités, des inepties parfois si ineptes qu’il arrive que le psy les note sur des petits papiers. Pas trop souvent. Seulement quand il considère que des âneries pareilles, ça serait dommage de les oublier.

Son principal souci, au psy, c’est d’enfumer âcrement son cabinet avec ses cigares ou ses pipes.

Car c'est dans un cabinet que ça se passe. Un cabinet paisible, bien clos, avec – que d'y repenser, à celui de Babeth, j'en ronronne – un tapis marocain tout laine, épais comme deux dictionnaires, et six chaises d'une époque ancienne où on était très exigeant sur le rembourrage des sièges.

A part sur le divan – à trois cents francs les quarante-cinq minutes – on était bien partout, dans le cabinet de psy de Babeth.

Mais les allongés – les patients – ne venaient pas là pour faire se reposer, ils venait là pour dégoiser tout ce qui encombrait des recoins obscurs de l'intérieur de leurs têtes.

Leur hypothalamus notamment, qui est un morceau de cerveau où se tapissent les envies de manger ou de ne pas manger, ou d'avoir soif ou pas soif, ou d'avoir sommeil, ou d'avoir envie d'aller au lit avec une autre personne pour y faire des choses, ou des envies de tuer de mettre le feu à des forêts, de dessiner des choses indignes sur des murs, de...

A ne faire, comme Babeth, qu'à écouter des patients pendant des séances et des séances, j'en ai appris – des vertes et des pas mûres !... – sur ce que les humains trimballent – sans le savoir – dans leurs recoins cachés de crâne. Même les animaux les plus tordus, même les plus fourbes singes vicieux, même les caméléons, les chiens dingos des antipodes, les oiseaux nocturnes vampires, même certains insectes qui (à ce qu'on prétend) se mangent eux-mêmes, sont, comparés à la moyenne des humains, de vrais jésus, tout nets, tout simples.

Les humains patients de psy ont des complexes, des névroses, des tabous, des empêchements, des blocages, des folies de types divers. Ils sont surtout – ça, c'était la théorie de Babeth, qu'elle nous exposait souvent à Mona et à moi – du mécontentement de vivre. Et ce mécontentement les mécontente au point qu'ils n'arrivent plus à vivre du tout. Et en meurent. Ou vivent si mal qu'ils vont chez les psy.

Fallait les voir arriver dans le cabinet. Des gens à tête de gens quelconques, habillés correctement, qui disaient bien poliment “bonjour docteur” à Babeth. Et ils s’allongeaient sur le divan.

Après quoi... Après quoi, le monsieur à cravate discrète et à lunettes d’ingénieur (il l’était, d’ailleurs, ingénieur) se mettait à raconter des cacas. Que des cacas. Les siens. Tous les siens. Et d’autres. Les siens, il les avait tous mémorisés. Tous. Depuis ses premiers, dans un vase de nuit avec sa grande sœur qui jouait au piano dans la pièce contiguë à sa chambre de petit garçon, jusqu’aux derniers qu’il ne pouvait faire que si... C’était d’un dégoûtant. Il ne prononçait aucun mot déplacé, cet ingénieur à cacas, mais toutes ses pensées étaient dégueulasses. Ça lui créait des perturbations. Graves. Ça le paralysait. Ça l’empêchait de lire des livres, d’aller au cinéma. Il s’en plaignait. Amèrement.

– Tenez, docteur, le théâtre... Une pièce aujourd’hui classique. *Les Trois Sœurs*, docteur ! Les trois sœurs de Tchekov ! Imaginez un peu. Il suffit qu’elles boivent leur thé avec des gâteaux secs pour qu’aussitôt je les imagine en train de le restituer, ce thé, ces gâteaux secs. Dans des double-vécés du temps des tsars. Je les vois dans des commodités à la turque. Je les vois ! Poussant ! Toutes les trois. Olga. Macha. Irina. Déféquant ! Et s’essuyant avec des feuilles de journaux russes... Même la duchesse de Guermantes... Vous vous rendez compte, docteur la duchesse de Guermantes ! Je lis son nom, je lis comment elle est vêtue et – je la vois retroussant sa robe, son jupon, se déculottant et... Des coliques, elle a ! Des diarrhées ! la duchesse ! C’est atroce ! Atroce !

Nous avions une jeune dame pharmacienne presqu’aussi jolie que Mona ou Mimi, qui voulait coûte que coûte que son mari la corrige quand elle arrivait en retard pour dîner ou qu’elle s’était mal coiffée. Elle était sûre et certaine qu’elle méritait des fessées. Elle méritait des fessées. Vigoureuses. Et fesses nues. Elle n’arrêtait pas d’en mériter. Et son mari – un Serge qu’elle aimait éperdument – ne lui en donnait jamais. Alors...

Nous avions une autre dame, pas jolie du tout mais agrégée d’allemand, qui ne pouvait pas monter dans une voiture, pas prendre l’autobus, le métro, l’avion, pas pénétrer dans un ascenseur, et qui ne se nourrissait que de bonbons depuis la mort de son papa, qui remontait aux années cinquante. Et ça la faisait pleurer tout au long de ses quarante-cinq minutes. De quoi tremper deux sachets de Kleenex.

Nous avions un monsieur qui ne sortait de chez lui que pour venir voir Babeth (en taxi et les yeux fermés pendant tout le trajet) parce que, dès qu'il traversait un pont, il se jetait dans la Seine où il fallait que les sapeurs pompiers ou d'intrépides passants aillent le repêcher. Quand c'était son tour, je devais foncer sous le divan. Parce qu'il ne supportait pas que je l'écoute. Il voulait bien que Babeth sache. Mais pas moi.

D'être sous le divan, ça me rappelait la maison atelier d'Anna et mon dessous de sommier à moutons de poussière. Mais aucun chien Fra Angelico ne venait me faire des gracieusetés auxquelles je ne répondais que par des méchancetés.

Peut-être que j'aurais dû moi aussi m'y allonger, sur le divan de psy de Babeth. Et y vider mon sac d'embrouilles de chatte mauvaise herbe, de chatte sujette au vertige de chatte.

Le monsieur plongeur s'en allait "Au-revoir docteur, à mercredi."

Je réapparaissais.

Le patient suivant supportait que je l'écoute, lui. Il semblait même heureux de me voir.

– Il est mignon, votre chat.

– C'est une chatte.

– Ma mère en a une. Elle l'appelle Marlène Dietrich. C'est comment, elle, son nom?

C'était Poils d'Ange. Mais Babeth n'était pas là pour bavarder avec ses patients. Elle ne répondait rien. Elle avait un mouvement de menton en direction du divan et le patient – un beau jeune homme maigre, s'allongeait. Et... en avant!

– J'ai encore rêvé à vous, docteur. Vous aviez l'âge que vous avez et moi, j'avais neuf ou dix ans. Nous étions à une fête. Chez des gens que je ne connais pas, que je n'ai jamais vus. Il y avait de la musique. Vous portiez une robe longue. Très décolletée. Vous fumiez un petit cigare comme maintenant. Et... Ça fait des semaines que ça dure.

Des semaines. Et je ne peux pas m'empêcher de penser à vous. A mon bureau. En voiture. Et je... C'est insupportable... C'est...

– C'est le transfert. C'est on ne peut plus normal.

– Mais, docteur, vous ne m'écoutez pas. J'ai l'impression de... C'est à en devenir fou pour de bon. Je suis amoureux de vous. Amoureux à en crever. Et... vous...

Babeth ne répondrait pas, ne répondrait plus. Elle concentrait toute son attention sur la fumée de son cigare. Qu'est-ce que ça ne la troublait pas, que ce jeune homme maigre – et le contraire de moche – lui fasse une aussi brûlante déclaration. Et il se trémoussait sur le divan, lui, se mettait à parler comme si Babeth avait été sourde ou à cent kilomètres de là. Il faisait peine. Peine comme l'orpheline pleureuse aux Kleenex. Peine comme bien des patients empêtrés dans leurs embrouilles.

Mais un psy, c'est de marbre. Ça attend ses trois cents francs sans s'émouvoir, sans compatir.

Je l'ai vue, Babeth, ne pas faire l'aumône d'un mot à une dame qui lui expliquait qu'elle s'était déjà deux fois tuée et qu'elle allait recommencer le soir même, qu'elle allait prendre trente cachets de somnifère avec une bouteille entière de whisky et ouvrir son gaz. Et, sincèrement comme elle le disait, c'était sûr qu'elle allait le faire. Et quand elle est partie pour le faire, Babeth lui a rendu sa monnaie sur cinq cents francs et lui a dit “Au-revoir et à lundi, madame Pronce.” Et rien de plus.

Et cette dame n'est revenue qu'un mois plus tard. Vivante.

Et Babeth a vécu ce mois-là comme si de rien n'était.

C'était quoi, Babeth ? Une sans cœur ?

Non. Car dès que ses patients avaient fini de l'impatienter, elle redevenait une femme aussi pleine de tendresse qu'un cake made in England l'est de raisins secs et de cerises confites. Une femme qui aurait pu ne rien faire d'autre que de mignoter sa Mona et de me mignoter moi.

Plus mignoteuse, peloteuse que Babeth, j'ai jamais rencontré. Nulle part.

Dès ses derniers trois cents francs de la journée rangés dans le tiroir de son secrétaire, elle se précipitait sur moi et m'arrachait au tapis marocain, à un des sièges de chaise rembourré et m'écrasait sur ses seins mamelleux et me mordait dedans comme elle aurait mordu dans du bon pain. Du très très bon.

– Mais c'est ma fifille ! Mais c'est mademoiselle Poils d'Ange ! Mais c'est mon enfant-adorée-que-j'aime !

Et, oubliant toute sa dignité de psy, elle se laissait choir sur le tapis et, son enfant-t-adoré-qu'elle-aimait, elle le faisait si fort rouler dans la haute laine qu'elle aurait pu l'écraser, l'étouffer. Et elle s'y roulait elle aussi par terre. En riant.

Et nous passions un faramineux moment de tapis.

Qui n'était qu'un hors-d'œuvre, qu'un modeste hors-d'œuvre en attendant le retour de Mona. D'une Mona qui avait galopé toute la journée à la recherche d'un rôle qu'elle n'avait pas trouvé et qui était si désappointée et si lasse qu'elle n'avait pas la force de se faire couler un bain réparateur.

Mais Babeth l'avait, elle, la force. Celle d'ouvrir comme il convenait et le robinet d'eau chaude et le robinet d'eau froide et de verser des sels odoriférants dans la baignoire et de dépouiller Mona de sa robe – blanche ou citron vert ou jaune paille – sans rien en-dessous, et de masser beaucoup beaucoup bien bien le corps de sa "chérie chérie chérie". Tout son corps. Des orteils aux oreilles et au nez droit et fin en passant par les mollets, les cuisses, la fontaine d'amour, les fesses qu'elle embrassait, le ventre, les hanches et les seins. Nous nous les partagions, les seins de Mona. Babeth en bécotant un. Moi l'autre.

Et Mona nous laissait faire.

Et elle se laissait savonner par Babeth et rincer et sécher avec un drap éponge qui lui tenait lieu de robe pour le thé qui suivait.

Et revenaient les brioches au beurre beurrées, le lait, les embrassages, les léchages, les papouilles.

C'était la vie.

Fontaine d'amour

Le samedi et le dimanche, personne ne pénétrait dans le cabinet de psy de Babeth.

Même la dame italienne aimable qui venait pour passer l'aspirateur et faire fonctionner les machines à laver la vaisselle et le linge, n'avait pas le droit d'en ouvrir la porte, ces deux jours-là.

Babeth redoutait que les embrouilles qui s'y accumulaient depuis des années s'en échappent.

Les embrouilles, c'était ce qui nouait ses patients.

Comme elle disait :

– Mon job, c'est d'aider des cinglés, ou aspirants cinglés à défaire les nœuds qui les empêchent d'attendre tranquillement la mort.

Des nœuds, elle en avait aussi.

Mona aussi en avait aussi.

Mona, le divan de Babeth, elle était venue s'allonger dessus. Il y avait deux années de ça. Pour des problèmes de comédienne talentueuse mal employée et de cohabitation défectueuse avec un homme qui était son mari.

Mona était comédienne incapable d'entrer dans un décor de théâtre sans se mettre à bafouiller et à trembler comme une feuille et épouse incapable de laisser son mari l'aimer à sa manière à lui. Elle songeait à se flinguer en ce temps-là. Et elle avait une peur noire de la mort. Une amie lui avait donné l'adresse du docteur Elisabeth Friedman.

Et tout s'était passé on ne peut plus normalement.

Au bout d'un certain temps, la patiente Mona avait fait son "transfert". Elle s'était mise à dire au docteur Elisabeth Friedman qu'elle était obsédée par elle, qu'elle était en train de devenir amoureuse d'elle. Ou tout comme. Et que ça la perturbait épouvantablement parce que, les dames, ça n'était pas du tout dans ses goûts.

C'était normal. Mais... En entendant ça, le docteur Elisabeth Friedman ne s'était pas contentée de rester vissée dans son fauteuil Voltaire à regarder la fumée de son cigare faire des volutes. Oh ! non. Elle avait laissé choir le cigare sur le tapis marocain, elle avait quitté son fauteuil et s'était précipitée sur le divan, sur Mona.

Ce qui l'avait étonnée aussi fort que ça avait étonné Mona. Car elle était mariée elle aussi, Elisabeth. A un docteur Friedman oto rhino barbu.

Et mes deux futures mamans avaient échangé plein de baisers comme en échangent les messieurs et les dames.

Sur le divan.

Pour une surprise...

Elles s'étonnèrent considérablement bien plus quand elles se retrouvèrent déshabillées dans le lit-bateau conjugal des docteurs Elisabeth et Oscar Friedman. Déshabillés et poussant des cris de joie, de plaisir. D'amour.

Il se passait du jamais-vu, de l'affolant la dame psy aussi avait fait son transfert !

Le soir même, le docteur Oscar Friedman époux barbu fit ses valises et s'en alla – pas furieux, compréhensif – vivre à l'hôtel.

Quant au mari de Mona... Il vint à trois reprises tenter de récupérer sa "piquée" d'épouse.

La troisième fois en tirant des coups de revolver dans les vitres des fenêtres de la maison de Babeth. Puis il renonça.

Et mes deux mamans s'immergèrent, se mirent à frénétiquement clapoter dans un océan de félicité.

Et, un après-midi d'été cafardesque, Dieu (qui n'existait que pour Mona et avait l'œil sur le rayon charcuterie d'un Prisu) leur fit don d'une rejetonne avide d'amour.

Ce fut moi la rejetonne.

Moi, Poils d'Ange.

Poils d'Ange, qui eut tôt fait de comprendre que, comme il y avait des mois avec r et avec huîtres, et des mois sans r et sans huîtres, il y avait des humains à couillettes et des humains sans.

Et que les humains nantis de couillettes (ou testicules, s'ils étaient humains adultes) ne pouvaient faire que mauvais ménage avec les humains au féminin, qui, eux (donc elles), avaient en lieu et place de ces encombrants sacs à liqueur séminale et d'un disgracieux zizi (ou pénis) une fontaine d'amour.

Laquelle fontaine d'amour...

Ce qu'elles m'ont appris, révélé, mes deux mamans !

Ce qu'elles m'ont enseigné à l'heure du bain de Mona, à l'heure du coucher, du réveil, à toutes les heures dans le lit bateau et partout dans leur maison !

Ni Anna ni mon efflanqué de cimetière à houppette, ni mon ardent siamois de la rue Emile-Richard n'avaient su me faire pressentir le quart du dixième de la moitié du plaisir qu'une chatte pouvait éprouver rien qu'en frôlant un autre corps que le sien.

Un corps de dame.

Celui de Babeth, avec ses sculpturales rotondités, valait cent fois, deux cents fois celui, déjà nec plus ultra, d'Anna. Quant à celui de Mona...

Son corps, à Mona, il suffisait de l'entrevoir, de le humer de loin pour en être estourbie. Son corps, c'était comme...

Comme rien. Comme rien. Parce que plus attendrissant, plus émouvant, alléchant, ça ne se peut pas.

Me retrouver n'importe où sur elle, ça me rendait énamourée gâteuse. Et me retrouver entre ses jambes, le nez dans sa touffe de petits cheveux frisottés de ventre de dame...

A chaque fois que ça m'est arrivé, j'ai cru en mourir. Et pas en grognant que c'était dommage de mourir. En ronronnant pleins gaz. C'est que mourir là, ça en aurait valu la peine puisque ça aurait été mourir de joie.

Pas un parfumeur, aucun monsieur Guerlain, aucune madame Chanel numéro Cinq n'arrivera, même en se donnant un mal d'enfer, à inventer un parfum parfumé comme la touffe ébouriffée de Mona.

Quand je parvenais à m'y faufiler, à cet endroit-là de Mona, il fallait que Babeth me batte comme plâtre pour m'en tirer. Comme plâtre. Ce qui fait vachement mal.

Et Mona riait de rires à nous rendre énamourées gâteuses encore plus, Babeth, moi et elle.

Et le lit-bateau tanguait si fort qu'on frisait le naufrage.

Et Mona se mettait à fâcher Babeth en me disant des choses que Babeth ne supportait pas d'entendre.

– Tu sais ce que tu es, ma pougne? Une minette incestueuse, tu es. Et lesbienne.

Ça la mettait tellement en rogne, Babeth, qu'elle se sauvait du lit-bateau. Nue comme une statue de square. Et elle allait boire du champagne au frigo et fumer dans la cuisine. Et ça donnait à Mona des rires encore plus affoleurs. Et elle me disait d'autres choses. Inconvenantes.

– Maintenant que nous voilà que nous deux, ma friquette, nous allons faire les salopes. D'accord?

D'accord! J'enfouissais encore plus mon nez dans sa touffe. Il m'arrivait même de...

Jalousie

Etre de marbre comme le sont les psy n'empêchait pas Babeth d'avoir de la jalousie à en revendre.

Jalouse, elle l'était de bien des gens. Ça, c'était évident. Elle avait dans le nez tous les comédiens, metteurs en scène, régisseurs qui téléphonaient à Mona. Elle faisait des sourires tueurs aux hommes et aux femmes qui venaient chercher Mona pour l'emmener à des auditions, à des répétitions. Elle aurait voulu que Mona ne sorte pas de la maison, qu'elle ne parle à aucune autre personne qu'elle, qu'aucune autre personne qu'elle puisse voir Mona dans ses robes si peu habillantes, que personne ne sache qu'il y avait une Mona sur terre. Elle aurait voulu, Babeth, que Mona soit comme moi, tout le temps à portée de ses mains caresseuses.

Mais Mona avait des envies, des besoins impératifs d'aller s'aérer dehors, de voir du monde, de parler à des personnes. Elle avait un métier qui lui plaisait. Elle aimait partager ses journées, ses nuits avec Babeth. Mais pas toutes ses journées, pas ses nuits tout entières.

Alors il arrivait que ça éclate. Des fois où Mona rentrait dîner alors que nous avions fini, nous, de manger. Des fois où Mona devait téléphoner dans la journée du théâtre ou du studio où elle était et qu'elle oubliait de le faire. Et des fois où il n'y avait aucune raison.

Tout d'un coup, ça éclatait.

Nous étions toutes les trois installées bien calmes devant du thé, du lait, des biscuits anglais, du cake, devant la télé. Ou chacune dans son fauteuil à écouter un disque de musique artistique pas énervante du tout. Et voilà que Babeth écrasait son petit cigare. Rageusement. Pas dans un cendrier. Dans une assiette, une tasse, dans une petite coupe bibelot. Et elle quittait sa place, allait se servir un verre de vin ou d'alcool et le vidait d'un trait. Et elle venait se planter très haute devant la pas haute Mona. Et c'était la scène. La prise de bec. Avec des questions de Babeth. Et des réponses de Mona. Des questions de dame suspicieuse. Et des réponses de petite fille qui veut bien tout dire. Mais comme ça l'arrange.

– C'était quoi ce coup de téléphone interminable tout à l'heure ?

– Un type qui va réaliser un film pour la télé.

Le type, c'était une Agnès (une Agnès chérie même !). Je le savais, j'étais sur les genoux de Mona pendant l'interminable coup de téléphone.

– Et c'est qui ce type ?

– Je viens de te le dire. Un réalisateur. Un très bon réalisateur. C'est Gérard. Gérard Martin. Tu sais bien, ce garçon qui a fait des courts métrages sur la tauromachie. Il est sur un coup très important. Une feuilleton. En Espagne. Une coproduction.

Quand elle se mettait à mentir, Mona... Faire passer une Agnès chérie pour un Gérard très bon réalisateur, c'était déjà culotté. Mais inventer un feuilleton en Espagne ! Et elle le racontait, en plus, le feuilleton ! Avec toutes ses péripéties.

– C'est l'histoire d'une fille. De Barcelone. D'une fille de Barcelone dont le père a disparu mystérieusement pendant la guerre civile et qui, ça se passe dans les années cinquante, va tout faire pour savoir si il est bien mort ou si... C'est un peu comme un polar. Mais Gérard a écrit un scénario qui va beaucoup plus loin qu'un polar. La fille, son héroïne, Conchita, elle hérite d'une propriété dans le Guadalquivir. Alors...

Il en avait, des épisodes, le faux feuilleton du faux Gérard. Mais Babeth ne voulait pas savoir si la Conchita retrouverait son père et si ses frères parviendraient à lui faucher la propriété dans le Guadalquivir.

– Ce feuilleton espagnol, il va se tourner en Espagne?

– Bien sûr. On ne va pas reconstruire le Guadalquivir dans un studio à Paris.

– Donc, ce que tu veux, c'est partir en Espagne?

– Ce que je veux, Babeth, c'est travailler! Je suis comédienne. Mon métier c'est de jouer la comédie. C'est un crime de vouloir travailler? Ça fait sept mois que je n'ai pas joué. Pas même une panouille. Sept mois que je tourne en rond. Sept mois que je...

– Que tu es malheureuse! Aie le courage de l'avouer.

– Je suis très heureuse avec toi. Et tu le sais. Mais...

– Mais tu rêves de partir en Espagne. Ou ailleurs. Tu n'aimes pas cette maison. Tu n'aimes pas mon amour. Tu...

– Babeth, tu cherches quoi?

– Rien. Ou plutôt si je cherche à savoir quel jeu tu joues avec moi, je cherche à savoir ce que tu fais de toutes tes journées. Où tu les passes. Avec qui.

– Tu veux quoi? Que je te dise qu'il n'y a pas de Gérard Martin? Pas de rôle qui m'attend en Espagne? Que c'est une femme qui m'a téléphoné? Une fille de mon âge. Avec qui je m'amuse beaucoup au téléphone. Et pas qu'au téléphone. Tu tiens vraiment à savoir que cette audition lundi dernier au studio des Buttes-Chaumont n'a jamais eu lieu. Que j'ai traîné toute la journée de lundi avec des copains, que nous avons été dans l'île Saint-Louis manger du cake à la carotte?

Après l'éclat, le claquement de porte. A en faire péter les gonds. C'était réglé. La nuit qui venait, Babeth la passerait toute seule dans son cabinet sur son divan à patients. A ne pas dormir.

Ça nous laissait plus de place dans le lit-bateau à Mona et à moi. De la place pas perdue. Car, ces nuits à rien que nous deux, nous nous serrions encore plus fort l'une contre l'autre.

Et c'étaient encore plus des nuits d'amour que les nuits à trois dans le lit.

Seule avec Mona, je n'étais plus "Poils d'Ange mon amour". J'étais "Mon amour" tout court.

Les lendemains de ces nuits-là, Babeth boudait le p'tit déj. Et j'allais à sa recherche et je la trouvais assise sur notre carpette d'herbe devant la maison. Avec de la fatigue plein la figure. Et du chagrin. Et, si je m'approchais d'elle, elle m'agrippait sans aucune parole et m'enfonçait son nez dans les poils pour y respirer l'odeur de Mona.

Et elle parlait. Pas pour moi. Pour elle. Si bas que je l'entendais à peine. Elle parlait bas pour dire que "Mona était bien de la même race que moi, que c'était une fille de gouttière... Une adorable petite pourriture de fille de gouttière".

Ça me choquait d'entendre ça.

Mais, quand j'y repense, aujourd'hui...

Après les éclats, les nuits pas partagées, Babeth et Mona s'empressaient de se réconcilier.

Elles étaient encore plus brutales que leurs disputes, leur réconciliations. Elles avaient lieu au champagne, avec des coupes cassées, de la mousse qui giclait partout, avec des déchirages de robes de Mona, des enlacements brutaux, sauvages sur le tapis du living, des hurlements.

Furieusement, elles s'aimaient.

Trop furieusement.

Il m'arrivait d'en avoir peur, de mes deux mamans. Alors je courais de l'une à l'autre en leur miaulant de moins être en furie, de gueuler moins fort aussi bien leur amour que leurs coups de haine.

Nos humains, plus nous sommes attachés à eux, plus il nous les faut sages, quiets, ne faisant pas de remous. Enervés, braillards, ils nous paniquent.

Leur seul vrai et redoutable défaut, à Babeth et Mona, c'était le défaut d'emportement.

Nœuds

Peut-être que ç'aurait été bon pour Mona et Babeth qu'un psy (qui ne soit pas Babeth) les fasse s'allonger chacune à son tour sur un divan et leur fasse cracher ce qui les nouait l'une comme l'autre.

Car elles en avaient, des nœuds.

Chacune les siens. Remontant à leurs enfances, à leurs écoles et lycées, à sa fac pour Babeth, à ses traînasseries dans des lieux avouables ou pas pour Mona.

Des nœuds devenus trop nouants, à force.

Et si Babeth était imbattable pour le dénouage des nœuds de patients, les siens la laissaient impuissante. Et rongée, déglinguée.

Il lui arrivait aussi souvent de pleurer qu'à Mona de mentir, qu'à Mona de se conduire comme une adorable petite pourriture de fille de gouttière.

Je l'ai vue, de mes yeux vue, Mona, se faire embrasser le front, le nez, le cou, la bouche, se faire palper plein d'endroits de son corps à pleines mains par des Agnès, des Gisou, des Poussine, des Charlotte. Et par un Charles. Et un Doudou. Dans le living de leur (de notre) maison. Dans l'entrée. Sur les trois marches qui donnaient sur notre jardinet à herbe, arbres et oiseaux. Sans même se donner la peine de se cacher puisque Babeth était coincée dans son cabinet avec ses détraqués. Avec son obsédé de cacateries, son invétéré plongeur dans la Seine, avec une gamine de seize ans qui croyait que tous les petits garçons blonds qu'elle croisait dans la rue étaient son petit frère et qui les poussait sous des voitures, avec un portier d'hôtel qui avait croisé le Christ dans un couloir et ne s'en remettait pas, avec un satyre honteux, un obèse mental.

Le portier d'hôtel qui avait vu le Christ (grandeur nature avec sa croix et ses saignements de couronne d'épines!) était amateur de chats.

Il a demandé à Babeth si elle l'autorisait à me prendre avec lui sur le divan. Babeth l'a autorisé.

Il m'a installée sur son ventre et n'a pas cessé de me tirer sur les poils pendant ses quarante-cinq minutes. Pas méchamment. Mais fort. Il voulait me plumer? Il me prenait pour l'oiseau Saint Esprit?

C'est devenu une habitude qu'il s'allonge avec moi sur lui. Une dame aussi s'est entichée de moi. Une madame Gaillard, qui s'était mise à haïr à un tel point son mari et ses trois enfants que ça lui coupait tous ses sentiments.

– Je me sens devenir de moins en moins mère et plus du tout épouse, docteur. Que faire?

Derrière son dos, prostrée dans le fauteuil Voltaire, l'œil battu, la bouche tombante, le cheveu plus gris que d'habitude, Babeth se demandait, elle, que faire pour empêcher Mona de s'en aller chaque jour de plus en plus tôt et de rentrer de plus en plus souvent à des heures même plus "pas chrétiennes". Impossibles.

C'est qu'elle en était arrivée à n'être presque jamais là, Mona, à avoir même les samedis et dimanches des rendez-vous importants pour sa carrière, des répétitions de pièces de théâtre à l'autre bout de Paris, des auditions en banlieue, des tournages de films en province. Dans des provinces, avec des téléphones qui ne marchaient pas. Ou sans téléphone du tout.

Babeth n'avait plus que moi pour lui tenir compagnie. Et je ne lui suffisais pas.

Elle continuait à me traiter en enfant bien-aimé. Mais son cœur n'y était pas. Il avait des ratés. Tout en elle avait des ratés. Elle me faisait des conversations – mais avec la tête ailleurs (là où était Mona?). Elle me laissait manger ma part de dîner et la sienne. S'endormait une joue contre ma joue.

Mais ça ne lui ôtait pas un milligramme de chagrin. Et ça lui ôtait toute idée de caresses d'amour, de cabrioles de nuit.

J'avais beau lui poser ma patte sur la main, l'embrasser, cette main, lui faire des petites mines filiales, me lover contre elle, lui faire des cris à peine criés et langoureux au possible, ça ne servait à rien. Rien ne comptait que son désir de Mona. De Mona de moins en moins avec elle.

De Mona adorable pourriture de fille de gouttière.

Adorable ?

Adorable, elle ne pouvait pas cesser de l'être. Mais elle attigeait de tellement être toujours ailleurs qu'avec nous, de ne plus faire que nous manquer.

Babeth chagrinait.

Moi aussi.

Babeth était jalouse.

Moi aussi.

Attendre derrière une porte qu'une Mona rentre de sa journée, posée sur son derrière, ça va bien une heure ou deux. C'est comme guetter une souris de cave dont on est sûre qu'elle finira par venir se laisser prendre. Mais quand les une ou deux heures durent cinq heures, six heures, une nuit, un jour, deux jours...

Ça tourne à l'agacement, à l'énervement de tous vos nerfs, à l'inquiétude, à la colère, au besoin de tout détruire, de tuer la Mona qui vit sa vie sans se soucier de gâcher la vôtre.

La jalousie de Babeth était une jalousie floue.

La mienne était une jalousie nette. Je le savais, moi, que c'était à la fois la vérité et pas du tout, pas toute la vérité, les auditions, répétitions, tournages de film de Mona.

Elle ne mentait pas quand elle annonçait fièrement qu'elle allait enfin – et ce n'était pas dommage ! – rencontrer l'homme qui faisait la pluie et le beau temps aux studios de Boulogne, elle ne mentait pas quand elle exultait parce qu'elle allait tenir le rôle d'une dame d'honneur dans une évocation des amours de Marie-Antoinette et de son galant nordique, elle ne mentait pas quand elle se plaignait d'être obligée d'aller remplacer pour trois représentations une copine grippée dans une pièce nullarde dans un théâtre lamentable et, en prime, à Calais.

Mais elle mentait quand elle oubliait de préciser que l'homme qui faisait la pluie et le beau temps, elle ne le rencontrerait pas dans son bureau des studios de Boulogne mais dans son appartement d'homme seul. Mais elle mentait quand elle ne disait pas à Babeth que le comédien qui tenait le rôle de l'amant nordique de Marie-Antoinette lui faisait l'amour à elle et bien d'autres choses depuis des semaines et des semaines. Une chatte qui a toujours une oreille qui traîne pendant qu'une Mona téléphone, ça sait tout.

Pas une Babeth.

Des mensonges de plus en plus menteurs de Mona, qu'est-ce que j'ai pu en entendre. Et qu'est-ce qu'elle les faisait bien. Plus ils étaient gros, plus elle les servait à Babeth avec de la franchise dans le regard, la voix.

Babeth ne pouvait pas ne jamais la croire. Personne n'aurait pu ne pas la croire, la Mona raconteuse de craques. Même moi. Même moi ça m'est arrivé de me laisser embobiner par Mona me disant, nous disant, qu'elle allait bien s'ennuyer de nous à Marseille alors que je savais jusqu'au numéro de l'avion qu'elle allait prendre pour aller à Nice.

Ni adorable ni de gouttière ! Mais pourriture, oh oui !

C'est affreux, de savoir pour de bon.

De ce point de vue, comparée à moi, Babeth était une chanceuse.

Mais une Babeth amoureuse jalouse autant qu'elle l'était, ça pressent des horreurs plus horribles que les vraies et ça fait exactement ce qu'il faudrait éviter de faire pour que le gâchis devienne catastrophe.

Écroulement

Ça a été le jour où Mona est revenue de Bruxelles. De très belle humeur.

Elle rentrait de Bruxelles après avoir retenu une place dans un train pour Rome !

Ça l'avait exténuée de jouer une pièce de Marivaux à Bruxelles où il avait fait un temps exécrable. Mais elle rentrait quand même avec un coup de soleil sur son nez adorable et de la belle humeur et des cadeaux.

Des chocolats pour Babeth et une corbeille pour moi. Des chocolats dans une boîte avec un insolent nœud en ruban. Et une corbeille en osier tapissée de tissus avec des souris imprimées dessus.

– Comme ça, tu pourras faire des ventrées de souris en dormant, la fille. Quant à Babeth, c'est une ventrée de chocolat qu'elle va s'offrir.

Babeth n'allait pas s'offrir de ventrée.

Elle a pris la boîte de chocolats – des amers, ses préférés, ceux pour lesquels elle était prête à braver la crise de foie. Et, sans un remerciement, elle a ouvert la fenêtre et l'a jetée dehors, la boîte à gros nœud en ruban.

– Tes chocolats, Mona... Tes chocolats...

Elle allait dire des choses sûrement trop désagréables et pour les chocolats et pour Mona qui les avait achetés pour elle. Elle a préféré se taire.

En contemplant Mona, en la détaillant comme si elle la voyait pour la première fois.

Moi aussi, je l'ai détaillée.

Elle avait une jupe et un corsage qu'elle n'avait pas en partant. Courte, la jupe. Transparent, le corsage. Des nippes nouvelles lui allant si bien que j'ai dû me retenir pour ne pas foncer m'allonger à ses pieds et lui faire des tortillements de bienvenue langoureux.

Babeth, elle, ne s'est pas retenue.

Elle s'est approchée de Mona. Approchée tout près.

Et la gifle est partie. Une gifle à détacher la tête de Mona de son corps.

Mona aurait pu en tomber assommée.

Elle n'a pas fait un ouille. Elle a juste eu une larme. Une seule. A un seul œil. Comme une perle. Même ses larmes étaient adorables.

Et ça a été le silence.

Un silence comme je n'en avais jamais entendu.

A vous faire vous demander si la terre tournait encore.

Elle tournait encore.

Elle a continué à encore tourner quand Mona est partie. Partie les mains vides. Sans son sac à main. Ni son sac bagage qui l'avait accompagnée peut-être ni à Bruxelles ni à Rome.

Partie comme quelqu'un qui part pour de bon.

Babeth ne lui a pas couru après.

Moi non plus.

On aurait dû le faire.

On ne l'a pas fait.

On a laissé tout s'écrouler.

A part les pas de départ de Mona, et son claquement de porte à peine violent, il n'y a eu que du silence.

Puis – mais un temps infini après, dans la nuit sans aucune lampe allumée – il y a eu des suffoquements de Babeth. Des étouffements de gorge bouchée par des gémissements, de la pleur ne pouvant pas sortir.

On aurait juré une chatte dans le désespoir. Elle s'était mise en boule – comme je l'étais si souvent moi – pas sur un canapé. Par terre. Dans un coin. Repliée dans elle-même. On ne lui voyait plus de tête. On ne voyait que ses suffoquements qui la secouaient.

Elle faisait peine. La gifle, ça, elle n'aurait pas dû. Ni ne rien faire pour que Mona ne parte pas pour de bon. Mais elle faisait peine.

Moi aussi je devais faire peine, moi aussi j'avais la gorge bouchée. Mais c'est moi qui lui ai frotté mon crâne contre ses jambes pour la consoler.

Je lui ai dit le peu qu'un animal peut dire à un humain. J'ai tenté de lui miauler de la consolation, de lui faire entendre que j'étais plus que jamais sa fille, que, moi, jamais je ne partirais – même en cas de gifle à me décoller la tête, que je l'aimais plus que la pourriture menteuse de Mona.

En vain.

Le lendemain, il n'a pas été question de p'tit déj, de repas de midi. Il n'a été question de rien. Elle était toujours en boule dans un coin par terre. Plus suffocante. Inerte.

J'étais aussi inerte qu'elle.

C'est un pipi pressant qui m'a tirée de mon inertie. Que j'ai été *forcée* de faire dans mon bac à besoins aux graines absorbantes sales de la veille.

Babeth, ce sont des sonneries nerveuses puis des coups de poing à la porte qui l'ont obligée à se déplier, à se remettre sur pieds, à redevenir psy.

C'était une patiente qui s'impatientait la dame au ventre en creux et à la dégradation de ses sentiments d'épouse et de mère. Madame Gaillard.

Elle a dit "Bonjour docteur, comment allez-vous docteur?" à Babeth qui n'était pas dans la disposition de répondre à un bonjour et encore moins de dire à quel point elle allait mal.

Elle ne daignait d'ailleurs jamais donner à ses patients des informations sur sa santé. Ça ne les regardait pas. Ils venaient pour leur santé à eux. Pas pour la sienne.

Elle n'a donc rien répondu. Et la dame m'a piquée au vol, s'est allongée, m'a aplatie dans le creux de son ventre.

J'étais dans des dispositions à ne trouver de l'intérêt à rien. Alors... me retrouver dans ce creux ou ailleurs...

La dame patiente a repris son monologue au point précis où elle l'avait interrompu la dernière fois qu'elle était venue. Elle était là pour nous bassiner avec ses jérémiades. Elle s'est tout de suite lancée. Sans souffler, d'un trait, comme un magnétophone emballé.

– Moi, docteur, ça ne va pas. Ça ne fait même que se détériorer. La dernière fois, vous vous en souvenez, j'entrevoyais comme un mieux. Je ne prenais plus qu'un demi Lexomyl au lieu d'un. Je rejouais au Trivial Poursuit avec mes enfants. Je les embrassais normalement. J'acceptais que mon mari me... Et, jeudi... Jeudi matin... J'ai préparé le chocolat des enfants, j'ai bavardé avec mon mari pendant qu'il se rasait. Je lui ai parlé normalement. Ils sont partis tous les quatre. Je me sentais bien dans ma peau. Vers onze heures, j'ai mis ma veste en daim, pris mon sac, de l'argent. J'étais détendue. Bien. Et, au moment d'appuyer sur le bouton pour appeler l'ascenseur... Comme une chape de plomb. Cette sorte d'écrasement qui s'abat sur moi. Comme si j'étais sous une avalanche de montagne. Et mon pincement. Comme un étau. Des deux côtés. Et j'ai senti ma répugnance m'envahir. Ma répugnance!!! Plus question d'entrer dans l'ascenseur, d'aller faire le marché. Il a fallu que je me précipite dans la salle de bains, que je lave mes mains qui avaient touché mes enfants, que je me lave le visage, que je me rince la bouche. Cette bouche qui les avait embrassés. Ce sont mes enfants. Je les aime autant qu'une mère peut aimer ses enfants. Mais quand ça se déchaîne... C'est plus fort que moi. Je sais que c'est absurde, monstrueux. Je me vois. Je me vois faire. Je me suis vue me laver et laver et relaver les mains qui les avaient touchés. Et pas avec le savon du lavabo. Avec un savon à moi. Un savon que je cache! Un savon rien qu'à moi pour me laver d'eux. C'est de la démence, non? Je les aime. Je suis fière de mon petit Thierry. Fière de ma Clémence. De Sophie qui est ma préférée. Je les aime. Alors pourquoi j'ai un savon caché? Pourquoi je peux me mettre à récurer et rincer la baignoire dix fois de suite parce qu'ils ont pris des bains dedans? Pourquoi je peux m'enfermer dans un débarras que nous avons dans notre appartement, m'y enfermer et y passer des nuits, des journées toute seule dedans avec la planche à repasser et les skis et les bâtons de ski de toute cette famille que je hais! Des nuits et des journées à me répéter que je ne devrais pas être comme ça, que c'est injuste envers mon mari qui ne m'a pas une seule fois été infidèle, et encore plus envers mes trois enfants ? Dans le débarras ! Je perds la raison ? C'est ça ? Si c'est ça, il faut être très franche avec moi, docteur, si c'est ça...

Elle était chiante, mais chiante, cette madame Gaillard.

Babeth était du même avis que moi car, une fois n'est pas coutume, elle a, soudain, quitté son fauteuil. Elle s'est levée est venue se pencher sur l'allongée avec moi dans le creux de son ventre.

– Madame Gaillard !

Elle en a eu le sifflet coupé, la madame Gaillard. Elle ne s'y attendait pas. Elle a eu un mouvement qui a manqué me faire dégringoler de son creux de ventre.

– Madame Gaillard...

– Docteur ? Qu'est-ce qui se passe ?

Babeth a froncé les sourcils. Elle a eu des rides sur son front. Elle cherchait des mots. Ses mots. Ça a duré un impressionnant bout de temps, cette recherche. Elle a fini par les trouver, les mots.

– Madame Gaillard, je vais vous surprendre, mais... Si nous nous en tenions aux conventions qui régissent le rapport analyste-analysé, je devrais vous laisser vous exprimer librement durant encore quarante et une minutes. Mais... Mais nous allons décider que, pour aujourd'hui, c'est terminé, que vous allez vous lever de ce divan et vous en aller. Sans vous alarmer, sans me demander d'explications. Vous allez partir. Sans problème. Comme quelqu'un qui aurait dit tout ce qu'il avait à dire aujourd'hui. Et...

– Et ?

– Madame Gaillard, cette séance est terminée. Et...

Babeth n'avait plus de sourcils froncés, plus d'autres rides que ses rides de tous les jours. Elle n'avait plus de mots à chercher.

Ce qu'elle avait à dire, elle l'a dit. Clairement.

– Et il n'y aura pas de prochaine séance, madame Gaillard. Votre analyse est terminée.

– Comment, terminée ? Vous décrétez que je suis guérie alors que je m'enfonce de plus en plus profondément dans ma... C'est insensé ! C'est...

– Je ne dis pas que vous êtes guérie. Je ne dis rien de définitif. Je vous avertis simplement que mardi à quatorze heures, je ne serai pas là pour vous accueillir.

– Vous ne serez pas là ?

– Non, madame Gaillard. Jeudi à quatorze heures, vous irez... Vous irez chez un confrère. Des analystes, il y en a plein l'annuaire des téléphones. Et au cas où vous n'en trouveriez pas un qui vous convienne, vous irez... Je ne sais pas, moi, vous irez au cinéma voir un film, un bon polar, ou faire du shopping, traîner dans les magasins, visiter un musée. Si ni le cinéma, ni le shopping, ni les musées ne vous tentent, vous pourrez aussi bien aller vous enfermer avec vos bâtons de ski et votre planche à repasser dans votre placard.

– Vous voulez dire dans le débarras ?

– Je veux dire, madame Gaillard, que j'en ai plein les fesses de vos pleurnicheries, que vos histoires de fils Thierry, de filles Sophie, Caroline ou Ernestine et de savons cachés et de baignoires pour y laver vos petites angoisses de bonne femme pas foutue de s'assumer, je n'en ai rien à foutre ! Rien ! Rien ! Rien !!!

Ses riens, elle les a braillés aussi fort que les reproches qu'il lui arrivait de brailler à Mona.

Madame Gaillard n'a pas eu une jolie larme comme Mona avant son départ pour de bon. Elle s'est recroquevillée sur le divan et cramponnée à moi avec ses mains osseuses, comme si j'étais une bouée de sauvetage.

– Mais docteur, c'est impossible. Vous ne pouvez pas...

– Je ne peux pas quoi ? Je ne peux pas, une fois dans ma vie, une fois, une seule, le vider moi aussi, mon sac ? C'est écrit où, sur les Tables de la Loi, dans le Coran, dans le Journal officiel, que la mère Friedman, cette pauvre goudoue cocue de mère Friedman, est condamnée à fermer sa gueule et à n'ouvrir que ses oreilles pour écouter des malheureux, pour la plupart moins malheureux qu'elle, lui rabâcher leurs malheurs à la con ? Madame Gaillard, il vous reste quarante minutes. Faites-en bon usage. Tenez... allez chez un armurier, achetez-vous un revolver et un paquet de balles et, quand ils rentreront de l'école, vos Thierry, vos Sophie, vos

Çaroline, vos Ernestine, flinguez-les ! Flinguez-les une bonne fois. Morts et enterrés, ils ne vous provoqueront plus de pincements, de répugnance. Jamais aucun mort n'a jamais traumatisé sa mère en lui réclamant des bisous ! Jamais ! Et si le revolver ne vous paraît pas assez fiable, prenez une carabine ou une mitraillette. Oui. C'est ça. Une mitraillette ! Pour trois mômes et un mari, c'est ça qu'il vous faut ? Il vous restera même des balles pour flinguer votre bonne, votre concierge et son mari si elle en a un, avec une mitraillette. Alors n'hésitez pas.

– C'est impossible ! Impossible et inadmissible ! Il doit y avoir des règlements, des lois, il doit y avoir...

– Et comment qu'il y en a, des lois ! Vous voulez que je vous donne l'adresse de l'Ordre des médecins, de la Société de psychanalyse ? Vous voulez me cafter ? Vous voulez porter plainte ? Ça vous connaît, les plaintes. Vous ne faites que ça depuis que vous venez ici vous plaindre ! Alors allez me dénoncer. Le téléphone de l'Ordre des médecins, c'est...

– Docteur, je vous en supplie. Vous ne pouvez pas m'abandonner dans l'état où je suis. Je suis dans un gouffre ! Je n'ai que vous. Que vous. Ma famille ne m'est plus rien. Je n'ai que vous, que vous.

– Et moi, j'ai qui ? J'ai qui ? J'ai qui ?

Je me suis extirpée du creux du ventre de madame Gaillard. Je me suis ruée sur Babeth – pour qu'elle comprenne qu'elle m'avait moi. Pour qu'elle comprenne surtout qu'il ne fallait pas qu'elle braille autant, qu'il fallait qu'elle se reprenne, qu'elle rentre dans ses gonds, qu'elle...

Schlafffft ! D'un coup de chaussure, elle m'a envoyée dinguer à l'autre bout du cabinet.

– Toi, fous-moi la paix. Ce n'est pas le moment de...

De quoi ?

De l'empêcher de devenir folle ?

C'était à ça que j'assistais à une crise de folie. A deux même. Parce que, madame Gaillard...

Elle se recroquevillait encore plus sur le divan. Elle se ratatinait comme moi quand j'entrais en resquillant dans un Prisu. Elle allait disparaître tout à fait au train où elle se rétrécissait. Et, en plus, elle mordait une de ses manches.

Elle a mangé une de ses manches de robe. Sans s'en rendre compte. Elle mangeait du jersey à rayures. Et elle pleurait à sec sans larmes.

Moi, je ressentais une vive douleur à ma patte arrière gauche. En m'envoyant dinguer, Babeth avait dû me la casser.

Quand tout se met à s'écrouler...

Elles allaient se mettre à faire quoi encore, ces deux dames devenant folles ? S'entre-tuer ? Se jeter toutes les deux sur moi et me casser les trois autres pattes ? Et la tête ? Et la queue ?

Je me suis entendue faire des bruits de rat avec ma gorge. De rat ou d'un animal inconnu de moi. D'un animal devenant fou lui aussi ?

Il se passait quoi ? Des microbes de folie enfouis dans le divan en étaient sortis pour s'attaquer d'abord à Babeth, puis à la dame Gaillard ? Puis à moi ?

Et la porte était fermée. Les fenêtres étaient fermées.

Qu'est-ce que je pouvais faire pour les empêcher de m'envahir, les microbes de la folie ?

– Madame Gaillard...

– Oui ?

– Je vais vous rembourser tout l'argent que vous m'avez versé depuis notre première séance. Tout. Intégralement. Et je vais vous donner l'adresse d'un confrère tout à fait compétent. Le docteur Berger. C'est à deux pas d'ici. Place de Valois. Avec lui, vous repartirez à zéro et...

– C'est vous que je veux. Il n'y a qu'à vous que je peux...

– Que vous pouvez me dire pour la cent millième fois que vos enfants et votre mari et votre appartement vous brisent les couilles que vous n'avez pas ? Inutile. Moi, je ne peux plus vous écouter. Ni vous ni les autres. Telle que vous me voyez là, j'ai l'overdose, madame Gaillard. Je comprends parfaitement votre désarroi. Je sais exactement ce que vous ressentez. Il y a choc. Il y a choc. Mais moi aussi je suis choquée. Sonnée. KO. Alors il faut que nous nous conduisions en adultes. Vous comme moi. Et moi comme vous. En adultes. C'est la chose la plus difficile à faire.

Surtout pour un adulte. Allez... Ressaisissez-vous, madame Gaillard. Calmez-vous. Vous voyez, moi, je...

Babeth s'alluma un cigare. Elle tira trois bouffées. Se laissa choir sur une des chaises épatamment rembourrées.

– Il fallait que ça explose, madame Gaillard. Ça a explosé. Ça laissera des traces. Tout en laisse. Même une feuille morte qui tombe toute légère. Nous sommes criblés de traces. A l'extérieur. A l'intérieur. Criblés. Et c'est ineffaçable, une trace. Vivre, c'est faire avec. S'accommoder de ses traces invisibles comme on s'accommode de ses rides, de ses cheveux blancs, de ces taches jaunes qui apparaissent sur vos mains pour vous prévenir que la mort, à laquelle vous croyez que vous échapperez, vous n'y échapperez pas. Et qu'elle se rapproche. A son pas à elle. Ce qui vient de m'arriver, c'est classique. Je pourrais vous citer je ne sais combien de cas de psychanalystes, de psychiatres solides comme le roc qui ont flanché comme je viens de le faire. Ils étaient assis dans leur fauteuil. Et... J'ai eu un ami très proche. Une sommité. Auteur d'ouvrages qui font autorité. Il s'est planté un coupe-papier dans le ventre pendant qu'une fillette autiste lui récitait l'annuaire téléphonique du Tarn-et-Garonne qu'elle connaissait par cœur. Il en a perdu tout son sang. Un génie. D'une santé de fer. Mais surmené. Il faudrait avoir la sagesse de décompresser une fois de temps en temps... Mais... la sagesse... Cette répugnance, ces bouffées de dégoût qui vous perturbent, madame Gaillard...

– Pas des bouffées ! Des nuages gros comme des maisons. Des nuages opaques. Je ne peux plus respirer le même air qu'eux. Je les hais. Je les...

– C'est grave, madame Gaillard. Je vous l'accorde, c'est grave. Grave mais pas tragique.

– Je suis sûre que si j'interromps cette analyse...

– Je dois absolument prendre quelques semaines de repos. Alors nous allons... Une trêve peut vous être très profitable. Beaucoup de mes confrères sont partisans de la coupure systématique. Ça désoriente l'analysé, c'est vrai. Mais le travail de l'analyse n'en est pas interrompu pour autant. L'inconscient continue, lui. N'oubliez pas que c'est vous qui devez vous guérir. Vous. Bien entendu, vous allez me pardonner ce... Cette saute d'humeur. Car ça n'aura été qu'une saute d'humeur. C'est comme les plombs, l'humeur. Navrée, madame Gaillard. Navrée, mais pas du tout inquiète quant à votre état... Pas du tout du tout. Je sais combien ça doit être dur à vivre. Mais c'est bénin. Vous êtes arrivée à un passage de votre vécu de femme, de mère de famille où... A votre âge, bien des femmes décident de se lancer dans les affaires, de reprendre des études interrompues depuis longtemps. Une de mes patientes – un cas apparemment sans issue – s'est inscrite à l'Ecole des langues orientales. Elle apprend le sanscrit. Ou le tamoul. Et elle a cessé de venir me voir. D'elle-même. Du jour au lendemain. Alors nous, nous allons nous accorder... mettons... Un mois... Un mois, d'accord ? Je vous note pour le quatre du mois prochain. A la même heure. Le quatre, un lundi, ça vous va ?

– Mais je vais devenir quoi ?

– Vous allez vivre. Et n'ayez surtout aucune honte de ce... de votre répugnance. Elle ne peut être que passagère. Je puis vous le garantir. Alors vous vivez. Et si l'envie vous prend d'aller vous enfermer dans votre placard...

– Mon débarras.

– Votre débarras. Passez-y des journées entières si c'est là que vous vous sentez bien. Il n'y a aucun inconvénient à cela. C'est très bien d'avoir un débarras. Chaque être a besoin d'un débarras. Je crois même que vous devriez le rendre aussi coquet, confortable que possible. Si vos bâtons de ski, votre planche à repasser vous dérangent, mettez-les ailleurs. C'est votre débarras à vous. Aménagez-le à votre goût. Installez-y une chaise, un pliant. Epinglez-y, je ne sais pas, moi, des photos, des gravures que vous aimez. C'est votre domaine à vous. Il ne tient qu'à vous qu'il devienne votre résidence secondaire, votre maison de poupée.

– Vous croyez ?

– Ça tombe sous le sens. Et nous allons même... Vous savez ce que vous allez faire, madame Gaillard ? Cette chatte. Poils d'Ange, elle s'appelle. Vous allez la prendre. Je vous la donne. Si, si, si. Moi, je vais partir un mois. Qui s'occuperait d'elle, ici ? En la prenant vous me rendez service. Et vous vous rendrez service à vous aussi. Parce que vous allez vous mettre à l'aimer. Elle restera avec vous, dans votre placard ou débarras. Vous serez vous deux. Comme deux enfants kangourous dans la poche ventrale de leur mère.

Ce n'étaient pas des microbes de folie. C'étaient des microbes d'ignominie.

Ça s'est passé aussi ignoblement que je le raconte.

Et à une allure.

Je n'ai pas eu le temps d'aller me terrer dans ma pièce foutoir à l'étage pour y attendre que Babeth arrête d'être folle, pas le temps de me sauver, pas le temps de montrer mes dents, de sortir mes griffes. Je n'ai eu le temps de rien. Ni le plus petit réflexe. Abasourdie, j'étais.

Je me suis laissé fourrer dans le sac de la madame Gaillard, laissé emporter, rapter.

Il était à deux rues de la maison de Babeth, l'appartement de la répugnante famille Gaillard.

Famille

La famille Gaillard était une famille.

Une famille je ne savais pas ce que c'était.

Je l'ai appris une famille, c'est l'enfer.

L'enfer parce que, d'abord et avant tout, une famille – à moins d'être royale dans des châteaux historiques, dans des Buckingham ou des palais des mille et une nuits – c'est inévitablement trop de gens dans pas assez de place.

L'appartement des Gaillard avait des mètres carrés à foison. Mais ses cinq occupants (qui devenaient huit en comptant une femme de ménage trop souvent là avec deux rejetons rampant derrière elle) n'arrêtaient pas de s'y bousculer, de s'y rentrer les uns dans les autres.

Et la famille Gaillard avait de la famille !

Une kyrielle de frères, de beaux-frères, de sœurs, de belles-sœurs, et des oncles, des tantes. Ayant des enfants à eux. Plus une grand-mère mère de madame Gaillard et une grand-mère et un grand-père, père et mère, eux, de monsieur Gaillard. Sans oublier deux grandes sottes dans les vingt ans, dont une zozoteuse, qui étaient parentes éloignées étudiantes à Paris, et qui venaient fréquemment manger, dormir, se laver les cheveux et donner des coups de téléphone dans l'appartement grand mais pas assez des Gaillard.

Et, comme si cela ne suffisait pas, chacun des cinq Gaillard proprement dit avait ses amis, ses relations, qui eux-mêmes avaient des familles qui avaient des amis, des relations qui prenaient aussi du plaisir à venir s'entasser, chez les Gaillard.

Du plaisir à grouiller, comme grouillaient dans les poutres et les boiseries de cet appartement ancien, des populations entières d'insectes mangeurs de bois mort.

C'est quelque chose le goût des gens pour l'entassement. Faut le voir pour y croire. Et, même en le voyant... A l'exception des exceptionnels, des un peu sauvages, les gens, il faut qu'ils s'agglutinent, qu'ils se puent les uns au nez des autres, qu'ils ne respirent que de l'air déjà respiré sortant tout chaud d'autres narines. Même dans des campagnes, sur les plages où ils disent qu'ils vont s'aérer, ils font ça. Ils sont très fourmis, très mouches, très rats, les gens. Même ceux qui se croient pas comme les autres à cause de leur situation, de l'argent qu'ils ont.

Loin de craindre la promiscuité, ils la recherchent, s'y complaisent.

Un samedi soir comme les autres, chez les Gaillard, il pouvait y avoir vingt à trente adultes prenant des drinks en parlant de leurs voitures, en parlant de gens qu'ils connaissaient qui avaient des maladies impressionnantes, en parlant de politique, de Bourse. En parlant pour n'absolument rien dire. Et les dix, quinze, trente enfants de ces adultes faisant du boucan, flanquant le bordel dans les couloirs, les cabinets et les deux chambres d'enfants. Et, dans la cuisine, la fille aînée Clémence et ses amies de lycée et les deux parentes éloignées sottes se disant des stupidités de filles en ricassant.

Les samedis soirs pas comme les autres, les dimanches à réception, les jours d'anniversaire ou de spaghetti-party, on se serait cru dans des wagons de métro. Avec, pour empirer, des danses sur de la musique assourdissante qui réveillait des gens d'alentour qui venaient taper à la porte du palier.

C'est que la famille Gaillard, la famille de la famille Gaillard et leurs amis et les amis de leurs amis, n'arrêtaient pas de répéter qu'ils étaient des “bons vivants”.

La seule mauvaise vivante c'était *ma* madame Gaillard.

Je ne l'ai jamais appréciée avec son ventre si peu fait pour y dormir. Avec son manque affligeant de poitrine, ses fesses tendres comme du pain d'une semaine surmontant des jambes d'oiseau échassier. Et croyant vous caresser quand elle se bornait à vous passer et repasser nerveusement ses mains toutes en os le long de votre échine.

Je ne l'ai jamais appréciée. Mais sa répugnance, je l'ai partagée dès que j'ai vu ce que c'était que de vivre dans une famille de bons vivants.

Ne pas supporter d'être dans un clapier peuplé de lapins à deux pattes, buvant des boissons choisies, parlant le petit doigt en l'air du dernier film de Wim Wenders ou de la pyramide du Louvre et dansant sur de la house-music, ce n'est pas être démente, névrosée.

C'est avoir de la dignité.

Madame Gaillard était une personne digne.

Mais, hélas, pas supportable. Surtout pour une chatte dans les dispositions où j'étais.

Ses histoires de savon caché, de baignoire qu'elle récurait et re-récurait parce que ses enfants, son mari s'y étaient baignés, c'était la vérité.

Le débarras aussi.

Un débarras riquiqui. Avec une ampoule avec juste ce qu'il fallait de watts pour laisser entrevoir les skis, leurs bâtons, la planche à repasser. Un débarras avec tellement de boules de naphtaline qu'il aurait fallu y porter un masque à gaz.

Un débarras dans lequel nous sommes allées directement, sitôt arrivées, et où j'ai passé une nuit sans pouvoir dormir parce que tenue serrée par des doigts crispés contre des côtes saillantes.

Cadeau de son psy, j'étais devenue pour madame Gaillard une sorte de gris-gris ou de médaille miraculeuse.

Fameux métier !

Jusqu'au matin, j'ai enduré. Quand son mari est venu lui porter une tasse de café. Qu'elle a refusée.

Il a été très correct avec elle, son bon vivant d'époux.

– Si tu ne veux pas de café, tu ne prends pas de café. C'est comme tu veux. Les enfants ont déjeuné. Ils sont partis. Moi, je pars à la banque. Bonne journée.

Il est parti à la banque. C'était une banque à lui et à ses frères.

Moi, je n'avais pas de frères, pas de banque. J'ai quand même quitté le débarras avant que monsieur Gaillard n'en referme la porte. Il m'a suffi de lui planter les dents dans ses os de mains pour que madame Gaillard lâche prise.

J'ai arpenté un long couloir et découvert la cuisine avec une femme de ménage Maria et ses rejetons rampants.

Maria m'a parlé. Aimablement, à en croire sa mine. Mais en quelle langue ?

Le moins bébé de ses deux petits m'a attrapée. Maladroitement. En me tordant une patte. Et il n'a plus voulu me lâcher. Et l'autre s'est mis à me tirer les moustaches. Ce qui lui a valu de se faire gronder dans la langue barbare que parlait Maria. Il a quand même continué à me tirer les moustaches. Je me suis rebiffée, il a beuglé et nous avons reçu, les rejetons et moi, une volée de coups de balai.

Après une fuite dans des couloirs, je me suis retrouvée dans une chambre pleine de jouets. Dont plusieurs peluches. Dont deux chats imitation. Un rouge ! Un bleu ! Avec des yeux en boutons de costume d'homme !

Et si ?

Et si... ?

Si quoi ?

J'étais belle et triste et prostrée sur le même petit lit que les deux faux chats hideux quand il a commencé à me titiller, ce si.

Un si insidieux, un si à me scier les pattes.

Et si la vraie coupable, la vraie responsable de l'écroulement du bonheur dans lequel je baignais avec mes deux mamans n'était ni la salope Mona qui avait tant menti, tant tout fait, ni la Babeth devenue folle furieuse ?

Si la plus tombée dans le péché, c'était leur fille bien-aimée, Poils d'Ange ?

Quel péché ?

Dans le péché auquel aucune chatte ne devrait jamais succomber : le péché de confiance.

Un péché que, depuis les rillettes du Prisunic, depuis Mona atterrissant tout sourire dans mon désarroi de chatte voleuse, je n'avais pas cessé de commettre.

Un péché, la confiance ?

Et comment !

Dieu ne s'est pas contenté de faire chattes et chats plus beaux, plus aptes à comprendre tout et à tout mieux vivre que ses autres créatures, il leur a donné, en plus, la méfiance.

Et moi, me laissant engluer dans des enjôleries, me laissant gaver de brioches beurre beurrées et de voluptés de lit-bateau, j'avais cessé de me tenir sur mes gardes, je m'étais mise à croire que...

Une chatte ne doit croire aucun humain.

Aucun.

Je m'étais jetée dans la gueule de deux louves.

Des louves ?

Fumière Babeth ? Salope Mona ?

Non. Des femmes. Humaines.

Et moi... Moi, pauvre gourde ! L'écroulement, je n'avais pas été fichue de le flairer, de le prévenir, je n'avais rien flairé, rien rien rien, je m'étais laissé abuser, embobiner, je n'avais pas gobé ce que gobait Babeth mais j'avais gobé un plus menteur mensonge, j'avais cru que des humains pouvaient m'aimer, que...

C'était à m'en manger mon propre foie. Tout cru.

Elle avait cent fois raison, Mona, de nous faire cocues, la vieille jalouse Babeth et moi.

Elle avait cent fois raison, Babeth, de gifler Mona, de ne plus me vouloir.

La vérité, c'est que Babeth ne méritait pas plus Mona que Mona ne méritait Babeth.

Et moi ?

Je méritais quoi, moi ?

Moi, je méritais ce qui m'arrivait. Un chat cessant d'être méfiant ne mérite que du malheur.

Quand même...

Quand même, je méritais Mona. Je la méritais parce que je l'aimais passionnément.

Mais Mona ne méritait pas qu'on la mérite.

Et alors ?

Et alors ?

Alors je n'avais plus qu'à me contenter de ma très méritée infortune. J'avais sombré dans la confiance, je n'avais plus qu'à sombrer plus encore, plus qu'à...

– Y a Mystère et Boule de Gomme qui se sont fait un petit !

Mystère, c'était l'imitation de chat en peluche rouge. Boule de gomme, le bleu.

Et c'est Sophie, la fille cadette de madame Gaillard, qui a dit ça en me découvrant dans sa chambre.

Elle avait des couettes, des trous à la place de trois de ses dents de devant. Elle était peut-être jolie fillette. Ça se peut.

Le certain, c'est que cette morveuse m'a rendu le plus grand des services. En entrant dans sa chambre en trombe, elle m'a rendu ma méfiance.

La méfiance sans laquelle une chatte...

Que son Mystère et sa Boule de Gomme aient procréé, ça l'a fait rire, la jeune Sophie Gaillard. Et satisfaite. Avoir trois chats au lieu de deux et que le troisième des trois soit en poil et avec des yeux pas en boutons, c'était Noël, c'était...

– Qu'est-ce qu'elle a bien fait de te pondre, Boule de Gomme. Et qu'est-ce que je vais bien m'occuper de toi.

Qu'est-ce que je lui ai bien craché à la figure !

Qu'est-ce que je lui ai bien griffé son mollet à chaussette tombante !

– T'es naze ! Pourquoi tu veux pas que je te... ?

Je n'étais déjà plus dans la chambre de Sophie.

J'étais en fuite. Ecumante de bave de rage. Griffes sorties. Avide de tomber sur un ou une autre Gaillard. Sur un humain n'importe lequel. Pour le...

Non. Je ne voulais tomber sur personne. Je ne voulais que me méfier.

Je ne voulais plus qu'être méfiance.

Madame Ventre-Creux marinait dans son débarras.

Moi, je me suis trouvé un renfoncement de mur de couloir sans lumière, un renfoncement même pas de ma taille. Pour y mariner. Tassée. Méfiante.

Il était comme un trou de souris, ce renfoncement de mur de couloir sans lumière et j'allais y devenir moins épaisse qu'une souris puisque j'allais y rester coincée dedans par la méfiance. Donc sans manger.

C'était un renfoncement pour y mourir.

Et c'était apaisant d'en avoir fini avec les gens, avec tout.

J'étais mal, j'avais de la dureté de mur partout dans mon corps, des fourmillements de partout, une envie de gros besoin qui provoquait des élancements stridents dans mes boyaux, j'avais mon estomac plus réclameur que jamais. Mais j'étais comme quand on est content.

J'avais nagé dans de l'illusion de bonheur. Je me laissais couler dans de l'eau mortelle. C'est facile de se laisser couler.

Mauvais jours

Quand (au bout de combien d'étés, d'automne, d'hivers ?) je me suis sortie de mon renfoncement, il n'y avait aucun Gaillard à l'horizon et bien des portes étaient fermées mais pas celle de la cuisine.

Mais tous les placards et buffets de la cuisine étaient fermés. Et rien de mangeable ne traînait sauf une poire sur la table. Et des noix dans un saladier.

Sous l'évier, la boîte à ordures était vide.

Restait le frigo. Un frigo fermé.

Anna, chez elle, le sien, elle le ceinturait avec des sangles, des cordes à cause de Toulouse-Lautrec, à cause de chiens, de chats qui, sans ça, arrivaient à l'ouvrir.

Ou mon séjour, tassée sans manger, dans mon renfoncement m'avait épuisée, ou j'étais une chatte ignarde de ses pattes, ou le frigo de la famille Gaillard était inviolable. Je me suis acharnée. Mais rien à faire. Le jour est arrivé qui m'a trouvée les griffes dépointées et moi, hors de moi, rompue.

Une fille est arrivée presque en même temps que le jour. Une fille en âge d'être la fille aînée des Gaillard, Clémence. Elle était angélique avec ses cheveux longs en or pâle, ses yeux couleur de ciel pâle et sa jupe comme celles de Mimi, de Mona. Ne cachant rien de ses jambes grêles comme mes pattes, de ses jambes avec des collants assortis à ses yeux.

Elle s'est fichue de moi. Angéliquement.

– Si tu as décidé de faire carrière dans le cambriolage, t'es mal barrée, toi. Très mal barrée.

Le frigo, elle l'a ouvert. Il était encore plus bourré de mangeaille que je ne le supposais. Clémence n'en a sorti qu'un yaourt. Elle s'est assise sur un tabouret. Et elle a mangé au doigt. Pas à la cuillère. Et elle me l'a tendu, son doigt.

– Ça te dit?

Ça me disait. Mais une voix me disait aussi de me méfier. Immobile, j'ai regardé le yaourt sur le doigt et écouté la voix.

– T'es un chat qui n'aime pas le yaourt?

L'autre voix était plus forte que celle de Clémence.

– Moi, je pourrais ne manger que ça, que du yaourt.

Cause toujours! Des oreilles bouchées par de la méfiance, c'est d'un sourd.

– Alors, c'est non?

Ça n'a pas été non. J'ai succombé, j'ai léché. C'était du yaourt maigre 0%. Plâtreux. J'ai quand même parfaitement nettoyé le doigt de Clémence.

– Encore une petite lichette?

Il m'en aurait fallu cent, des lichettes. Et pas petites. Clémence avait, hélas, un appétit d'oiseau et elle devait se figurer que moi aussi.

J'ai léché ce qui restait sur le couvercle en carton, j'ai fait comme j'ai pu pour récupérer le récupérable sur les côtés et au fond du pot.

– Tu fais des manières, mais tu l'aimes, le yaourt.

Je ne l'aimais pas. J'avais que j'avais un estomac à l'agonie. Mais ce n'était pas son problème, à Clémence. Son problème...

– Mon problème, je vais te le confier à toi. Mon problème, c'est que je suis la première levée parce que je ne me suis pas encore couchée. Parce que, telle que tu me vois, je reviens de papoter avec mon amie Charlotte depuis la sortie du lycée hier soir. Ça c'est la version officielle au cas où il y aurait suspicion et enquête. Avec les parents, faut tout prévoir. Charlotte c'est une amie alibi. En réalité, hier, après le lycée... Mais pourquoi je te le dirais que c'est avec un Laurent que j'ai été bavarder et qu'on n'a même pas bavardé? Ça te regarde? Non. Ça te regarde pas. Alors t'arrêtes de me poser des questions de flic et tu me laisses me déshabiller et aller faire comme si j'avais dormi sous ma couette.

Le mot couette sonna agréablement à mes oreilles. C'était quoi, une couette ?

Une variété de draps ?

Ça m'intéressait. Je voulais savoir. Mais, au moment où j'allais entrer dans sa chambre avec elle, Clémence me stoppa pour aller me déposer sur un sofa dans la plus grande pièce de la maison.

– Sorry, pussy-cat. Mais les petites curieuses qu'arrêtent pas de vous inquisitionner... Nous ne nous reverrons qu'en présence de mon avocat.

Ce n'était pas drôle et c'était vexant. Mais le sofa fit l'affaire.

Je fus réveillée d'un enfin bon sommeil par une voix trompettante de gamin.

– Papa, papa ! Y a un chat ! Et qui ronfle !

Je ne ronflais pas ! Je ronronnais. Confondre des ronronnements de chatte Poils d'Ange et des ronflements ! Vraiment !...

Son papa le fit savoir à ce chérubin (Thierry, le portrait craché de sa sœur Clémence) au visage et aux mains tout graisseux de beurre de tartines de p'tit-déj.

Il rectifia

– Ce sont des ronronnements, Thierry. Il n'y a que les chats qui font ça. Que les chats et seulement quand ils sont contents.

– Pourquoi il est content ? Et pourquoi il est dans notre living ?

– C'est ta maman qui l'a rapporté. On lui en a fait cadeau.

– C'est pas terrible comme cadeau. C'est un chat d'occasion.

Ce qu'il y a de moins supportable dans une famille, c'est le petit garçon. Particulièrement le petit garçon de six, sept ans, avec un minois inspirant confiance.

Il agitait ses doigts sous mon nez. Dix boudins blancs miniatures fleurant le beurre frais. Ma langue a jailli. Et léché.

– T'es pas dégueulasse, toi, de me sucer les didis !

– Thierry ! A ton avis, c'est beau, un mot comme celui que tu viens de prononcer, dans la bouche d'un petit garçon ?

– C'est aussi beau que ce chat crotteux sur un sofa que tu dis toujours qu'il vaut une fortune. Moi, je m'y vautrerais comme lui, sur notre sofa... T'as pas vu comme il est plein de poussière sale ?

– Le fait est que...

– Si tu veux, je vais m'en occuper.

– T'en occuper comment ?

– M'en occuper comme il faut.

Et me voilà dans la baignoire qui répugnait tant à madame Gaillard. Avec Thierry et sa sœur Sophie s'activant pour faire de moi une chatte digne de s'allonger sur un sofa valant une fortune. A l'eau glacée devenant sans prévenir brûlante ! Au savon dans les yeux, les oreilles, les narines, la bouche ! A la brosse à ongles ! Au gant de toilette en éponge ! Au gant de crin en crin !

Et ça les plongeait dans une de ces joies, de me plonger, de m'étriller. Ils riaient, ils riaient. Vicieusement. C'étaient deux paquets de vice à jambes. Deux enfants, quoi !

A chaque miaulement que je tentais de pousser, c'étaient de nouveaux éclats de rire et une nouvelle immersion. Je ne pouvais faire que tenter de le hurler, mon effroi. Quant à ce qui était de leur échapper... Ils avaient au moins cinquante ou cent mains. Chacun.

Après la baignade, le séchoir à cheveux !

Ils n'ont pas eu le loisir de me tuer tout à fait ça les aurait fait arriver en retard à leur école.

Ils se sont sauvés.

Moi aussi.

Je devais sans cesse me sauver, chez les Gaillard, fuir des dangers, des gens.

Des gens que je rencontrais, des fois. Madame Gaillard, par exemple, que j'ai croisée une nuit en déshabillé vaporeux et en route pour une crise de répugnance.

– Ah ! tu es encore là, toi.

Elle était aussi longue que maigre, ce qui la faisait me regarder de très loin. Avec méfiance. Pas méfiance justifiée de chatte. Méfiance de femme patraque dans son cerveau.

– C'était quoi, son but, au docteur Friedman, en voulant que je te prenne avec moi ? On fait semblant de vouloir se débarrasser d'un chat. Ou d'un poisson rouge. Et derrière tout ça... Et puis qu'est-ce que tu es devenue ? Pourquoi tu m'as abandonnée ? Tu es devenue amie avec les autres ? C'est ça, hein ? Tu fricotes avec Clémence, avec les petits ? Ne nie pas. Je le sais. Pourquoi il a fallu que tu t'empresses d'aller leur faire des courbettes, des grâces, alors que tu étais une chatte pour moi ? Pourquoi ? Nous aurions pu nous entendre, toutes les deux. C'était possible. Mais... maintenant... C'était quoi, sa manigance, au docteur Friedman ? Le docteur Freud distribuait des chats à ses malades ? Ça m'étonnerait.

Elle est partie s'enfermer. Pas dans le débarras. Dans une pièce que je ne connaissais pas.

Les pièces de l'appartement de la famille Gaillard, je n'ai jamais réussi à les connaître toutes. Elles étaient trop nombreuses et les risques de s'y faire piéger encore plus trop nombreux.

Etre piégée dans le débarras avec madame Gaillard, c'était redoutable. Etre piégée dans la cuisine avec les deux gniards de Maria, aussi. L'être dans la chambre de Sophie et de Thierry, ça l'était encore plus.

A part les couloirs, leurs recoins sans lumière et la chambre de Clémence, tous les mètres carrés de cette maison étaient infréquentables.

Clémence était fréquentable.

Aussi belle que Mimi ou Mona, à première vue. Moins, à la deuxième. A cause de sa poitrine pas achevée. A cause de sa touffe qui n'étaient encore qu'une ébauche de touffe avec si peu de poils en fil d'or qu'on aurait pu les compter. De fesses, elle était très réussie, avec ses deux modestes balles roses rondelettes appétissantes à les lécher. Ce que je ne manquais pas de faire quand elle téléphonait, à plat ventre sur son lit, avec rien qu'un tee-shirt sur elle.

Ça l'étonnait et la chatouillait que je fasse ça.

Elle le disait dans son téléphone.

– Qu'est-ce que j'ai ? J'ai que j'ai une chatte complètement speedée qui me lèche le cul. Oui ma vieille, le cul. Et ça râpe. Et ça râpe. Encore dix séances comme celle-ci et je suis couronnée Miss miches !

Elle blaguait. Mais, des concours de fesses, elle aurait pu en gagner. Et des concours de petites culottes. Elle en avait deux tiroirs de commode. Pleins ras-bords. De toutes les couleurs possibles. Des amusantes avec des fleurs, des clowns, des lapins. Des petites culottes bon genre à broderies smocks. Des petites culottes Petit-Bateau qu'elle ne mettait plus mais conservait en souvenir. Des culottes pas convenables qu'elle cachait sous les autres, au fond des tiroirs, et qu'elle réservait pour "des occasions".

Mes seuls bons moments chez les Gaillard, c'est dans ces deux tiroirs que je les ai passés. Sur des petites culottes. Rigolotes. Ou simplement belles. Comme Clémence.

Clémence... Clémence Gaillard... Sans ma salutaire méfiance qui m'était revenue, je me serais volontiers mise à l'aimer. Pour son tutu. Mais pas que pour lui. Pour des niches qu'elle me faisait. Sans vice. Avec seulement de l'espièglerie à fous rires. Pour des attentions qu'il lui arrivait d'avoir pour moi. Comme de me poudrer les poils avec sa poudre à figure qui nous faisait éternuer. Pas fort. Gaiement. Comme de m'apprendre un peu d'anglais, de me faire faire des pas de danses à la mode sur sa couette.

Elle avait de gentilles qualités. Elle avait de gentils défauts.

Elle en avait un seul grave. Inquiétant. Celui d'être anorexique. Défaut répandu chez les filles qui n'ont encore ni seins ni hanches et s'imaginent qu'elles peuvent se métamorphoser en éléphantes rien qu'en suçant des bonbons ou de la glace en cornet. Anorexique, c'est ne plus pouvoir même renifler une tartelette, c'est faire des détours pour ne pas passer devant une pâtisserie, tourner de l'œil en voyant un banana-split.

Non contente de ne faire que grapiller à table, Clémence allait tout vomir de ses repas. Et ses yaourts maigres de nuit, fallait qu'elle se force pour les ingurgiter. Pas en entier. Ce qui était autant de gagné pour moi.

Mais... le yaourt maigre...

Une léchouillerie de beurre par-ci, un soupçon de lait lampé à la sauvette par-là, une tranche de saumon de canapé ou un anchois subtilisés un soir d'entassement de bons vivants, une goulée de vrai frichti chapardée dans la cuisine... Je finissais par avoir l'estomac à peu près calé. Qu'à peu près. Et il me fallait sacrément me démener, ruser. Il fallait ne pas se faire prendre sur le fait par la bonne, par les petits monstres Thierry, Sophie, par n'importe qui en visite, par les foules de bavards buveurs de drinks des fiestas.

Je ne souhaite à aucune chatte, ou chat, d'être chatte ou chat de famille.

Je l'ai été.

J'ai été traitée en voleuse par une bonne de famille, en punching-ball par ses infâmes marmots, en gris-gris et en objet de répulsion par une madame Gaillard, en animal importun par un monsieur Gaillard, en jouet par un Thierry et une Sophie.

En jouet ! Ils m'ont, ces deux-là, peinte en bleu à la peinture acrylique pour que je fasse la paire avec leur imitation de chat bleu en peluche. Ils m'ont emprisonnée trois jours dans une valise. Pour uniquement me faire de la misère. Ils m'ont coiffée en skin-head (j'étais chouette avec le crâne à nu !) Ils m'ont mis des chaussures de poupée aux quatre pattes. Ils m'ont...

Etre animal domestique, c'est déjà la plaie.

Mais être animal souffre-douleur...

Si seulement mes fuites continuelles dans ce maudit appartement avaient pu être des fuites pour m'en enfuir.

Si seulement j'avais pu profiter de la porte d'entrée ouverte à tous moments pour cause d'allées et venues, d'arrivées et de départs des Gaillard petits et grands, de leurs visiteurs, de leurs invités en hordes des jours avec.

Mais, cette porte, elle donnait sur un palier. A ascenseur pas pour moi. Et à escalier. Ce qui se fait de plus classe catégorie escalier parisien. A rampe en fer forgé, à lanternes, à marches en pierre patinée, prenant leur temps pour arriver aux étages.

Avec surtout – je l'ai eu tout de suite aux fesses, l'ignoble ! – un chien d'escalier. Propriété d'un antiquaire du rez-de-chaussée. Setter irlandais rougeoyant à queue plus remuante qu'un essuie-glace d'auto et à crocs longs comme mes oreilles. Et acérés. Un chien de chasse qui traitait les rats comme des lièvres et les chattes comme...

Il a essayé de me bouffer. Pas une fois. A chacune de mes tentatives.

Et si, au lieu de le descendre, l'escalier, je le montais ?

Pas compliqué j'arrivais directement à l'étage des bonnes. Et je pouvais, avec un peu d'astuce, me hisser sur le toit.

Sur le toit pour que le vertige me saute dessus encore plus illico que le setter ?

C'était sans issue.

En me donnant à madame Gaillard, Babeth m'avait condamnée à la perpétuité.

Sans le Quatorze-Juillet, j'y serais encore, chez les Gaillard.

Une des plus belles inventions de Dieu qui a tout inventé, le Quatorze-Juillet !

Campagne

Un Quatorze-Juillet, ça a un pont.

Pas pour aller de l'autre côté de la Seine ou des autres fleuves.

Pour aller en dehors de Paris.

Un pont de Quatorze-Juillet peut durer trois, quatre jours et conduire les Parisiens jusqu'aux îles lointaines. Ou plus près. Mais toujours assez loin quand même pour que ça nécessite une épuisante route en voiture.

Celle de la famille Gaillard devait coûter dans les mêmes prix que le sofa valant une fortune. C'était une voiture-paquebot avec des reprises lui permettant de griller les doigts dans le nez même des Ferrari.

Elle pouvait contenir les cinq Gaillard, les deux jeunes parentes éloignées faisant leurs études à Paris et l'amie Charlotte alibi de Clémence. Plus leurs bagages à tous. Plus moi.

Moi dans un sac. Pas en plastique. En cuir de porc. Sans air à l'intérieur. Ou si peu que Clémence – la seule Gaillard à cœur – m'a sauvée de la mort en m'en sortant à une bretelle d'autoroute.

Les bretelles d'autoroute, les autoroutes elles-mêmes... Il faut avoir vu ça une fois dans son existence pour comprendre ce qu'un humain peut supporter.

C'est moins robuste que n'importe quel animal, un humain. Ça ne tiendrait pas cinq minutes dans la peau d'une chatte. Mais ça peut aussi résister à de l'intenable. Ça peut sortir indemne d'un séjour dans une voiture vitres closes. Ça peut se retrouver dans des embouteillages sans avoir les nerfs qui craquent. Ça peut...

Comment ils faisaient pour ne pas vomir tous alors que, moi, à peine remise de mon étouffement d'intérieur de sac en cuir de porc, j'ai eu un morceau de viande chipé avant le départ qui m'est remonté dans la gorge?

Ils avaient quoi à la place d'estomacs? Des frigos fermés à clef?

Il fallait que je le vomisse, mon morceau de viande. Mais où? Sur les genoux de Clémence? Sur les genoux des autres? Sur le tapis par terre avec tant de pieds? Et si je vomissais, il allait se passer quoi? J'allais être engueulée, battue, j'allais avoir honte de moi.

Je me suis retenue.

De vomir, de faire pipi. Retenue de tout. Je me suis enfoncée dans Clémence, dans ses cuisses. Avec un mal de cœur grandissant.

A un péage, monsieur Gaillard a arrêté. Il est sorti pour régler une histoire compliquée de monnaie de billet de cinq cents francs. J'ai bondi.

Thierry m'a cueillie au vol. Par la queue.

– Toi, tu t'en vas pas. Tu restes.

Il a fallu que je reste pour qu'il puisse me séquestrer dans son blouson avec que la tête sortie, et me souffler dans la figure jusqu'à Rochefort-en-Yvelines.

Où j'ai enfin vomi ma viande chipée et fait pipi en même temps.

Sur de l'herbe mouillée.

A Rochefort-en-Yvelines, il y avait une tante Gaillard de Rochefort-en-Yvelines.

La maison de la tante Gaillard de Rochefort-en-Yvelines était un reste de château abîmé avec des courants d'air assez forts pour vous enrhumer et pas assez forts pour balayer une violente odeur de pisse de chat persan.

Son Excellence Criquibi, c'était le chat persan de la tante. Et il avait dû manger tant de foie de veau cru et de cochonneries de campagne qu'il avait une vessie boursouflée et incontinente.

Il m'a fait une grimace qu'il voulait effrayante mais qui n'était que risible vu l'unique dent branlante qui lui restait. Et la tante Gaillard m'a ordonné d'aller me dégourdir les pattes dehors.

Dehors. Dans la campagne. Ça m'en a guérie à tout jamais.

Je ne l'ai vue qu'une seule fois, qu'un seul 14 juillet, la campagne. Ça m'a suffi.

La campagne, c'est pluvieux, venteux, boueux, bourbeux. C'est avec des vaches, et leurs mouches qu'elles font tourbillonner avec leurs queues terreuses et dépoilées. Des vaches mâchouillant perpétuellement de l'herbe mouillée pour perpétuellement faire du crottin (ou bouse) pour nourrir des oiseaux aussi nombreux que leurs mouches et ploucs au point de ne même pas être capables d'avoir peur d'une chatte de ma trempe.

Vous les auriez vus me voir, les oiseaux de la campagne. Il ne leur venait même pas à l'idée de s'envoler avec trouille. Beaucoup d'entre eux ne l'auraient absolument pas pu, s'envoler. Ils étaient trop bouffis, trop remplis d'excréments de vaches. Et leurs moignons d'ailes de poules, de canards, de jars, de dindons ne leur auraient pas suffi à décoller leurs culs massifs du sol glaiseux et se propulser.

Mais essayer de me crever les yeux, ils pouvaient.

Un en particulier. Blanc douteux. Avec de la chair rouge flageolante sur le haut de son crâne nain. Il a foncé droit sur moi. En faisant des cris de moteur qui grippe.

Et le cher petit Thierry s'en est mêlé.

– Le match du siècle ! Approchez, venez voir ! A ma droite, la reine des Gouttières, dix kilos avec son pyjama en fourrure, championne mi-lourd de la rue de Valois. A ma gauche, le coq Cocorico, dix kilos cinq cents, champion de...

C'était ça un coq ?

Ça n'avait que deux pattes. Mais...

Si un chien encrotté jusqu'à la truffe ne m'avait pas coupé la route, je courrais encore.

Il était champion de quoi, ce chien ?

Il allait me faire quoi ?

Il s'est contenté de m'aboyer. Avec un sourire de chien à la Fra Angelico.

Et il m'a fait signe de la truffe de le suivre dans un chemin sinueux qui menait à du lopin de terre craquelée. Il se figurait que j'allais le suivre ? Que j'allais aller là où il pourrait me sauter dessus à son aise ? Il me prenait pour une chatte sans méfiance ?

Je me suis méfiée. Mais je l'ai suivi. A distance. J'ai bien fait. Il était on ne peut plus correct. Arrivé au terrain lopin, il a creusé rageusement à différents endroits pour finir par retrouver un inappétissant os à mœlle sans mœlle qu'il a pris dans sa gueule et est venu déposer à mes pattes.

Et il m'a fait les mêmes mines que me faisait mon Fra Angelico amoureux de moi chez Anna. Les mêmes.

Si bien que je lui ai cligné.

J'acceptais de copiner ? Il en était ravi. Après l'os, qu'il a réenterré, il était partant pour me faire visiter autant de campagne que je le désirais. Il était prêt à partager avec moi ses prés, ses champs de verdure, de blé, de salades, de bouillasse, ses fourrés, ses forêts, ses mares, ses marécages, ses monticules et montagnes de terre prête à vous coller aux pattes, à vous les englaiser. Il pointait sa truffe de tous côtés, me jappait de le suivre en faisant des bonds d'énervé. Alors, de quel côté je voulais qu'on aille ?

D'aucun, mon chien, d'aucun.

Pas plus du côté à chevaux qui m'attendaient, ça se voyait, pour m'aplatir dans de la gadoue avec leurs semelles en fer, que de celui où des moutons jouaient aux autos-tamponneuses. Du côté du village, alors ?

Pas plus. Encore pas plus.

Ni d'un côté, ni d'un autre, je ne voulais aller. C'était trop plein d'espace. Trop plein de trop de ciel.

Je me suis mise à avoir une toux de gorge, des hoquets. Manifestations évidentes d'une allergie de campagne aussi dérangeante, aussi casseuse de pattes et d'équilibre que mon vertige de toit une certaine nuit. J'étais chatte de Paris, que de Paris, que de la terre ferme parisienne. Les grands espaces, la pleine nature, ça ne me convenait pas du tout, du tout.

Il l'a compris, le chien paysan corniaud. Ses projets d'excursion, il les a ravalés et m'a entraînée dans une maison en bois, sans fenêtres. Sans meubles, sans gens, sans rien que de la paille. Des tonnes de kilos de paille. Avec une odeur de paille pas trop désagréable mais si entêtante que j'y suis tombée dans un sommeil campagnard.

Quand il a été fini, ce sommeil, il n'y avait plus de chien, plus de lumière du tout. Et il y avait, venant de partout des cris et des bruits alarmants.

Comme si les vaches, leurs mouches, leurs oiseaux mangeurs de bouse, les coqs boxeurs, les obèses de basse-cour et une masse d'inconnus animaux de campagne rôdaient autour de cette maison à paille. Tous animés d'intentions imprévisibles pour qui n'était pas familier de la boue et de la bouse.

Les trouilles de cimetière, de rues, de cave (et de toits !), je les avais connues toutes. Et toutes surmontées. Pas en une fois, et en y gagnant bien des névroses. Mais des trouilles de nuit de campagne, c'était du tout nouveau tout moche.

De jour, les alentours du château de la tante Gaillard étaient farcis, truffés de bêtes déjà très immondes. Mais la nuit ? C'était peut-être un coin à éléphants, à crocodiles, à rhinocéros, Rochefort-en-Yvelines. Peut-être un coin à chasseurs de chats.

La plus élémentaire des prudences me commandait de ne surtout pas quitter mon refuge. Mais c'était quoi, ces remuements dans l'immense amas de paille ? Des rongeurs de campagne ? Des serpents venimeux de campagne ? Des hommes sauvages rampant dans la paille ?

Alors ?

Quels dangers choisir ? Ceux du dedans ou ceux du dehors ? J'ai fini par m'extirper de cette litière démesurée, par me retrouver dans un noir d'encre. Il n'y avait pas de lune comme à Paris, dans ce bled de merde. Si j'avais pu retrouver l'amical chien enterreur d'os... Il était du pays, il avait un penchant pour moi, il m'aurait... Je ne l'ai pas retrouvé. J'ai erré, dans le noir en m'efforçant d'être aussi peu repérable et bruyante que les cailloux, les pierres.

Les animaux campagnards de nuit ont arrêté leurs terribles manigances quand un coq – mon boxeur ? – a poussé son cri à lui. Un cri à donner la chair de poule à une chatte. Je l'ai eue. Sous mes poils. Je l'ai eue.

Trois jours il a duré, le pont de 14 juillet. Trois jours de campagne! De pas de maisons, de pas de rues, d'animaux bons qu'à se vautrer dans leurs besoins et tous ennemis des chats – sauf le chien copineur que je n'ai jamais revu. Trois jours avec des grenouilles jaillissant de partout pour me faire des peurs.

Trois jours à n'avoir pas le droit de rentrer dans le château en capilotade de la tante Gaillard parce que son persan pisseur était contre.

Contre moi.

Comme toute la campagne qui n'a fait que me pleuvoir dessus à gouttes de plus en plus fortes, à me venter dessus. Contre moi comme les vaches, leurs mouches, et les oiseaux non volants de la basse-cour. Comme d'autres consternants produits de la campagne bœufs, cochons clapotant dans des soupes de vieux manger pourri, moutons, brebis, paysans parfumés au purin vous menaçant de faire de vous un civet.

Ces trois jours de pont!

Je les ai passés à trembler deux fois à la fois. De peur et de froid. A ne faire que des demi-sommeils. A un seul œil fermé, l'autre voyant – par exemple – des souris de campagne *volantes* et chauves.

Je les ai aussi passés à ne rien, absolument rien manger. Pas par manque de gibier. C'est plus fourni en rats qu'un métro, la campagne. Mais en rats pas normaux, en rats dégénérés, qu'on appelle belettes, taupes. Qu'on appelle d'une tapée de noms campagnards. Mais qu'on ne peut pas attraper parce qu'ils ont des trous de terre, des vies de morts de cimetière.

Bien des gens disent, pour s'excuser d'aller à la campagne, qu'ils y vont pour s'y refaire une santé.

J'y ai presque complètement perdu la mienne.

Saut

Si, alors que son père allait claquer la dernière des quatre portières de sa voiture-paquebot, Clémence ne s'était pas souvenue que j'existais, j'y serais encore, dans la campagne.

Devenue loque sauvage et folle.

Mais à l'heure du réentassement dans la voiture, Clémence m'a appelée. Par aucun nom. Chez les Gaillard, j'étais le chat, la chatte – une bête innommable, en fait.

Remonter dans leur voiture c'était accepter de redevenir souffre-douleur. Vous auriez eu le choix entre des Gaillard et la campagne avec ses vaches, ses péquenots, ses cochons, ses souris *volantes*, vous auriez fait quoi, vous ?

J'ai sauté dans la voiture, sauté sur les genoux de Clémence.

Mon sac d'aller en cuir de porc ayant été rempli par la tante Gaillard de poires blettes et de cocos frais pondus, j'ai échappé à la séance d'étouffement.

Rentrer de la campagne ça prend plus de temps qu'y partir. A cause d'un nombre double ou triple de voitures. Comme si elles avaient profité du grand air pour se faire des petits, les autos.

Nous n'avons grillé les doigts dans le nez aucune Ferrari. Madame Gaillard n'a pas prononcé un seul mot. Elle s'est tout le temps tenu un mouchoir sur le nez pour sentir le moins possible les répugnants qui l'entouraient. Ça s'arrangeait de moins en moins dans sa tête. Les deux petits ont passé le voyage à se chuchoter des mots honteux en pouffant et en se crachant des noyaux de prunes de Rochefort-en-Yvelines. Clémence et ses amies étaient perdues loin loin dans la musique de leurs walkmans.

Monsieur Gaillard n'a fait que répéter jusqu'à la rue de Valois qu'on avait bouchonné une heure quarante "montre en main".

Rue de Valois les quatre portières se sont ouvertes en même temps.

Et j'ai sauté. Mais pas imbécilement.

Avant de bondir sur le trottoir, j'ai mordu la main de Thierry pour lui ôter l'idée de me retenir par la queue.

Une mer de sérénité

Sur le trottoir de la rue de Valois, j'avais sauté et échappé une bonne fois pour toutes à la famille Gaillard.

Je ne m'en suis rendu compte qu'après, de l'intelligence de mon réflexe salvateur.

Qu'après. Dans la sérénité de ma vie de chatte du Palais-Royal.

Un jardin paradis, le Palais-Royal. A arbres pas campagnards, à arcades et colonnades touristiques. A promeneurs se promenant sans précipitation en parlant une surprenante diversité de langues dont le français de Paris. Et peuplé de gens paisibles et capables de distinguer sans la moindre hésitation une chatte remarquable d'un félin vulgaire;

Cet accueil qu'ils m'ont fait, les gens du Palais-Royal!

Le premier d'entre eux qui m'a vue – un marchand de timbres-poste déjà utilisés et plus chers que des timbres utilisables – m'a couverte de compliments.

– Oh! Mais en voilà une belle chatte! Mais d'où elle nous arrive, cette merveille de la nature avec ses gants de cérémonie et ces yeux de star hollywoodienne? Et cette frange! Cette frange! C'est d'un coquet, cette frange. C'est qui, le coiffeur, qui t'a arrangé si chiquement?

Il ne s'y connaissait pas qu'en timbres, ce monsieur. Il s'y connaissait en presque tout ce qui rend la vie plaisante.

Prenons le manger... En revenant du restaurant où il allait chaque midi, il m'a rapporté un de ces morceaux de saucisse cuite, dans du papier alu. Un de ces morceaux de saucisse cuite !

Et il m'a regardée m'en pourlécher sur le pas de sa boutique de timbres sous des arcades. Il en salivait presqu'autant que moi.

– Elle se régale, la chatte à frange. C'est que, en plus d'être sexy, on est gastronome !

C'était fameux pour le moral d'avoir lié connaissance avec un pareil humain. Il m'a présenté d'autres gens du Palais-Royal. De la même trempe que lui. Une marchande de croix de guerre qui s'est aussi extasiée sur ma frange et mon pelage arc-en-ciel. Une patronne de salon de thé aussi donneuse de soucoupes de lait que la Sarah piqueuse du Sentier. Une dame "qui avait connu Colette" et s'est donné la peine de m'aménager un "sleeping", sous l'escalier en raidillon de son hall d'immeuble, avec un cageot et des lainages usés à point. Un décorateur-ensemblier homosexuel à moustaches, sachant parfaitement masser un ventre de chatte.

Il ne m'a pas fallu longtemps de Palais-Royal pour avoir l'impression qu'enfin, j'avais trouvé le calme, un semblant (très ressemblant) de bonheur, qu'enfin, le Destin avait compris que ça n'avait pas de sens de ne me faire que crasse après crasse.

Des souvenirs me revenaient... Mona, nos amoureries... Ses menteries, ses tromperies... Les brioches, leur beurre... Les douceurs de Babeth et sa crise, sa perfidie ordurière... Mimi... Anna... Ma femme errante... Montparnasse... Vavin... Ma galopade du Champ-de-Mars... Les petites culottes de Clémence... Le frichti de saintes femmes... L'efflanqué... Le Siamois...

Fallait les chasser, ces souvenirs. Ne pas les laisser me donner du regret. J'étais bien où j'étais. Je prenais du poids. Je devenais grassouillette.

C'est bon de naviguer sur une mer de sérénité. De sérénité, malgré les pigeons, les autres chats, les chiens de passage ?

Soyons honnête, les pigeons du Palais-Royal sont des pigeons pas chiants. Sauf un qui m'a fienté dessus pendant une sieste au soleil. Mais qu'un et qu'une fois. Les chiens de passage avaient des laisses et des maîtresses et des maîtres qui leur interdisaient d'asticoter les chats. Les autres chats ? Ils étaient, comme moi, si bien considérés, traités, par les excellentes gens de cet excellent endroit, qu'ils n'avaient aucune raison de laisser poindre leur sauvagerie. Il y avait bien un matou galeux qui, les nuits à lune, se mettait à courir dans tous les sens, à pousser des miaous incongrus, à avoir des poussées de dinguerie qui lui passaient aussi vite qu'ils lui étaient venus. Non, les autres chats n'étaient pas gênants. Comme moi, ils profitaient, prenaient du poids.

Ah ! j'ai occis – mais pas mangé, pouah ! – une souris pensionnaire de la Comédie-Française qui, l'inconsciente, était venue m'admirer dans mon "sleeping".

Une mer de sérénité.

Une mer sur laquelle j'allais voguer sans soucis, sans heurts, jusqu'à la fin de mon temps.

C'était un rien monotone. Mais bon. Bien bon.

J'étais devenue chatte du Palais-Royal qui est un havre de paix pour les gens et les chats.

Et je ne l'avais pas volé !

Elle

Moins précis, moins sentant, plus léger, plus fluide qu'une odeur, qu'un parfum, c'est quoi ?

Un effluve ? Une émanation ?

Mettons que ce fut de l'indéfinissable, arrivant de je ne savais pas où, qui ne fit qu'effleurer mes trous de narines et qu'alors, moi...

C'était un vendredi jour à morceau de congre ou de maquereau en papillote ou de (un peu barbouillant mais quand même comestible) queue de lotte à la sauce au safran. Un jour à poisson pour mon marchand de timbres usés et moi. Ce vendredi-là, ça avait été maquereau. Un demi-filet avec ses arêtes. Suivi d'une sieste sur un tas de feuilles mortes et d'une brève randonnée sous les arcades pour me dégourdir les pattes.

A l'instant du soudain, de l'imprévisible soudain, j'étais occupée à distraire la marchande de croix de guerre qui était morose, pas dans son assiette parce qu'on entrait dans l'automne qui annonçait l'hiver.

Je la distrayais en faisant semblant de vouloir attraper un ruban violet avec des fils argentés qu'elle me tendait et agitait nerveusement sur le seuil de son magasin. Ce qui ne l'amusait certainement pas plus que moi. Mais ça nous faisait plaisir, à elle comme à moi, de nous donner du mal pour nous faire plaisir l'une à l'autre.

J'étais donc sur le seuil du magasin de cette dame quand...

Mes narines ne pouvaient pas mentir. Pas mes subtiles narines à moi. Et pas à moi.

Je vous les ai plantées, ma dame et sa niaiserie de ruban. Plantée pour me mettre à regarder, renifler dans toutes les directions.

Et ça s'est précisé.

Ça venait du fond du jardin, là où il donne sur la rue Montpensier. Ça en venait imperceptiblement. Mais ça en venait. Pas de doute, ça en venait.

Et ce soupçon d'émanation m'a catapultée dans...

Ça m'a remuée, époustouflée, ça m'a...

Je n'ai pas marché, pas couru. J'ai volé. Mes coussinets de pattes touchaient peut-être le sol. Mais je sais que j'ai volé. Volé en direction de...

Incroyable !

Elle était assise sur une chaise de fer. Assise comme n'importe qui. Assise immobile. Avec un chandail épais qui aurait pu la contenir deux fois. Un chandail qui je ne lui avais jamais vu. Un chandail à cause de la température frisquette. Mais les jambes nues et allongées, écartées, montrées tout entières à cause du soleil qui brillait comme si on ne l'avait pas averti que l'été c'était terminé. Elle lisait un livre.

Elle. Mona.

A quelques enjambées de sa chaise, je me suis arrêtée. Ma respiration aussi. J'ai cru que mon cœur allait faire pareil.

Ç'aurait été dommage de mourir debout, si près de Mona. De Mona qui était plongée dans sa lecture.

Elle allait le lever de ses pages, son nez ? Elle allait se décider à me voir ? Elle allait me reconnaître ?

Elle l'a levé, son nez. Pour regarder un oiseau.

Je trépignais.

Elle a dû sentir mon trépignement, comme je l'avais sentie elle.

– Ça alors ! elle a crié.

Nos yeux se sont vus. Se sont fait un sourire d'yeux.

– Ça ne se peut pas. Je rêve. Poils d'Ange ! La chatte. La vilaine chatte fugueuse !

La quoi ?

Quelle ignoble menterie l'ignoble Babeth avait faite à Mona? Ce n'était pas possible.

Mais si! Mais si!

– C'est du propre de se sauver d'une maison dont on est la chatte bien-aimée. Du propre. Tu t'imagines le chagrin que ça peut causer à leurs mamans, une fille qui prend ses cliques et ses claques et s'en va courir les matous sans même laisser un mot d'adieu? Tu y as pensé, à la peine de ta maman Babeth et de ta maman Mona quand elle se sont aperçu que la chair de leur chair, que leur fille unique... Poils d'Ange! C'est Poils de Démon qu'on aurait dû te baptiser. Partout nous t'avons cherchée, affreuse teigne! Partout. Babeth qui y a passé sa nuit et puis moi qui ai écumé le quartier. Passé au peigne fin. J'ai mis des annonces chez le boulanger, le boucher, tous les commerçants. Jusque dans le Prisunic où je t'avais trouvée, j'ai été en mettre. Cinq cents francs de récompense, j'offrais à qui te retrouverait. Et tu étais ici. A pas cinq minutes de notre maison. De ta maison. Tu as fait quoi depuis le jour où tu t'es sauvée comme la pouffe de chatte que tu es? Quoi? Tu t'es vautrée dans le stupre et la débauche? Ce mauvais sang qu'on a pu se faire, Babeth et moi. Ce mauvais sang. Babeth avait confiance. Elle espérait ton retour. Elle n'arrêtait pas de dire : cette chatte reviendra comme elle est partie d'elle-même. Moi, je t'ai crue écrasée par une voiture. Punie. Et je te pleurais tandis que tu étais dans ce jardin à te payer du bon temps.

Ce que j'entendais! Me traiter de fugueuse alors que c'était elle qui était partie. Partie pour de bon. Sans même me dire au revoir. Et sa salope d'amoureuse gifleuse m'avait mise pire qu'à la rue dans une famille! Et, au fait, son départ pour de bon, c'était du chiqué? Un mensonge de plus? Elle avait fait seulement semblant de partir et elle était revenue se payer des parties de lit-bateau pendant que moi j'étais livrée à des Gaillard tortureurs. Et elle avait la chance de me retrouver et elle était là à m'agonir d'insultes. A ne même pas avoir l'idée de se pencher pour m'attraper et me serrer fort fort fort contre elle. Elle allait faire quoi, après m'avoir hurlé tant d'injustes méchancetés? Refermer son livre, se lever de sa chaise de fer et s'en aller en me laissant?

– Tu n'étais pas bien avec nous deux ? La bouffe n'était pas assez bonne ? Le lit pas comme tu l'aurais voulu ? Nous étions trop... trop remuantes ? Nous étions trop maternelles ? Tu voulais t'émanciper ? Tu en avais ta claque de nos baisers, de nos cajoleries ? Tu voulais voir du pays ?

Je ne pouvais pas lui répondre. Mais Mona était aussi avide que moi de tendresse, de mamours.

Elle m'a injuriée tant qu'elle a pu.

Mais elle a vite cessé de pouvoir.

On avait, elle comme moi, le besoin urgent de se blottir, de...

Elle a refermé son livre et m'a tendu une main. Que j'ai baisée.

– Poils d'Ange ! Ça me fait un de ces plaisirs de te retrouver. Un de ces plaisirs. Je n'avais pas promis de cierge à saint Antoine. Mais j'irai lui en mettre un. Deux même.

En m'emportant, elle m'a re-traitée de fugueuse, de perverse lubrique s'enfuyant de chez ses mères pour aller courir le guilledou. Mais d'une autre voix. De sa voix de Mona. Et elle m'a pris la tête et me l'a enfouie dans la laine de son chandail d'automne.

J'étais dans le chandail et dans l'extase.

Et ma méfiance ?

Me méfier, moi, de Mona ?

Ronronnements

Enfouie dans l'onctueux chandail d'automne, enfouie dans Mona, j'ai fait mon premier voyage en autobus.

La maison de Babeth étant à cinq cents mètres du Palais-Royal, pourquoi l'autobus ?

J'allais l'apprendre et en apprendre long. A peine assise dans le bus, Mona m'a mise au fait. Aux faits.

– Entre fugueuses on peut tout se dire, pas vrai ? Alors, ma petite fille... Alors voilà...

C'est à peine si je l'entendais, Mona. Il ne fallait pas que les autres voyageuses du bus, des gens à journaux, des gens regardant les rues, les quais de la Seine, soient au courant. Ce qu'elle voulait que je sache ne nous regardait qu'elle et moi.

– Tu te demandes où nous allons ? Nous allons de l'autre côté de la Seine, ma puce. C'est que ta maman Mona a changé de rive. Et de vie. Babeth, j'ai adoré qu'elle m'adore. Et je l'ai aimée moi aussi. Aimée au point de revenir me jeter dans ses bras moins de trois jours après l'avoir quittée pour toujours. Mais l'amour, les amours... Suffit d'un rien, d'une fêlure, d'une lézarde. On s'aime encore, on est très éprise. Mais on découvre qu'on ne se supporte plus. Quand je l'ai connue, Elisabeth, j'étais malade et elle m'a sauvée et, en me sauvant, elle s'est sauvée elle aussi. Ça a été plus qu'une histoire d'amour. Mais trop c'est trop. Et puis... Nous étions un couple. Un vrai. Mais si tout a commencé avec un Adam et une Eve, c'est que ça devait continuer comme ça. Sinon, dans le paradis terrestre, il y aurait eu un Adam et un autre Adam, ou une Eve et une Eve.

Nous sommes descendues à une porte de Paris. Celle de Vincennes.

Où une nouvelle maison m'attendait dans une ruelle en bordure du zoo.

Une maison à Mona. Mais pas tout à fait à elle.

– C'est ici. Tu crois que tu vas t'y plaire?

Il aurait fallu être difficile pour ne pas la trouver à son goût, cette maison encore plus biscornue et en vieilles pierres que celle de Babeth et recouverte de lierre, de mousse, avec des pièces à s'y perdre et d'autres pièces pouvant à peine servir de débarras, avec des volets en bois ravagés par la pluie, par les hivers, avec des réparations à faire depuis longtemps qui resteraient encore longtemps sans être faites, avec... Avec tous les charmes d'une maison de campagne. Sans campagne autour.

Evidemment que j'allais m'y plaire. Je m'y suis plu dès que Mona m'a déposée sur un coussin et qu'elle a envoyé dinguer ses chaussures ballerines et s'est extraite du chandail sous lequel il n'y avait qu'elle, sans aucune lingerie.

– Cette maison, Poils d'Ange, elle est à nous deux jusqu'au premier octobre. Après... Après nous serons trois. Celui à qui elle appartient, cette bicoque, et toi et moi. Mais, tu verras, il est éminemment sympathique. Bien sous tous rapports. Ce qu'il faut éviter de faire, avec cet homme c'est de l'épouser. Moi, je n'ai pas eu la sagesse d'éviter. Oui, Poils d'Ange, le propriétaire de cette maison, c'est... enfin... ce fut mon mari. Un mari casse-couilles comme un mari. Et séduisant. Oh là là ! Tu verras, tu craqueras toi aussi. On ne peut pas ne pas craquer quand on tombe sur un homme ayant autant de défauts. Le mien, de défaut, mon plus néfaste, c'est d'aimer être aimée par des êtres séduisants qui pourraient être ou mon père ou ma mère. J'ai été la femme-fille de Vincent comme j'ai été la femme-fille de Babeth.

De Vincent?

Il y avait un Vincent – très pourvu en défauts – qui était le mari de ma Mona. Et qui allait revenir dans cette maison en octobre.

Octobre c'était bientôt.

Il fallait donc se grouiller.

Nous nous sommes grouillées très vite. Et très fort.

Comparée à la sérénité, la folie amoureuse, c'est comme du maquereau en papillotes comparé à de la souris.

Qui connaît me comprendra.

Guérie de Babeth, Mona était aussi guérie de son envie de travailler, d'avoir des rôles dans des pièces, des films, des télévisions. Elle n'était plus à toujours téléphoner, à toujours partir à des rendez-vous. Elle avait toujours de l'agitation. Mais uniquement pour des motifs m'allant tout à fait. Elle s'agitait pour arriver à trouver sur lequel des lits ou divans ou méridiennes de la maison de son ex-mari nous serions le mieux pour faire une sieste, dormir ou nous vautrer dans la luxure – comme elle disait. Elle s'agitait pour trouver, chez les commerçants de Vincennes, de Saint-Mandé, le meilleur fromage blanc. Elle s'agitait pour savoir quels volets il fallait ouvrir ou fermer, quel rideau il fallait tirer ou ne pas tirer pour profiter du soleil sans se geler les os. Elle s'agitait pour faire une flambée égayante dans une cheminée ou l'autre.

– Tant qu'à se donner du mal, autant s'en donner pour se faire du bien, tu ne crois pas?

Je le croyais. Je croyais tout ce que me disait Mona mon amour.

Et, pour m'en dire, elle m'en disait.

– Tu vois, Poils d'Ange, ce qui fait que ça marche si bien, nous deux, c'est que c'est toi la fille. C'est que – et c'est une grande première pour moi – tu ne pourrais être ni ma mère ni mon père.

Mais sa chatte chatoune chatounette aimée, je pouvais l'être. Sa miss Poil-Poil. Sa bouillotte à ventre. Sa coccinelle à moustaches. Son péché mignon. Sa zoupette. Son sac de plumes. Son amie d'enfance. Son pussy.

Son *autre* pussy! Parce que, à la mode anglaise, elle en avait un elle aussi. Son pussy anglais c'était sa petite touffe, son...

Et ce qu'elle aimait par-dessus tout c'était quand pussy (moi) et pussy (le sien) se retrouvaient nez à nez.

Ça lui provoquait des rires si haut perchés que ce n'étaient plus des rires. C'étaient...

Elle s'est mise aussi, pendant nos nuits d'amour qui se passaient à n'importe quelle heure même à midi, elle s'est mise – on me croit ou ne me croit pas, c'est égal ! – elle s'est mise à ronronner. Pas à imiter maladroitement un ronron de chatte ou de chat, à ronronner tout à fait. Lèvres closes. Sans truquer. Ça lui partait de là où ça nous part à nous. Et c'était à s'y tromper.

Mona ronronnait.

Je ronronnais.

C'était à celle qui ronronnerait le plus.

Quand est arrivé le premier octobre, il nous a trouvées repues de fromage blanc et de caresses, rivées l'une à l'autre.

Il nous a trouvées ronronnantes.

Il lui, le mari de Mona.

Ça l'a un peu étonné. Mais pas fâché.

– Quand le chat n'est pas là... il a dit dans un sourire.

De quel chat il voulait parler? Mystère. Mais ça a fait sourire Mona aussi. Et il s'est penché sur le lit où nous étions collées pour lui embrasser le bout du nez et il m'a posé un doigt sur le front. Rien qu'un. Mais le bon doigt et de la bonne manière.

Il était *très* séduisant.

Sans même prendre le temps de déboutonner son imperméable, il a sorti d'un sac en plastique italien un gâteau italien. Une sorte de brioche sans boule au-dessus mais avec des raisins secs dedans. Un panetone, il a dit. Un gâteau tout à fait dans mes goûts que nous avons partagé équitablement Mona, lui et moi. Il avait aussi une bouteille de vin pétillant d'Asti qu'ils ont bue, Mona et lui. Dans le même verre. En se faisant des tchin tchin à chaque gorgée. En se racontant des bouts d'histoires sans intérêt pour moi mais, apparemment, captivantes pour eux. C'étaient des ex amicaux. Des ex ravis de se retrouver. Ça se voyait. Et ça ne me plaisait qu'à moitié. Qu'au quart, même.

Fin

Je n'avais pas envie de faire ma désagréable, de me mettre à bouder, d'aller me tapir dans un coin sombre et d'y sombrer dans la rogne.

Mais j'étais censée faire quoi ? Rester à l'écart et regarder un ex-mari séduisant, très séduisant, faire à ma Mona des tchin tchin au vin italien, lui faire des bavardages complices...

Ça allait nous mener où, tout ça ? Ça risquait de tourner comment ? Ils allaient faire quoi, une fois la bouteille bue, une fois saoulés ?

Oublier qu'ils étaient des ex et se bécoter, se rouler un peu puis beaucoup sur un lit pas bateau mais lit quand même ? Mona allait lui faire une démonstration de ronronnage ?

C'est que Mona, ma Mona, mon amour, je la connaissais de A à Z, c'est que je la savais capable de succomber à toutes les tentations. Même à celle de chasser de sa mémoire – une heure, une nuit ? – n'importe qui même l'aimant aussi terriblement que je l'aimais.

C'est qu'il faisait son aimable, le Vincent, il faisait son beau, son enjôleur. Assis de plus en plus près d'elle, tout en lui disant comment c'était l'Italie, qui il y avait rencontré, les musées qu'il avait visités, les lasagnes, raviolis, gnocchis qu'il avait mangés, il lui désébourriffait les cheveux de sa nuque. Sans avoir l'air d'y toucher, il lui touchait son cou, lui prenait une de ses mains pour contrôler si elle avait ses ongles bien taillés, bien peints en couleur incolore, pour lui compter ses doigts si jolis, si fins, pour... Ça devenait de moins en moins de la conversation.

Je bouillais, j'écumais.

Quand elle n'a pas empêché de glisser le châle (un cadeau de Babeth!) qui lui couvrait le haut de son corps (sur lequel elle n'avait absolument rien d'autre), ça a commencé à me tirailler dans les environs de mon estomac, à me faire des nœuds de nerfs.

Quand il a posé sa grande longue main à bagues sur un des seins de Mona, ils sont descendus dans toutes me pattes, les tiraillements, et mes poils de queue ont eu un aussi fort hérissement que si, à la place de cet ex, il y avait un chien chasseur ou un vol de souris de campagne. Un chien et des souris volantes posant leurs pattes sur la peau de ma Mona!

Ce n'étaient pas des animaux infects. C'était un homme. Et le graaaaagnahhh que j'ai poussé pour le faire fuir ne l'a pas fait fuir. Mais rire.

– Elle nous chante quoi, ta petite copine? Son grand air? C'est une chatte diva?

– C'est une chieuse comme toutes les chattes. Si tu restes un millième de seconde sans t'occuper d'elle... Je l'adore ma Poils d'Ange. Mais... plus collante qu'elle...

Logiquement, après le miaulement terrifique, il devait y avoir bondissement sauvage et crevage d'yeux de l'ex.

Je n'ai pas bondi. Je ne les lui ai pas crevés, ses yeux, au séduisant salopard.

J'ai quitté la pièce.

Mona avait dit quelque chose qu'elle n'aurait pas dû dire.

Elle avait commis la plus infâme de toutes les trahisons.

J'ai quitté la pièce parce qu'avec Mona, c'était fini.

Avec tous les gens, c'était fini.

Maison

La maison de l'homme Vincent, je ne l'avais pas visitée, explorée de fond en comble – en y arrivant avec Mona. Je n'en avais pas fait le tour du locataire. Je n'y avais pas fait non plus les pipis rituels du nouveau propriétaire.

Je n'avais aucune raison de la marquer, cette maison. Elle l'était. Par l'odeur parfum envoûtante de Mona.

De Mona qui venait de me jeter dans bien pire que la sauvagerie, l'indifférence.

J'étais une chieuse? Une chieuse comme toutes les chattes? J'étais une collante?

D'accord. Je l'étais.

Autant qu'elle était une putain qui pouvait faire tout ce qui lui plaisait avec son con de bonhomme qui me traitait de diva.

C'était quoi une diva?

Si c'était une chatte vivant sa vie toute seule, le plus égoïstement possible, j'allais le devenir. Et comment!

Ce Vincent séduisant était une bouse de vache, une montagne de bouse de vache pas regardable, pas sentable.

Mais sa maison était épatante. Un nid à chatte idéal.

J'en pris possession pendant que lui et la salope faisaient autant de saloperies qu'ils en avaient le goût et la force.

J'ai passé ma nuit à pisser. Partout partout partout.

Et je me suis choisi *mon* endroit. Pour y rester toute seule. A l'écart de Mona qui me trouvait chieuse et collante et de son ex avec qui elle allait se conduire comme la femme haïssable qu'elle était et ne cesserait jamais d'être. Je me suis approprié une pièce avec que des livres, de la poussière de livres et une chaise paillée. Que j'ai rendue suffisamment confortable en lui déchiquetant sa paille à coups de griffe.

– De bons bouquins, une bonne chaise ! Un honnête homme n'en demande pas plus. Tu t'es trouvé le coin idéal, la chatte. Note que tu te serais dispensée de ravager ce siège, ç'aurait été aussi bien. Mais on va pas commencer à se chamailler pour une chaise. Ah ! Que je te mette au courant moi, je prends mon petit déjeuner à dix, onze heures. Rarement avant. Alors... Il faudra aussi que tu me dises ce que tu manges. Parce que Mona a omis de me donner la moindre précision à ce sujet. Elle m'a juste chargé de t'expliquer que, dans la mesure où elle n'avait aucune idée de l'endroit où elle allait trouver à se caser, elle ne pouvait pas s'encombrer de toi. Mais elle reviendra te chercher dès qu'elle aura trouvé un toit. C'est ce qu'elle m'a dit de te dire. A ta place, je me ferais pas trop d'illusions. Son toit, c'est peut-être à New-York ou à Poto-Poto qu'elle le trouvera. Si elle le trouve. C'est que, Mona... Je l'aurais bien gardée ici. Elle est fantastique, Mona. Je la ré-épouse quand elle veut. Quand elle veut ! Non ! On s'est déjà assez gâché la vie l'un l'autre. C'était fatal. Qui se ressemble s'assemble. Mais qui se ressemble et s'assemble finit toujours par se crêper le chignon. La vie, ma chatte, c'est d'un compliqué. A cause des hommes, des femmes. De leurs caractères. Il n'y aurait ni hommes, ni femmes, tout serait tellement plus simple, tellement plus...

C'est le salaud Vincent qui m'a dit tout ça. Quand il m'a trouvée le lendemain de son retour d'Italie, bien installée sur *ma* chaise, dans *ma* pièce. Il était d'humeur causante. Mais cause toujours, mon bonhomme !

J'avais les oreilles bouchées.

Je ne l'écoutais pas. Il pouvait me faire tous les discours qu'il voulait, je ne l'écoutais pas. Mais je l'ai quand même entendu. Et ça m'a frappée qu'un humain puisse reconnaître que c'étaient les gens, les hommes, les femmes, qui compliquaient et gâchaient tout. Il fallait que ce salaud soit un peu moins humain que ses semblables pour admettre une aussi véridique vérité. Un peu moins.

Puisqu'il était d'accord avec moi, ça n'a pas dû l'étonner que je ne lui fasse même pas l'aumône d'un regard, que je ne lui accorde pas plus d'attention que ne lui en aurait accordé une statue de chatte.

J'en avais fini avec les gens. Avec lui comme avec les autres.

Mais il avait, lui, une qualité, et de taille, il était propriétaire d'une maison qui était et serait, tant qu'elle me conviendrait, ma maison à moi.

Il avait dit quoi d'autre que sa vérité sur la saloperie humaine des humains ? Que Mona était partie ? Partie sans me chercher pour me faire un baiser d'au revoir ?

Il avait dû le dire. Oui.

Mais Mona était devenue (par sa faute) du passé. Pour moi, elle était morte.

Ah ! il avait aussi parlé de manger.

Ça, ça méritait d'être retenu.

Parce qu'il allait falloir qu'il me nourrisse, ce type ! Et très bien. Parce que, dans cette maison maintenant plus à moi qu'à lui, j'allais mener une vie de coq en pâte, de reine. De chatte qui en avait assez appris et assez bavé pour ne plus faire que ce qui lui plaisait et quand ça lui plaisait.

Quand j'en ai eu envie, pas avant, je suis allée à la cuisine. Le Vincent y buvait tasse de thé sur tasse de thé en fumant des cigarettes dont la fumée avait odeur de menthe.

– Ah ! Voilà la nouvelle jeune fille de la maison. Je suppose que mademoiselle vient pour le breakfast. Et nous lui servirons quoi ? Thé nature ? Thé au lait ? Lait sans thé ?

Il n'avait rien à me servir du tout. J'étais assez grande chatte pour me servir toute seule. Il y avait du beurre dans un ravier, sur la table. J'ai sauté sur la table et entrepris de manger le beurre. Tout le quart de beurre. Et que ce bavard ne s'avise surtout pas de me faire de remarque, de trouver à redire.

Il fallait que je le dresse. Et sans tarder.

Il n'a pas redit.

Il a ri. Ça l'a fait se tordre de me voir m'empiffrer de beurre frais. Tout ce que je faisais le faisait ricaner. Il devait être déficient. Il avait dit une vérité géniale mais il devait être déficient de la tête.

Éclairs de foudre

Un quart de beurre, c'est trop.

A peine englouti, je l'ai vomi aux pieds des espadrilles de l'ex.

Et il a re-rit.

– La dernière fois que Mona était venue se réfugier ici, après je ne sais plus trop quelle escapade professionnelle, elle était repartie en me laissant trois grandes malles pleines de costumes de théâtre et un synthétiseur. Mais, ce coup-ci, elle s'est surpassée. Parce que me laisser une artiste comme toi...

Je n'étais plus diva ? J'étais artiste ?

Ce qui est sûr, c'est que j'étais mal en point.

Le vomir ne suffit pas à vous désencrasser les boyaux d'un quart de beurre trop hâtivement mangé. Après, il y a la crise de foie. Qui fait encore vomir. Mais plus du beurre. De la substance. Visqueuse. D'un jaune pas ragoûtant.

Et vous vous retrouvez barbouillée, faiblarde, chancelante. Avec comme de la fièvre.

Il l'a bien vu, que je n'étais pas bien. Pas bien du tout.

Il a nettoyé le vomi avec du papier essuie-tout. Sans me ronchonner dessus. Et il n'a plus ri. Il s'est inquiété.

– Qu'est-ce qui t'arrive ? Pourquoi tu te traînes comme ça ? Tu n'es pas malade, au moins ? Tu as soif ? Tu veux de l'eau ? Tu crois qu'il faut que je te trouve un vétérinaire ?

Je voulais qu'il me fiche la paix, qu'il se garde ses attentions, qu'il me laisse me débrouiller toute seule, vaincre mon barbouillement et ma vexation sans le secours d'aucune main humaine.

Sa main m'a soulevée de terre, emportée dans son bureau-living, posée sur un lit.

– Tu serais mieux là que sur tes pattes en flanelle. Non?

C'était oui. Cent fois oui. Il marquait un point, l'ex.

Et il n'a plus fait qu'en marquer.

Le fabuleux, avec l'amour, c'est qu'on croit qu'on sait ce que c'est qu'on est convaincu qu'on en a dégusté toutes les délices et que – patatrac ! – à l'amour le plus immense, succède un amour plus immensément immense qui vous fait comprendre que ce que vous preniez pour de l'amour n'en était qu'une pâle et insipide copie et que ce que vous aviez cru être des délices n'était que de la crotte de bique.

Avec Mona ç'avait le Pérou.

Mais, des Pérou plus Pérou que le Pérou, ça existe.

J'étais dans ma crise de foie de beurre, malade et dans la disposition de ne me lier d'aucune manière à ce Vincent. Il m'a mise sur un lit, m'a recouvert mon ventre avec un lainage, calé précautionneusement ma tête sur l'oreiller. J'aurais pu lui faire un petit signe, un clignement pour l'en remercier.

Je n'ai rien fait.

Il m'a laissée. Il est allé tritouiller sa radio pour trouver du jazz. Il est revenu vers le lit, vers moi.

– Comment tu te sens ? C'est du sérieux ou juste une légère indisposition ?

C'était de la punition méritée par une chatte gourmande et goulue. Mais ça ne le regardait pas.

– Tu n'as pas de fièvre, au moins ?

Pour savoir si j'en avais, il m'a posé un doigt sur mon front. Juste posé un doigt. Mais un doigt !... Ça m'a fait comme une décharge électrique. Il ne le remuait pas, son doigt. Il ne l'appuyait pas. Ce n'était qu'un doigt posé. Et, dans ma tête... dans tout mon corps... jusqu'au bout du bout de mes griffes... C'était... C'était...

J'ai craqué.

Chatte de cimetière, chatte de cave, chatte sauvage, chatte voleuse, chatte en cavale, chatte du Palais-Royal... J'ai été bien des chattes. Mais que par occasion, qu'au hasard de mes tribulations. Et en étant toujours moi. Mes métamorphoses, c'étaient comme des habits, des déguisements. Une peau de chatte de cimetière, une peau de chatte de cave, une peau de sauvage, de voleuse, que j'enfilais le temps d'un bout de temps.

Mais ma vraie profonde nature, c'est chatte amoureuse.

Je n'ai été que ça une gouttière amoureuse.

Amoureuse de qui?

Amoureuse de l'efflanqué à houppette, du siamois qui m'a engrossée au temps d'Anna, d'Anna les nuits où j'ai dormi avec elle, de ma Mimi du Sentier, de Mona et Babeth, de Mona toute seule... Ça en fait des amours si on les additionne.

Ça en fait.

Mais de là à me traiter de volage, de Marie-couche-toi-là...

Le partenaire, le bon, le solide, il ne vous tombe jamais tout rôti dans le bec. C'est comme le frichti. Avant de trouver ce qui contente le mieux vos papilles et votre estomac...

A mon idée, plus que de tel ou tel chat, plus que de telle ou telle personne, ça doit être de l'amour que je suis amoureuse.

De l'amour? Mais duquel?

Cette question : de celui que je donne si l'on m'en donne.

Et... attention... pas partagé "cinquante cinquante".

Chez les humains, ça peut, ça doit, pouvoir arriver que chacun des deux soit l'exacte moitié d'un couple. Mais dès qu'on entre dans les amours mixtes, les pourcentages...

Tout dépend de l'animal.

Si vous prenez le chien... Le chien qui est tellement lèche-bottes, tellement rapporteur de pantoufles qu'il s'est fait cataloguer "meilleur ami de l'homme", le chien, il suffit qu'un monsieur ou une dame lui accorde une maigre pincée d'affection pour qu'il se mette à bêler et à devenir amoureux comme une carpette.

Un cheval, une vache, un mouton, c'est amoureux du premier plouc venu qui lui donne pitance et coups de cravache ou de pied au derrière. Ça pratique l'amour domestique. Le plus nul.

Avec la chatte, le chat, c'est une autre histoire. En amour, comme dans tout, nous sommes nobles. Nous aimons un peu qui nous aime beaucoup et beaucoup qui nous aime démesurément.

De gouttière. Amoureuse forcenée. Mais plus aimée qu'aimeuse. C'est comme ça que je suis.

Avec l'ex-mari de Mona, avec Vincent, il y a eu coup de foudre. Le doigt posé sur mon front, rien que posé, ça m'a fait comme un éclair d'orage.

Mais à lui aussi, ça lui a fait comme un éclair d'orage. Et plus éblouissant, plus électrisant.

Lui aussi, il était assoiffé d'amour et à la recherche de la créature qu'il pourrait mignoter à n'en plus finir.

Et, vu qu'il était homme et que j'étais chatte, et chatte comme je le suis, le plus troublé, le plus épris des deux, ça a été immédiatement lui.

Ça n'a pas traîné. Il ne lui a pas fallu une seconde pour se retrouver à genoux devant moi.

A genoux !

J'étais sur le lit où il m'avait posée et il s'est agenouillé et il m'a fait une déclaration.

– Tu sais que tu me plais, toi.

Et il m'a posé tous ses autres doigts dessus. Et il y a eu dix éclairs d'orages. Dix ! Qui l'ont encore plus bouleversé que moi. Et sa bouche qui était à la hauteur de la mienne, étant donné son agenouillement, s'est approchée de la mienne.

C'était mon premier baiser d'homme. Et qu'est-ce qu'il embrassait bien ! Et qu'est-ce qu'il savait bien le déclarer, son amour !

– Si je me retenais pas, je te dirais : t'as de beaux yeux, tu sais. Mais c'est du déjà-dit. Et moi, le déjà-dit... Alors je vais te dire t'as de belles moustaches, tu sais. Et ça, ma petite mère, jamais je ne l'ai dit. Jamais. Et pas seulement parce que l'occasion ne s'en est jamais trouvée. Parce que, sincèrement, tes moustaches, pour en trouver des aussi aguichantes... Et pourtant, j'en ai vu. Pour en voir, j'en ai vu. De celles de Clark Gable et d'Erroll Flynn à celles de tous les babas, de tous les homos modern style que je croise dans les rues ou dans des bistrots, en passant par celles de tous les fauves à qui je vais rendre visite à côté, au zoo... Pas un lion, pas un phoque n'en a des comme les tiennes. Tu as de ces moustaches, ma miquette...

Là, il s'est arrêté de me regarder pour regarder dans sa tête. Quelque chose le chiffonnait.

Quoi ?

– Ma miquette ! Ma miquette ! Ça ne colle pas ma miquette. C'est un nom de chat de bignole, ma miquette, de vilain chat de vilaine bignole. Pas un nom pour toi. Comment elle t'appelait, Mona ? Ça avait l'air pas mal. Mais ça m'est sorti de la tête. Et puis c'était ton nom de chatte de Mona. Maintenant, il te faut un nom de chatte de Vincent. Parce que, Mona, d'ici que tu la récupères... Mona, c'est une lâcheuse née. C'est plus fort qu'elle. Même si elle est heureuse quelque part, *surtout* si elle est heureuse quelque part, faut qu'elle se tire. Je sais de quoi je parle. J'ai passé des années à ne pas la retrouver le matin dans le lit où nous nous étions couchés ensemble le soir. Couchés et aimés. Une étoile filante, c'est. Pour en revenir à toi, à ton nom...

Ça a été Lucie, mon nom.

Et tout n'a plus été que de l'amour.

Mon homme Vincent

– Lucie.

De m'entendre appeler Lucie d'une voix câline d'homme consentant à devenir mon homme à moi, ça m'a débarrassée de mon indisposition d'indigestion de beurre.

Ça m'a débarrassée du souvenir, proche et cuisant, de la traîtresse Mona, de son départ.

Qu'elle ne s'avise surtout pas de revenir, celle-là !

Ça m'a libérée de tout ce qui m'était arrivé de pas bien depuis ma naissance chez la madame d'Ouiche.

J'avais enfin la bonne maison.

Et un homme.

C'est que de dame errante en saintes femmes de cimetière, d'Anna en Mimi, de Mimi en Mona... je n'avais fait que passer de mains de femmes en mains de femmes.

Et – à l'exception de Mona – Dieu les bénisse toutes !

Mais ce n'étaient que des femmes.

Et même Mona – qu'elle crève et aille en enfer ! – le savait que c'est une Eve et un Adam que Dieu a créés quand il a pensé (peut-être à tort) que son univers manquait de gens.

Toutes ces mains de femmes qui m'avaient caressée étaient douces. Mais quand les mains d'homme de mon homme Vincent se sont posées sur moi... Des mains d'homme, c'est rude. Mais si ça se met à faire oublier leur rudesse...

Il était haut de cent quatre-vingt-dix centimètres et fort comme quelqu'un d'aussi haut mais n'abusant jamais de sa force. Il était sans un atome de graisse adipeuse mais sans maigreur désagréable au toucher. Il était sans brusquerie dans ses mouvements et avec des yeux dans les verts les plus lumineux. Et qui n'arrêtaient jamais de rigoler un peu même quand ils regardaient sérieusement. Il avait des jambes en jeans qui dépassaient de tous les lits sur lesquels il s'allongeait n'importe quand. Et des bras bien pendants qui lui ôtaient toute lourderie d'homme et lui donnaient des élégances de très beau singe.

Il était régalant à contempler et vivant entièrement comme il faut vivre.

En souriant au matin les jours à beau temps parce que les jours à beau temps sont beaux. En souriant autant les jours à mauvais temps parce que, ces jours-là, on peut – si on est intelligent – se gorger d'air vif qui vous épure narines et intérieurs, se gorger de pluie qui vous lave gratis, de neige qui fait que les rues, les maisons, les arbres se mettent à ressembler à des gâteaux avec du sucre en poudre dessus.

Il n'était pas bon vivant, mon homme Vincent. Il était artiste vivant.

Vivant avec pas d'heures. Se levant quand ses yeux s'ouvraient et s'endormant quand ils se fermaient. Vivant en en fichant le moins lourd possible. Pas par fainéantise. Par art de vivre. Il avait su se trouver un travail parfait, Vincent, mon homme Vincent.

Un travail pas fortement rétribuant. Mais ça ne le gênait pas.

L'argent manquant, il savait s'en accommoder. Même la pénurie criante ne le perturbait pas. Il pouvait ne manger que des nouilles à l'eau quand des vaches maigres lui tombaient dessus. Ses nouilles à l'eau, il savait les cuire comme personne.

Et il les enroulait avec une telle classe autour de sa fourchette.

Il faisait tout avec classe. A commencer par son métier pas lucratif.

Il était écrivain. Pas écrivain à succès, pas écrivain forçat d'éditeurs rapaces. Il était écrivain à inspiration.

Il lui arrivait, pour faire bouillir la marmite, de bricoler des écritures pas captivantes, un peu pénibles, pour des journaux, des magazines si niaiseux que lui ne les lisait pas. Il lui arrivait d'écrire un bout de feuilleton télé débile, de mettre son grain de sel dans un scénario de film miteux. Ça lui arrivait pour payer l'électricité, le gaz, un ressemelage, un cadeau qu'il avait envie de se faire. Il faisait ça vite, avec détachement, en se moquant et de lui-même et de ceux qui lui donnaient des chèques en échange d'écritures si pitoyables.

Des écritures qui n'avaient rien à voir avec les écritures *pour lui*. Son œuvre, comme il disait.

Il y a un an maintenant, un an, que je me vautre sur ses feuilles, un an que je fais celle qui tient absolument à s'emparer de la pointe en feutre de ses stylos feutres qui chemine sur son papier, alors... son œuvre...

Ce n'est pas qu'il n'écrit pas, mon homme Vincent. Il écrit. Il écrit. Et mieux que très bien. C'est un talentueux. Il m'a lu de ces pages, de ces lignes qu'il venait de pondre. Plus de lignes que de pages. Parce que, les pages écrites jusqu'au bout, lui...

C'est un commenceur. Un écrivain commenceur. Un talentueux écrivain commenceur. Avec des idées sublimes qui n'arrêtent pas de lui venir. Des idées qu'il n'a pas besoin de se donner la peine d'aller chercher. Elles lui viennent naturellement.

Il voit la vie, les choses... il voit une goutte d'eau qui coule en faisant "floc" d'un robinet, une pomme qui se contente d'être sur une assiette, sa chatte Lucie qui se passe une patte derrière l'oreille, un rideau rouge qui devient un peu plus rouge parce que le clair de lune lui tape dessus...

Il voit ça, que ça, et ça démarre, il commence un roman, un poème, qui dit que la belle chatte Lucie se passe gracieusement la patte derrière l'oreille, que la pomme est sur l'assiette, que le rideau...

Et c'est dit avec des mots si bien choisis, si bien disposés les uns à côté des autres que c'est...

Il a le don. Tout est là il a le don!

C'est un grand écrivain contemporain vivant, mon homme Vincent. Mais qui ne va jamais au bout de ses romans qui devraient avoir des sept à huit cents pages. Pas même au bout de ses poèmes. Pas qu'il ne trouve pas les rimes qu'il faut trouver pour pouvoir aligner un deuxième vers après un premier vers. Des rimes, il en trouve à la pelle. Des rimes incomparables.

Mais il sait qu'il peut en trouver de plus incomparables encore. Il sait que rien ne sert de courir, que c'est écrit dans le Ciel, qu'il l'écrira un jour, le roman, le poème, le livre qui dira tellement bien tout ce qui mérite d'être dit qu'on pourra alors brûler tous les livres écrits depuis l'invention de l'écriture.

En attendant...

– Ça me fait trop chier ! Epouvantablement trop chier ! il hurle. Dieu ne peut pas m'avoir catapulté dans cette vallée de larmes pour passer des heures et des heures le croupion vissé dans un fauteuil à noircir du papelard !

Ça le fait épouvantablement trop chier d'écrire. Et il a tellement d'autres choses à faire, aller voir dans quel magasin on trouve les meilleurs stylos feutres, le papier sur lequel l'encre des meilleurs stylos feutres bave le moins, aller au marché acheter de quoi se faire, et me faire, des bons petits plats, aller voir des films, des expositions de peinture, aller faire une petite promenade, une grande promenade, aller regarder les arbres de la cour de sa maison, l'herbe au pied des arbres de la cour de sa maison, ceux du bois de Vincennes, aller contempler les émeus du zoo, les lémuriens, les ours, s'allonger sur son canapé mauve fragile pour penser (avec moi couchée sur lui), lire un livre, relire un livre, faire un roupillon du matin ou du tantôt, aller chiner aux Puces de Saint-Ouen, de Montreuil, de la porte de Vanves, aller à la recherche d'une fille ayant forcément l'âge d'être au moins sa fille.

Il m'aimait, il m'a très vite follement aimée, comme il avait follement aimé Mona (cette roulure à qui je ne pense plus jamais). Mais ni moi, ni le souvenir de Mona, ne lui suffisaient. Il lui fallait des filles, en plus. Des jeunettes. Il lui en fallait. Il pouvait s'en passer un jour, une semaine, deux semaines. Et puis...

Plus j'y pense et plus je suis sûre que ses courses à la fillette, à mon homme Vincent, c'était moins, bien moins, important pour lui que ses entreprises d'écriture.

Il allait rôder là où l'on trouve des porteuses de jupes mini, comme tant de matous, une patte déjà dans la tombe, vont à la chasse à la souris.

Plus poussé par une vraie faim. Seulement parce que c'est la coutume, la mode quand on se met à devenir un mâle dont toutes les femelles se mettent à avoir l'âge d'être votre fille.

C'est le démon (de midi ou de minuit?), une maladie qui frappe les hommes dans le vieillissement, qui donne une espèce de fièvre et rend très séduisant et un peu imbécile.

Les petites connes qu'il ramenait à la maison, neuf fois sur dix, il ne les croquait pas, mon homme Vincent. Mais...

Chasseur pour le simple plaisir de chasser, paresseux, grand amateur de siestes, de petits sommeils aux heures où la quasi-totalité de humains s'échinent dans des bureaux, des usines, gourmand, résolument fourbe avec qui lui assurait sa pitance (éditeurs, producteurs de cinéma et autres signeurs de chèques), rêveur, capable de rester d'immenses bouts de temps à regarder une mouche voler ou une herbe pousser, avide de caresses, de tendresses... il avait tant de dispositions pour l'état de chat qu'il aurait mérité de l'être.

Mais ce n'était qu'un humain.

Un humain magnifique qu'une petite conne à chaussures-baskets même pas propres pouvait faire chuter dans l'abrutissement, la méchanceté.

Depuis que nous faisions vie commune, il en était venu quantité d'autres. Une Clara. Deux Nathalie. Une Jacquotte modèle de photographe. Une Christine. Une Allemande. Une Roumaine.

Il était trop égoïste, trop soucieux de son confort, de sa paix pour les supporter plus d'une nuit. D'une nuit et d'un petit déjeuner les fois où son microbe démon le tarabustait un peu plus fort.

Mais il avait toujours assez de jugeote et d'amour pour moi pour finir par leur dire "adieu bon vent", à ses conquêtes.

Toujours. Sauf avec la Virginie et ses gloussements.

Parce qu'il y a eu les gloussements.

Aussitôt après les belles phrases pour vamper cette pétasse en parka pas sexy, pas même propre, il a filé dans la cuisine préparer un thé. Un thé pour deux à boire dans sa chambre. Dans sa chambre où ils se sont enfermés à clé. Dans sa chambre où il s'est engouffré sans même un "bonsoir Lucie".

Sans même penser à se demander si je n'avais pas envie de goûter au cake qui allait avec leur thé pour deux.

Et pourtant, le cake, il sait que j'en suis très friande. C'était la première fois qu'il oubliait mon penchant pour le cake et tout ce qui est aux petits raisins secs. La première fois aussi qu'il oublia qu'une chatte ça dîne.

Et qu'il faut, chaque soir, lui changer les graines de son bac à besoins.

Je n'invente rien je me suis retrouvée, complètement délaissée et le ventre complètement vide, et j'ai dû subir les gloussements. Les grognements plutôt. Des grognements de truie.

On était où ? A la campagne ? Dans une porcherie ? Elle se transformait en cochonne sitôt allongée, la petite conne Virginie ?

J'avais mal, j'avais honte. Honte pour mon homme Vincent. Mal pour moi.

Quand il est ressorti de la chambre, le lendemain, à midi passé, sans aucun vêtement sur lui, la figure pas rasée, défaite, l'air d'avoir cent ans, il ne m'a pas vue sur le fauteuil-rocking qui bascule. Il m'est passé devant sans me voir ! Et quand il est repassé avec une cafetière de café fumant et une seule tasse pour deux, il ne m'a encore pas vue.

Ça l'avait rendu amnésique, les mamours de truie ?

Je n'étais plus sa Lucie ?

Il n'était plus mon homme Vincent ?

J'ai tenu trois jours, trois nuits.

Et je suis partie.

III

Et voici le matin

Voilà. Vous savez tout de Lucie. Tout ce que moi j'en sais, en tout cas.

D'autres chattes en savent peut-être infiniment plus sur leur propre compte. Possible.

Moi...

Moi, j'ai marché dans la nuit. Sous la pluie battante. Battante sur Paris, sur Vincennes, sur son bois, son zoo. C'est là qu'ils m'ont menée, mes pas de chatte dans le désespoir. Derrière des grilles. Chez de animaux enfermés.

Malheureux d'être enfermés ?

Allez savoir... Si ça se trouve, c'est plus sain d'être crocodile à Vincennes, où l'on vous change souvent l'eau de votre bain, que dans des marigots microbeux de pays exotiques. Si ça se trouve, les ours blancs se font bien moins tartir à regarder des gens qui les regardent, que perdus tout seuls sur des banquises exagérément froides. Si ça se trouve, les éléphants du zoo de Vincennes, ils le savent qu'ils ont maintenant plus de chance de faire de vieux os ici que dans des brousses pleines à craquer de fusilleurs de safaris.

Ils dormaient, les éléphants, les ours, les crocodiles, pendant que je marchais avec des frissons de chatte trempée, battue par la pluie, et des idées de mort de chatte trahie par son homme.

Ils dormaient d'un pesant bon sommeil de bêtes ayant la veine d'être restées bêtes.

Moi, je marchais comme une qui savait qu'elle ne partagerait plus les jours et la couche de son homme. Tout entière, j'étais à lui ! Bien plus entièrement tout entière que même la Mona de leurs nuits à lune de miel.

Aussi sûr que le chien peut être son ami le plus fidèle et le cheval sa plus noble conquête, la chatte peut être son plus amoureux amour, à l'homme.

Et il le savait, mon Vincent.

Il le savait si bien que – depuis – moi ce n'était plus que moi qui emplissais toutes les pages qu'il écrivait, plus que moi l'inspiratrice de ses écritures. Ses fillettes, ses pétasses d'une nuit, il les embrassait, d'accord. Mais moins partout qu'il ne m'embrassait moi. Et à aucune – aucune ! – il ne susurrait de paroles comme celles qui lui venaient quand il avait son nez enfoui dans mes poils.

Ce qu'il a pu me dire ! Ce qu'il a pu me dire !

Si seulement j'avais pu être chatte blanche et sourde !

Si seulement tant de mots ne m'étaient pas entrés dans la caboche. Un chat ordinaire s'en emmagasine une vingtaine, une trentaine, qu'il ne comprend pas toujours tous. Moi, pauvre conne de chatte surdouée, j'en ai retenu plus que de caresses. Plus que de puces.

Ça avait commencé à peine née, avec le mot gouttière. Il m'était rentré dans les méninges et s'y était incrusté d'autorité. Et tant et trop d'autres avaient suivi. Des indispensables, des essentiels, comme le mot frichti. Mais certains... Honnêtement, à quoi ça peut servir à un quadrupède – même en tous points remarquable – de savoir que, quand il est sans raison de mauvais poil, c'est parce qu'il a du cafard, du bourdon ou de la mélancolie ?

Je m'étais trop intéressée aux gens, j'avais trop voulu me rapprocher d'eux. Un animal doit absolument garder ses distances et ne prendre des humains que ce qui lui est indispensable. Se laisser instruire par eux, c'est encore plus dommage que de se laisser domestiquer. Pourquoi je m'étais laissé autant farcir la cervelle ? Surtout chez mon intarissable homme Vincent ? Il en connaissait plus qu'un dictionnaire en dix volumes, des mots. Des gros si gros qu'ils n'auraient pu entrer dans aucun livre. Et de tellement enjôleurs, tellement grisants que...

Et ses mots, ses foutus mots, je les emportais. Des mots que je ne pourrais jamais dire.

Dans le genre bagage inutile...

Fallait que je me déleste. Absolument.

Du poids de tous ces mots de merde, du poids de...

La méthode, la seule qui vaille, c'est de ne s'alourdir jamais.

Ni du poids des ans, ni de celui de ses peines, ni d'aucun autre. D'au contraire, chaque année, chaque jour, s'alléger. Pour chaque année, chaque jour, gagner de la minceur. C'est si élégant d'être fluette. Et ça doit te faire arriver plus vite au paradis, d'avoir – à l'heure d'y grimper – plus de poids ou presque.

Et en cas de pas d'autre monde?

Qui mourra verra.

En attendant. En attendant, ce monde-ci m'appartient. Et tout entier puisque je n'ai plus de maison pour m'enfermer. Suffit que je le marque de pipis pour qu'il soit vraiment tout entier à moi, le monde. D'un pipi au pôle Sud, au pôle Nord, d'un pipi dans les îles lointaines, d'un autre à Miami, d'un autre à...

Je suis chatte qui s'en va.

Et qui l'emmerde, l'homme Vincent! Qui lui pue au nez!

Qu'il continue à ne pas être foutu de venir à bout de son foutu livre! Qu'il continue à collectionner les petites connes qui vont se mettre à avoir l'âge d'être ses petites, ses arrière-petites-filles! Et qu'il se les choisisse de plus en plus myopes – avec ses rides qui se creusent et se multiplient, avec ses poils de crâne qui l'abandonnent, comme sa Mona, comme sa Lucie l'ont abandonné!

Pauvre vieil humain, va!

Et heureuse Lucie d'être plus mignonne, frétillarde, très belle chatte que jamais!

Une promenade grande comme la terre entière, je vais m'offrir. En évitant au maximum les campagnes.

Je sais tout ce que je dois savoir, maintenant. Tout.

Je ne garderai qu'une chose de mon regrettable commerce avec les humains. Qu'une. Mon nom Lucie.

Lucie qui va marcher droit devant elle. Pas pour aller nulle part. Pour s'éloigner de Paris. Et peut-être (pas peut-être, sûrement) trouver l'île lointaine qui lui ira, une île avec des souris délicieuses, des arbres à saucisses, à palmes en jambon, à lacs de crème fraîche normande 100 % matière grasse, à soleil tous les jours, à...

Voilà où j'en étais quand la pluie battante s'est arrêtée.

Et quand j'ai entendu le cri.

Un cri animal. Dans un zoo, c'est courant. Mais ce n'était pas un rugissement, pas un cri de savane, de jungle, de pampa. Ce cri venait pas d'une cage. Mais de l'herbe.

Et ce n'était pas seulement un cri dans la nuit. C'était un appel. Qu'on me lançait à moi.

Ça a duré cinq jours et une moitié de nuit, Vincent et la Virginie.

A la fin de leur dernière moitié de nuit, elle a filé furieuse en claquant autant de portes qu'elle a dû en franchir.

Et lui il est venu dans la cuisine boire des verres d'eau du robinet en marmonnant que "les filles dans les vingt ans, vraiment..."

Quand il m'a vue, il m'a parlé comme si de rien n'était. Il avait oublié qu'il m'avait oubliée. Il m'a parlé comme on parle à une Lucie qu'on n'a pas trahie, humiliée, contrainte à quitter son foyer.

J'étais là. Il ne pouvait et ne pourrait jamais savoir que j'étais partie.

– Bonjour, toi. Ou plutôt bonne nuit. Pourquoi tu ne dors pas? Une insomnie? Tu n'es pas souffrante, j'espère? Non. Tu as ta bonne mine de belle Lucie. Tu m'as même l'air guilleret. Ça veut dire quoi, ce sourire? Tu viens de faire un rêve en couleur? Moi, je suis crevé. Anéanti. J'ai une sale gueule, hein? J'ai vieilli de combien? D'un an? De dix? La chiennerie avec ces petites chéries, c'est que, non contentes de vouloir qu'on leur fasse très bien et beaucoup trop l'amour, elles exigent, en plus, qu'on leur raconte avec tous les détails comment c'était l'Occupation, la Libération et si on a connu Prévert et Sidney Bechet et comment ils étaient, qu'on leur explique l'Existentialisme, la Nouvelle Vague. Même la prise de la Bastille et la bataille de Bouvines, elles voudraient que tu leur racontes ! Parce que, du moment que tu étais né quand elles, elles ne l'étaient pas, elles se figurent que tu as toujours vécu. Et ça, ça me... Oh ! Lucie ! Je te parle.

Il remarquait, enfin, que, pour une fois (la première depuis qu'il était mon homme) je ne l'écoutais pas. Que je n'étais pas oreilles bées.

Eh oui, j'étais là, j'étais toujours là, dans notre maison à lui et à moi. Mais pas pour lui. Juste pour la maison, son toit, son confort.

– Pourquoi tu ne m'écoutes pas ? Tu me fais une scène de jalousie ? C'est ça ?

Non, monsieur.

La jalousie, ça se mérite. Et il avait bien trop démérité. Et j'avais, maintenant, plus important à faire que des bouderies, des scènes.

– Tu veux quoi ? Des excuses ? Tu veux que je te demande pardon de t'avoir un peu... négligée ? D'accord je me suis mal conduit. Je t'ai délaissée. Je t'ai fait sauter un ou deux repas. Plus que ça ? Tu as raison, je suis impardonnable. Tu meurs de faim, tu frôles l'inanition. C'est ma faute, c'est ma très grande faute. Je ne le ferai plus. Promis juré. Et je vais, sur l'instant, te servir un de ces en-cas.

Son manger, je n'en avais aucun besoin.

Entr'autres problèmes qui me collaient à la peau depuis toujours, j'en avais réglé un dès mon retour dans cette maison. Mon problème de frigo. Ça m'avait coûté de grands gros efforts mais... j'étais parvenue à trouver quelle patte il faut glisser et à quel endroit et comment l'actionner pour ouvrir une porte de réfrigérateur.

Et je m'étais servie. De jambon et de crème fraîche. Désormais, son frigo, il n'aura plus qu'à veiller à ce qu'il soit bien garni, monsieur Vincent.

Il l'a ouvert, à sa manière à lui. Et en a sorti ce qui restait du pot de crème fraîche et une bouteille de bière pour lui.

C'est en m'apportant la crème qu'il a vu.

– Mais... mais qu'est-ce que c'est que ça?

Ça n'a pas été de la surprise. Il était époustouflé. Au bord de l'attaque, de l'arrêt du cœur.

– Mais Lucie... Ce n'est pas possible!

Ça l'était. Il y avait bel et bien sur mon ventre une petite boule de poils roux, blancs, noirs. Vivante.

– Lucie! Tu n'es pas en train d'essayer de me faire croire que tu as eu un petit!!!

Je n'essayais de rien lui faire croire du tout. Je me foutais éperdument de ce qu'il pouvait croire ou pas, ce vieux con.

J'avais entendu un cri dans de l'herbe du bois de Vincennes. Une plainte. Et je m'en étais approchée. Et j'avais vu un petit bout de chat (ou de chatte?) geignard parce que perdu.

Et il y avait eu... disons... un déclic... une émotion... Je ne sais pas. Il s'était passé quelque chose. De pas prévisible. Et de...

C'étaient peut-être les cigognes dont parlait Anna qui l'avaient apporté dans l'herbe de Vincennes, ce petit.

Apporté pour moi?

Toujours est-il que je l'ai attrapé avec mes crocs, par la peau du dos, et que...

Que l'homme Vincent ravale son époustouflement et qu'il se le fasse passer avec sa bière.

Maintenant, moi, je vis ma vie à moi. Avec un petit aussi gouttière que moi. Un petit voyou perdu trouvé qui me tète comme un effréné.

Pas pour mon lait puisque je n'en ai pas.

C'est de l'amour, qu'il tète.

Et moi, l'amour... Vous me connaissez.

Cet ouvrage a été réalisé sur
Système Cameron
par la SOCIÉTÉ NOUVELLE FIRMIN-DIDOT
Mesnil-sur-l'Estrée
pour le compte des Éditions Ramsay
le 11 mai 1989

Imprimé en France
Dépôt légal : Mai 1989
N° d'impression : 2209 – N° d'impression : 12141